以妻為貴

4

文創風 572

淺淺藍 著

目錄

第八十五章

永寧侯夫人郁氏的心情十分複雜，尤其是聽到自己嫌棄過、被她退婚的沈四小姐成了郡主，心裡就非常後悔。若是當初沒有退婚，這位郡主娘娘就是她的兒媳了，這是多大的榮耀啊！

於是看沈雪這個兒媳便不大順眼起來，用那樣的手段進府就不說了，嫁妝也只是一般般，當初她願意讓沈雪嫁進來，看中的就是侯府豐厚的嫁妝，能幫著兒子。現在可好，兒媳的嫁妝不盡如人意，還滿身傲氣，成日就知道和兒子癡纏，今兒寫首詩，明兒寫首詞的，誰家的兒媳這麼不務正業？

沈雪才嫁過來月餘，郁氏對她就有一肚子的不滿，偏還不能表露出來，畢竟忠武侯府勢大；如今老侯爺入京，忠武侯府更加榮耀了，郁氏也更加憋屈了。她非但不能對兒媳擺臉色，還得好言好語裝慈愛。

這端，郁氏殷殷地吩咐兒子和兒媳，沈雪面上乖巧地應著，心裡卻恨得直咬牙。沈薇那個賤人得了一門好親事就罷了，現在居然還成為郡主，她心下如何能平？婆婆還讓她去討好，沈薇是多大的臉！

提起郁氏這個婆婆，沈雪手裡的帕子絞得緊緊的。這個老不死的，自她嫁過來第一天就給自己添堵，整整給自己立了十天的規矩，還妄想把持自己的嫁妝，一見沒能得逞，轉頭就想把夫君身邊的丫鬟給抬成姨娘，幸好夫君以讀書為由拒絕了。但這也讓沈雪更恨婆婆了，巴不得她立刻死掉才好。

沈霜、沈櫻和沈雪這三位出嫁的姑奶奶連袂而來，沈薇倒是沒有躲在風華院，而是主動過來陪著說話。除了沈雪，二姊和三姊還是有點感情的，都是姊妹，能有多大的仇？

對於衛瑾瑜，她如今是一點想法都沒有，略過他看向二姊夫許嶸和三姊夫文韜。二姊夫尤其清雅，滿身書卷氣，讓人心生親切。三姊夫也是個文人模樣，只是個頭要比二姊夫高一點，眼底帶著極力掩飾的侷促。但不可否認兩個人都長得很好，眼神周正，一看就知道是正經人家的子弟。

其實說起來，三人之中還是衛瑾瑜的容貌最出色，不過鑑於沈薇對他觀感不好，所以見禮時壓根兒把他給忘了。反正他是當妹夫的，還能挑她這個做姊姊的不是？

許嶸和文韜十分客氣地回禮，都知道這位就是妻子那位封了郡主的妹妹，兩個人連她的臉都沒怎麼敢看。

衛瑾瑜的心情卻複雜多了。這個美麗的女子差點就成了自己的妻子，現在似乎更加漂亮了……他怔怔地望著沈薇，不由都看癡了。

這可把一旁的沈雪氣壞了，揚著笑臉扯著衛瑾瑜的衣袖，甜蜜地道：「夫君，你不用在這裡陪我啦，和二位姊夫一起去拜見祖父吧。」一邊說還一邊狠狠瞪了沈薇一眼。

「二姊、三姊，實在抱歉，妳們出閣，我卻沒能送妳們一程。」沈薇再次表達歉意。

沈霜抿嘴一笑，絲毫不放在心上。「妳不也是身不由己嗎？也多虧妳去大覺寺祈福，侯府和祖父才順順當當的。瞧妳，都黑了、瘦了。」沈霜愛憐地看著沈薇。她是真的喜歡這位妹妹，在當時，只有她想到去大覺寺為祖父祈福，大覺寺可不比府裡，瞧瞧薇姊兒都瘦成啥樣了？

沈櫻就直接多了。「妳不是都提前給了添妝嗎？若實在過意不去，把妳手裡的好東西再分我們一些。」她半是認真半是開玩笑地說。

沈薇卻是嘴角一抽，異常認真地看著沈櫻道：「三姊，妳說話這麼直爽，三姊夫知道不？」

沈櫻頓時噎住了，臉上閃過羞意。就在沈霜以為兩人會吵起來，想要勸說時，沈櫻卻笑了，拍著沈薇的肩膀笑罵。「死丫頭，嘴裡能不能吐出象牙？」

沈薇也笑，調皮地道：「不行，我的嘴裡只能吐出人話，吐不出象牙。」然後狡黠地盯著沈櫻瞅了瞅，道：「看來三姊是很滿意三姊夫。」

沈櫻啐了她一口。「妳不說話沒人當妳是啞巴。」

沈霜見她倆只是玩笑，這才放下心，道：「行了，都多大的人還這麼胡鬧，仔細讓丫鬟瞧了笑話。」

沈薇便捂著嘴巴笑，笑得沈霜都覺得是不是自己身上哪裡不妥。「怎麼了？妳笑什麼？」

「自然是笑二姊呀！」沈薇可理直氣壯了。「唉唷，二姊自嫁了人便好像變了一個人似的，看來都是二姊夫教導有方啊！」

這回輪到沈霜拍沈薇了。「去去去，妳三姊說得沒錯，妳就該做個啞巴。」

沈雪看著她們姊妹三人說笑，眼底閃過嫉恨，尤其剛才還提到了添妝。說起添妝，沈雪都能把鼻子氣歪。

沈薇給二姊的是古玩字畫，給三姊的是大額銀票，到自己這裡就幾只荷包、幾張帕子，還說什麼禮輕情意重。呸，誰缺荷包、帕子？她院裡的丫鬟做得更精緻好不好？

「二姊和三姊可不能這麼說，四姊哪裡虧了？在大覺寺祈福幾個月就封了郡主，這多合算。」沈雪皮笑肉不笑地道。

沈薇斂去臉上的笑容，淡淡地道：「我不知道合不合算，反正我知道聖上是因為我有功勞才封我郡主，五妹可是對聖上有意見？要不妳也去大覺寺住幾個月，看聖上能不能也封妳個郡主當當？」

切，姊在西疆拚命的時候，妳還不知道在哪裡呢，都嫁人了還只會說酸話，等著吧，有郁氏那麼個婆婆，姊不收拾，自有人收拾。

「妳——」沈雪氣得一下子站起來，卻被沈櫻按了回去，沈霜也跟著道：「五妹的心就是急，坐下說話，站起來幹什麼？倚翠，還不快給妳們主子端杯茶。」

沈雪的眼底黯了黯，知道沈薇這個賤丫頭成了郡主，自己肯定討不到好處。沒看到二姊、三姊都捧著她說話嗎？她順著沈霜遞的梯子就下來了，心中卻腹誹：不就是唸幾句經抄幾本佛經嗎？有什麼功勞？

沈薇斜睨了沈雪一眼，扭過頭和兩位姊姊繼續說話，沈雪坐在那裡越想越不甘心，同是沈家的女兒，憑什麼沈薇就封了郡主？還不是聖上看在祖父的面子上賞的？祖父真是太偏心了。

而外院的書房裡氣氛倒是十分融洽，沈老侯爺看著三個出色的孫女婿，臉上的神色可親切了，和藹地同他們說話，鼓勵他們好生讀書，將來才能為朝廷做事。

許嶸三人也不傻，心中明白領了一輩子兵、打了一輩子仗的老侯爺絕不會是什麼和藹可親的人，只覺得受寵若驚，老侯爺能這般待他們，肯定都是看在他們媳婦的面子上，一時間對老侯爺就更加恭敬，也暗暗決定要好生待自己的媳婦。

這幾個尚未出仕的小子在老侯爺面前等於一張白紙，什麼都寫在臉上，於是他的態度更親切，還提了不少問題。

聽了回答，老侯爺徐徐點頭，不知怎的，他眼前忽然閃過徐大公子的身影。雖然那位徐大公子招人厭了一點，但老侯爺不得不承認自己的孫女婿還是數他最出眾，光是那分內斂，就不是這三個毛頭小夥子能比的。

午宴分為兩桌，老太君帶著兒媳、孫女們一桌，老侯爺領著兒子、孫子及孫女婿一桌，中間用屏風隔開。

「四姊的好日子也近了，嫁衣什麼的可都繡好了？若是忙不過來可要說一聲，妹妹可以幫點忙。」沈雪看著優雅喝湯的沈薇，只覺得堵心，不由出言挑釁。她記得這四姊可是從沒做過針線活的。

沈薇連眼風都懶得給她一個。大好的日子她可不想影響了心情，別的且不說，總得給祖父留點面子不是？

許氏恨不得一巴掌把沈雪搧一邊去，卻又不得不帶著笑臉扮和氣。「雪姊兒來嚐嚐這個芋頭，這是大廚房新研究出來的菜色，味道還頗不錯。大伯母知道妳關心姊妹，放心好了，有大伯母在，肯定各處都打理得妥妥的。」

沈雪卻面露委屈，看向沈薇的目光十分悲切。「四姊怎麼不搭理我？我真的只是想幫忙。我雖然比不上姊姊財大氣粗，但幫姊姊做點繡活，添幾件像樣的添妝還是能的。」「像樣」二字她特意咬重了音。

沈薇真是要敗給沈雪了。當著夫君的面發蠢真的沒關係嗎？她徐徐放下手中的湯碗，斜睨著沈雪道：「不是不搭理妳，而是姊姊我現在好歹也是皇家封的郡主，我的嫁衣自然由禮部送過來，自己準備得再精緻華麗也用不上。其他的活計自然有丫鬟們去做，不然養她們做什麼？至於徐大公子會不會嫌棄不是我親手做的？五妹這麼關心我，不如妳替我去問問他娶的是媳婦還是繡娘。」
頓了頓，又道：「說到添妝，妹妹是不是嫌棄我給妳的添妝薄了？那可是姊姊我親手繡的，禮輕情意重不是？妳放心，姊姊跟妳不一樣，哪怕妳是送姊姊一根草，姊姊我也定會珍惜。」
不疾不徐的一番話卻成功地讓沈雪眼圈都紅了，屏風後的衛瑾瑜也一臉難堪。
老太君有些不高興了，不滿地瞪了沈薇一眼。「就妳話多，妳是做姊姊的，就不能大度點？跟妳妹妹一般見識幹麼？」這大好的日子，這個冤孽又鬧騰什麼。
老太君的話一落，屏風後的沈玨左手不由在身側握成拳頭，其他人的臉上也異常古怪。尤其是許嶸和文韜，兩人對視一眼，都不知道該說什麼好了。
「祖母可真會冤枉人，明明是雪姊兒先起話頭的，怎麼就我話多了？我不大度嗎？先頭我不都沒理會她嗎？可架不住蹬鼻子上臉呀，好歹我也是個郡主，就那麼好欺負？」沈薇才不忍氣吞聲。「不行咱就找祖父評評理，看到底是誰的不是？」反正這髒水不能潑到她身上來。
老太君的臉頓時沈下來了。這不是當著全家及孫女婿的面頂撞她嗎？這可不行！她剛要說話，就聽老侯爺淡淡的聲音響起。「都給我安生吃飯。雪姊兒，妳若是身體不適就不要回來，等好了再回來，侯府是妳的娘家，還能挑妳的理不成？」
雖然沒提誰對誰錯，但話裡的意思誰都聽得明白。沈雪臉色很難看，要坐不住了，卻又不敢任性離開。衛瑾瑜也十分尷尬，不明白溫柔多才的妻子怎麼就突然對著姊姊發難，他起身試圖想要解釋什麼，卻被老侯爺一揮手止住了。許嶸極有眼色地拉他坐下。「瑾瑜，來，為兄敬你一杯。」

文韜也知趣地上前湊趣。「還有我、還有我，今兒咱們頭一回見面，可得好生喝上幾杯。」侯府的少爺們也跟著湊熱鬧，氣氛才又好起來。

沈薇這邊自有許氏招呼，老太君雖不滿，也不敢真的當著丈夫的面鬧起來，直把她氣得胃疼，只吃了兩口就放下筷子。

沈薇卻一點都不受影響，舉著筷子一樣一樣品嚐著。嗯，這道好吃，那道也不賴，自從經歷過西疆那段苦日子，她現在吃啥都覺得好吃了。

沈霜、沈櫻見沈薇吃得香甜的模樣，不由也食慾大振，比平時多吃了幾口。

而老太君和沈雪的臉色就更難看了。許氏只當沒看見，只殷殷地張羅著，勸著多吃點，至於吃不吃，她就不管了。

同樣的時間，晉王府的大公子卻在自個兒的院子裡長吁短嘆。他知道今天忠武侯府的姑爺們要登門，他也想去，誰知小丫頭就甩給他一句話。「你妾身不明的，還是在家待著吧。」

徐佑聽了江白帶回來的話，整個人都凌亂了，抱也抱過、摸也摸過，下個月就要大婚了，自己居然還是個妾身不明的……徐佑氣得咬牙，心裡尋思著得想個法子，不然依那丫頭涼薄的性子早把自己忘在腦後了。

可是什麼法子好呢？要不把私房銀子給她送去？不妥，大婚時她還得帶回來，不如等她嫁過來再給。嗯，她對她弟弟挺上心的，要不從那臭小子身上入手？是給他引薦個名師還是送個武師傅？徐佑摸著下巴認真思考著。

江白匆匆地走進來。「公子，王妃娘家的表小姐在咱們院外徘徊。」他們公子下個月就要大婚了，而且公子十分喜歡忠武侯府的四小姐，四小姐性子又很剛烈，可不能在這個時候出了岔子。

徐佑聞言，眉頭便皺了起來。「她們還沒走？」他的婚事都已經定下，那兩位表小姐還留在府裡，王妃什麼意思？

「聽說是送走過的，不過現在又來了。」江白忙把打聽到的消息說出來。

「趕走，讓她離咱們院子遠點。」徐佑覺得心煩，看到王妃那邊的人更覺得心煩。「去探探王妃那邊到底是什麼意思？」

第八十六章

貴妾？

他這邊要大婚，她那邊就給他弄個貴妾，還是娘家姪女，這是要往他身邊安人？徐佑的嘴角浮上譏誚。

許是徐佑眼底的嘲諷太過明顯，一臉慈愛的晉王妃差點裝不下去。「你的身子骨母妃一直擔心，宜慧性情柔順，有她在你身邊服侍，母妃也能放心。」一副全是為他好的樣子。

徐佑卻不買帳，無波的眼眸更顯深不可測。「兒子下月就要大婚，王妃給兒子弄個貴妾進來，是對聖上賜婚不滿，還是嫌兒子的後院不夠亂要加一把火？」

估計兩者都有吧？尤其如今沈老侯爺立功歸來，忠武侯府的權勢更上一個臺階，王妃可不甘心自己有這麼得力的岳家，恨不得自己娶個破落戶才好。

聽徐佑這般質問，不要說晉王妃了，就是晉王爺都忍不住皺起眉頭。「佑哥兒休要胡說，你母妃也是一番好意。宜慧那丫頭父王也見過，是個好的，你母妃把好的都緊著你，你非但不領情還質疑，是何居心？」

晉王妃適時做出一臉受傷的樣子。

好的？都到外男院子門口去轉悠了，能是什麼好女子？要是個好的，他四弟可還沒有娶妻，王妃怎麼不把她給四弟聘做正妻？

「若是真為我好，早幹麼去了？我今年二十有二了，我十四、五歲時，王妃怎麼沒想著給兒子安排個貼心人服侍？怕是擔心我有了子嗣，這晉王府落不到二弟手上吧？」徐佑眼底露出了然，好似沒看到晉王妃臉上閃過的驚愕和尷尬，繼續道：「偏心自個兒的親生兒子這也是人之常情嘛，我不也沒計較嗎？還主動把世子之位讓給了二弟。」

父王遲遲不上摺為他請封世子，皇伯父都生氣了，準備直接下旨時被他給攔住了。那時候，他是真心不想要這個世子之位，甚至這府裡的一草一木都不想要。

徐佑的臉上浮上淡笑，可看在晉王妃的眼裡是那麼刺眼，她深吸一口氣，擠出一個難看的笑容，傷感地道：「瞧佑哥兒說的，你和燁哥兒他們一樣都是母妃的兒子，母妃還能不疼你？只是你一直在山上養病，母妃想多照顧你一些也沒法子呀。你們都是親兄弟，這世子之位給誰還不都是一樣？你這孩子，今兒你若是不說，母妃還不知道你心裡有這麼大的怨氣。只要佑哥兒能高興，母妃讓燁哥兒把世子之位還給你。」

「胡鬧，什麼還？都是本王的兒子，本王願意給誰就給誰。」晉王爺看向大兒的目光便不喜了起來。一回來府裡就不安生，還不如在外頭永遠不要回來才好。

徐佑沒管他爹的話，而是凜冽地望著晉王妃。這個女人真是可以啊，明知道二弟的世子之位不可動搖，卻還說什麼還給他，既然有心想還，早些年為何要接受？

「然後呢？」徐佑的聲音冷得像冰渣一樣。「晉王府世子之位能是換來換去的兒戲嗎？

王妃要外人如何看待我？或者這便是王妃的目的，勸王妃還是打消此念吧，我已經是郡王了，是不會再要這個世子之位的。怕是王妃也心知肚明才敢這麼提議的吧？」

「佑哥兒誤會了。」晉王妃見晉王爺面無表情地望著自己，不由慌了。她是不是這個居心不要緊，也不懼被繼子發現，但不能讓晉王爺知道她心底真實的想法。這麼多年，她在晉王府一直執掌內院大權，還不是因為晉王爺相信她？

「佑哥兒，你真的誤會母妃了，咱們晉王府若真的傳出什麼兄弟鬩牆的不好傳聞，母妃臉上能有光嗎？你這麼說不是拿刀扎母妃的心嗎？」晉王妃說著，眼淚就掉了下來。

晉王爺見王妃哭得傷心，就板著臉對兒子道：「你打小就性子古怪，你母妃明明是好意，偏被你當成歹意，不識抬舉的東西。」

徐佑的心底連一絲氣憤都激不起來。這樣的話他聽得太多了，對於父王，他早就不抱希望了。

「就當兒子不識抬舉好了，反正這個貴妾兒子是不要的。兒子記得二弟、三弟大婚之前是沒有什麼貴妾的，非但沒有，屋裡伺候的幾個通房還都被打發出去，不就是怕新婦進門，夫妻生了嫌隙嗎？怎麼到兒子這裡就反過來了？這是要給忠武侯府四小姐沒臉，還是盼著兒子夫妻不和？」徐佑是一點都不妥協。他要是敢接了這個貴妾，哪怕不碰，沈小四那烈性子的丫頭說不定會鬧出什麼事呢。

「我不求王妃的什麼額外照顧，只求明面上能和二弟、三弟、四弟一樣就行了。」徐佑拱拱手便退了出去。

出了晉王妃的院子，他吐出一口濁氣，想到小四嫁進來要面對這樣的糟心事，心裡就覺得內疚。他的小丫頭是天上翶翔的鷹，他卻把她拉進自家這座牢籠。好在郡王府已經在修葺了，他們只需在晉王府住一段時日就能搬走，若是長久住在這裡，他還真擔心小丫頭受委屈。

此刻被徐佑惦記的沈薇正舒服地泡藥浴呢！大伯母許氏從宮中請了位教養嬤嬤來教導她規矩，雖然離大婚沒多少日子，但能學多少是多少，總比什麼都不學要好。

對於學規矩，沈薇是一點意見都沒有，還十分用心。她深知無論在哪裡都要遵守遊戲規則，只有學好了規矩才能跳出規矩，蔑視規矩。

教導規矩的嬤嬤姓莫，看上去是個很凶的人，但相處之後卻明白她只是做事認真，其實說話和氣。

莫嬤嬤在宮中服侍了三十餘年，也教導過不少京中的閨秀，但沒一個比得上忠武侯府四小姐這麼聰慧，教一遍便學起來了，難得的是既不嬌氣也不驕縱，對自己也尊敬有加。

她不由起了愛才的心思，教導得更上心了。除了教導規矩，還拿出私房方子幫沈薇調養身體、護理肌膚，不過三、五天，沈薇便有了變化，在西疆曬出的小麥色已經褪去，取而代之的是氣色紅潤，肌膚柔嫩瑩白，還跟那上好的白瓷似的，一頭秀髮烏黑發亮又柔順。

饒是沈薇見多識廣也不由咋舌，古代的貴女太會享受了，她覺得自己從來沒這麼美過。

身邊這些日日見面的丫鬟都覺得小姐變美了，不常見到沈薇的對她的變化更是大吃一驚。許氏和趙氏簡直都要驚為天人，那舉手投足間的優雅，讓人覺得十分賞心悅目，簡直是脫胎換骨變了一個人似的。

許氏還好，她的兩個女兒都出嫁了，而且也嫁得不錯。姪女這麼出色，她也覺得臉上有光，何況薇姊兒夫家得力，對侯府亦是助力。

趙氏就滿心嫉妒了。她也是有女兒的人，看到薇姊兒才學幾日規矩變化就這麼大，心中不滿。又沒有分家，府裡請了教養嬤嬤，自然是府裡的小姐都跟著學規矩，怎麼能單教薇姊兒一個？萱姊兒都十四了，也該好生學學規矩了。

許氏被她磨得沒法，只好來找沈薇商量。為何找沈薇商量？因為這個莫嬤嬤不是她有能力請來的，而是晉王府的那位大公子使人送過來的，不過是打著她的名義罷了。

沈薇自然同意，都是姊妹，她也不能太霸道。「只要莫嬤嬤同意，我是沒有意見的，倒是巴不得妹妹們一起學，還熱鬧些呢。」

趙氏頓時笑顏如花，拉著沈薇的手誇獎。「我就說咱們薇姊兒不是那等小鼻子小眼的人，二伯母領妳的情，我們萱姊兒若是能學得妳一半，我就謝天謝地了。」

沈薇真誠地道：「瞧二伯母說的，萱姊兒不也是我妹妹？都是親姊妹，說什麼領情不領情的。要我說呀，不只萱姊兒，就是冰姊兒都一併過來學，姑娘家規矩學好了才能有個好前程，您和二伯父就等著享福了。」

一番話哄得趙氏心中那點不滿早就煙消雲散了，許氏心中也不住點頭。

莫嬤嬤也沒有意見，她雖是那位大公子安排過來的，但既然在忠武侯府當差，也得聽主家的。四小姐都同意了，她還非要擰著惹人嫌棄？

於是，最終不僅二房的沈萱和沈冰來風華院跟著學規矩，連十一歲的沈月也來了。雖然她年紀小了點，但府裡沒出嫁的小姐只她們四個，總不好撇下她吧？

沈月對於自己能跟著一起學規矩，既激動又感激。她姨娘是個沒用的，她爹也想不起她來，要不是四姊提起，這個府裡是沒人會記得還有一位八小姐。

沈月知道自己機會難得，沈萱和沈冰可能是因為趙氏耳提面命，總之頭一天學規矩，這三人十分認真，一遍一遍地按莫嬤嬤的要求練習，再累也咬牙堅持。

這讓莫嬤嬤暗暗點頭。看來忠武侯府的姑娘都還不錯，她願意教是一回事，但若教一群動不動就喊累不願學的嬌小姐，她也不願意。

徐佑走在進宮的路上，面色平淡，嘴唇卻緊緊抿著。二更都已經過了，皇伯父卻還召他入宮，讓他不得不猜測是不是出了什麼事情。

他的身影一出現在御書房，站在窗前的雍宣帝立刻就轉過身。「阿佑，你的婚期要推遲了。」雍宣帝的臉上帶著鄭重和內疚。

「可是出了什麼事？」徐佑目光一凜，忙問道。

雍宣帝徐徐點頭。「這次你們回京途中遇襲的事，查到點蛛絲馬跡。」頓了一下才接著說：「你應該也知道先皇曾有位結義兄弟，只是後來鬧了分歧，那人便帶著一隊人馬走了。」

徐佑眼底一閃。「聖上說的是那位並肩王？」身為皇家人，尤其是領著特殊差事的皇家人，他也知道不少秘辛，包括那位一字並肩王程王爺的事情。

當初亂世中，先皇揭竿而起，和他一起打天下的還有一個叫程義的人，程義此人文韜武略，各方面都不輸先皇。先皇仰慕其才，便歃血為誓結為異姓兄弟，言道將來共享天下。

待先皇真的建立了大雍朝，封異姓兄弟程義為一字並肩王時，程義卻不大滿足。並肩王也只是王，說好的共享天下呢？可此時朝局已定，支持先皇的人也居多，程義只好暫時蟄伏。

後來，這對異姓兄弟還是鬧翻了，程義帶著支持他的一隊人馬歸隱江湖。

雍宣帝微不可見地點了下頭。「先皇去時就不放心此人，言道此人必將是咱們徐家江山之大患。朕登基這麼些年，他們一直沒有露頭，現在卻趕上這個節骨眼上出頭，朕不放心，你親自去查查這事。」雍宣帝吩咐道。

徐佑應道：「是，臣定不負聖上所期望。」他是很想娶沈四，但也知道輕重緩急，若是真讓那位並肩王成了事，作為皇家人的他自然保不住性命，更不用說娶妻了。況且聖上都召他來了，肯定是非他不可的，他主動一些，聖上也高興。

「好，好！」雍宣帝拍著徐佑的肩膀，目光裡滿是欣慰。

第二天一早，晉王府就傳出消息：大公子昨夜舊疾復發，已趕回山上尋神醫救命去了。然後，聖上急召沈老侯爺入宮，也不知說了什麼，反正沈老侯爺帶著一堆賞賜和婚期推遲的旨意回府了。

這下京中說什麼的都有，說得最多的還是忠武侯府四小姐命硬剋夫，不然為何這邊馬上就要大婚，那邊徐大公子就舊疾復發了？

忠武侯府也是人心惶惶，沈薇卻是安之若素。在她看來，不就是婚期推遲了嗎？又不是婚事取消，不是什麼大事。

何況徐佑那廝不過是看上去冷清，實則身子骨可好著呢，什麼舊疾復發，估計他又去幹啥狗屁倒灶的事了。

老侯爺對孫女的沈穩十分讚賞，悄悄把事情說給她聽。沈薇心道：果然，趁此機會正好跟著莫嬤嬤好好學習規矩，保養身體。

第八十七章

至於「傳說中」舊疾復發的徐佑，則坐在輪椅上由江黑、江白抬著上了青落山。途中遇到的香客紛紛對這個年輕公子投去憐憫的目光，有那年長的老者還好心安慰。「後生啊，可別洩氣，咱們珈藍寺的佛祖可靈了，你多上幾炷香，你的病指不定就好了。」

就這樣，頂著一路憐憫的目光，徐佑來到珈藍寺。

抬頭望去，整座珈藍寺都沐浴在晨光之中，肅穆而莊嚴。若不是得到確切消息，徐佑也不相信這方外之地竟變成藏污納垢之所。

「公子，您放心，等拜了佛祖，您的病就好了。」江白說著，和江黑一起把徐佑扶起來，一左一右攙扶著他朝寺內走去。

徐佑面色蒼白，還沒走出幾步就累得氣喘吁吁，額頭沁出密密的汗珠。

短短一段距離，徐佑歇了三回，這副孱弱的模樣不僅香客看了不忍，就是寺中的和尚都面帶憐憫。

徐佑被江黑、江白攙扶著跪在蒲團上拜了三拜，江黑替他上了一炷香，又添了五百兩的香油錢。江白輕聲許願。「佛祖啊，求您保佑我家公子的病快快痊癒，可憐我家公子滿腹經綸，您可要保佑他快點好起來啊！」

說話雖是輕聲，其實這大殿中的和尚都聽到了。他們看了一眼蒲團上緊閉雙目的病弱公子，同情之心更盛了。

站在他們邊上的中年和尚道了一聲阿彌陀佛。「這位施主，小僧觀施主面色不佳，恐是身上有恙吧？敝寺的道光師叔精通岐黃之術，施主不妨找道光師叔幫著瞧瞧。」

「真的？那太好了，還求師父引見。」江白一臉驚喜，回頭見自家主子無動於衷，不由哀求道：「公子，咱們就找道光師父瞧瞧吧，說不準就治好您的病了。」

徐佑這才慢慢睜開眼睛，臉上一片平靜。「小白啊，就別費心思了。我這病是胎中所帶，多少神醫御醫都治不好，我早就死心了。能在最後的日子裡沐浴佛祖聖光，尋一方清靜之地，我就心滿意足了，只是苦了你們這些自幼跟著我的人。」一副看透生死的模樣。

江白繼續哀求。「公子可不能這樣想，您肯定會好的，求您讓道光師父瞧一瞧吧！您辛苦讀了那麼多年的書，還未能一展抱負，您甘心嗎？您不為自個兒，也得替夫人想想啊！夫人只有您一個兒子，您若是有個三長兩短，您讓夫人靠誰去？府裡的二公子、三公子可不會善待夫人的，您忍心看夫人晚景淒涼嗎？公子別洩氣，說不準道光師父就能把您治好。」

那中年和尚雙手合十，又宣了一聲佛號。「這位小哥言之有理，螻蟻尚且貪生，更何況人乎？施主既然心有抱負，又有所牽掛，還是要打起精神來治病的好。道光師叔深研醫術多年，說不準就是施主的有緣人。」

「對對對，今兒出門時喜鵲可是喳喳叫個不停，這是好兆頭啊！」江白一臉激動地說。

徐佑好似被勸動了，雙手合十，對著那中年和尚微一點頭。「那就麻煩師父了。」

「我佛慈悲，施主不需客氣。」中年和尚回了一禮。「施主這邊請吧。」

徐佑被江白、江黑攙扶著又上了輪椅，跟在中年和尚的身後去找那個道光師父看病。

一間禪房裡，兩個和尚正在下棋，一個便是中年和尚口中的道光和尚，另一個則是他同輩的道玄和尚。

道光和尚落下一子，看了對面的師兄一眼，道：「不過是個病秧子，師兄你也太草木皆兵了。」

對面的道玄和尚也落下一子，道：「還是瞧一瞧的好。」頓了一下，又道：「近來朝廷似乎有異動，這裡又是寺廟，人來人往的，誰知道探子會不會混進來？咱們可要小心行事，壞了主子的大事就不妙了。」

道光和尚不以為然。「這些天寺中的情況不還和往常一樣嗎？不就是今兒來了個病秧子嗎？你沒聽明覺傳回來的消息？連走個路都得人扶著，會是朝廷的探子？」

道玄依舊堅持。「我總覺得不大放心，還是仔細瞧瞧的好。師弟，他們來了，我先避一下。」他站起身，進了隔間。

中年和尚先進禪房，片刻又走出來。「施主，道光師叔有請。」

江黑、江白攙扶徐佑走進禪房。「道光師父，小子打擾了。」

「施主請坐。」道光和尚宣了一聲佛號，便伸出兩指搭在徐佑的手腕上，閉上眼睛認真地診斷。

許久才慢慢睜開眼睛，見對面三人均期盼地望著自己，嘆了口氣搖搖頭，十分遺憾地道：「施主這病是胎中所帶，後天又沒及時調理，好像還誤食了相剋的東西，若早上三、五年，貧僧還有五成把握，現在卻只剩下三成了。」

本以為對面三人會十分失望，就見右邊那個隨從一臉激動地道：「公子您聽到了嗎？大師說有三成把握呢，比老爺託了多少關係請到的太醫都多了兩成！公子，您肯定能好，咱不走了，咱就留在珈藍寺，有道光師父出手，您很快就會好起來的。」又對著道光和尚撲通一跪。「大師，求求您了，您可得救救我們公子啊！」砰砰砰就磕起頭來。

道光和尚趕忙阻攔。「相見便是有緣，施主既然都來到了佛前，貧僧又怎會袖手旁觀？只是施主的病非短時日能有起色，施主還需心中有所準備啊。」

「只要能治好公子的病，就是在這寺中住上三、五年，咱們也是甘願的！」左邊那個隨從也一臉激動地開口。

道光和尚便看向徐佑，徐佑點點頭。「那小子的病就有勞大師了。」

道光和尚撚鬚說道：「施主不必客氣，這也是貧僧和施主有緣。」

徐佑一行便跟著那個引他們來的中年和尚去寺中安置。他們一走，道玄和尚便自隔間走出來。「如何？」他問道。

道光和尚道：「此人沒問題，我就說師兄是多心了吧。」

「難不成還真是有病？」道玄和尚還是不大相信，心中總有一種不安感。

「哪裡是病？分明是毒，自胎中便帶著毒。」道光和尚於醫術上是真有幾分造詣。「先天便帶毒，後天又中了毒，即便是我出手，也不過是多活個十年八年罷了，想要壽終正寢，難嘍。」他搖著頭，臉上滿是可惜，這麼個風姿卓然的公子卻是個早夭的命。

「毒？」道玄和尚一怔，臉上帶著不解的神色。

道光和尚見狀，笑道：「師兄莫不是和尚當久了，忘記了俗世中妻妾相爭的齷齪了吧？」

道玄和尚一想，便也釋然了。

中年和尚把徐佑一行帶到一個安靜的小院，江白、江黑千恩萬謝地把人送走了。一進了屋，江黑、江白便警戒地四下看了一番，沒發現不妥才放下心來。

「公子，這珈藍寺好像真的挺不對勁。」江黑輕聲說道。

「哪裡不對勁？我怎就沒看出來？」江白也放低聲音。

「這寺中的和尚，大多都是練家子。」江黑說出自己的發現。

徐佑輕輕點頭。他也發現了這一點，不過是座寺院，卻幾乎人人都會武，怎能不令人多想？是僧兵？前朝就有這樣的先例。

「先安心住著，找個機會去後山瞧瞧。」徐佑道。似乎隱約聽到有人提到後山兩個字。

「公子是說後山上藏著人馬？」江黑、江白均心中一凜。

徐佑頷首。「不錯。」珈藍寺的和尚能有多少？至多也不過幾百，但據聖上的消息，這支人馬可是有幾千，除了後山能往哪裡藏？

徐佑眯起眼睛，想著怎麼把藏在後山的幾千人給剿了。大軍上山肯定會打草驚蛇，到時他們往山裡一鑽，又熟悉地形，哪裡找去？

若是小四在就好了，那丫頭鬼主意最多，說不準還真能出個好主意。

望著明顯陷入沈思的主子，江黑、江白兄弟對視一眼，輕咳了一聲，擔憂地詢問。「公子，您的身子骨沒事吧？」公子的身子骨已被李豐泰調理得差不多了，現在這副病入膏肓的樣子，其實是服了秘藥弄出來的，他們很擔心那藥傷了公子的身體。

徐佑搖頭。怎麼會有事？他也是快有家室的人，怎麼會拿自個兒的身體開玩笑？

而被徐佑惦記著的沈薇哪是能在府裡安生待住的主兒？在府裡悶了三天又蹦躂出門了，去她外祖父阮大將軍府拜訪。沈弘軒得知後心情異常複雜，老侯爺則睜一隻眼閉一隻眼地放行了。

阮綿綿見到表姊自然高興得不得了，不過她現在也正經學規矩了，上回侯府請教養嬤嬤，沈薇就託大伯母幫表妹也請了一位，所以阮綿綿還沒和表姊說上幾句話，身邊的丫鬟就來催促了。她雖然不捨，卻也只得一步三回頭地走了，瞧得沈薇都想笑。

沈薇陪外祖父在書房聊天，拿過桌上的蜜桔剝了起來，一瓣一瓣地放在盤子裡，用木籤插著遞給外祖父。

阮振天嚐了一瓣嫌酸就不願意吃了，反倒是沈薇全吃了。阮振天見她吃得歡快，心裡高興，嘴上卻道：「怎麼，侯府還能缺了妳一口吃的？」他可是聽孫子說過，沈平淵那老匹夫有多喜歡這個外孫女，她在侯府只差沒橫著走了。

「那倒沒有，還不是外祖父府上這蜜桔好吃，真甜。外祖父，咱說好了，等我回去的時候您多送我一點。」沈薇壓根兒不知道啥叫不好意思，直接開口討要了。

這大大取悅了阮振天，他笑呵呵地道：「這是下頭的人孝敬妳表哥的，足有一筐，我跟妳表哥都不愛吃，綿姊兒也吃不了多少，妳給她留幾個，剩下的妳全帶走。」薇姊兒每回來都大車小車地送東西，難得見她有樣愛吃的，他怎會吝嗇？

「那成，我就不跟外祖父客氣了。」沈薇又往嘴裡塞了一個蜜桔瓣，眼睛一閃道：「看來表哥在禁衛軍中混得不錯呀，他的婚事外祖父有章程了嗎？」

阮恒不同於沈謙，原本也想留在西疆建功立業，重振大將軍府，卻被沈薇否決了。西疆至少十年都不會有大的戰事，沒有仗打，還建個屁的功業？與其留在西疆蹉跎光陰，還不如回京來另謀他途。

即便西疆有戰事，沈薇也不放心他留下來。他是阮家的獨苗，最重要的責任是傳宗接代，至於重振大將軍府，還是留給兒孫輩吧，表哥能給外祖父多生幾個重孫，任務就算完成了。

是以阮恒便回京，入了禁衛軍，給皇帝陛下看門去了。她記得是個五品，看樣子皇帝陛下是瞧在外祖父的面上格外施恩了。

有了官職，自然該操心婚事了。五品的少年俊才在京中也是很有看頭，而且阮恒長得又不差，所以瞄上他的人家還真不少，可全是低品小官，要麼就是沒有底蘊的暴發戶，不說沈薇瞧不上眼，就是阮振天心裡也不舒服。

倒不是阮振天勢利，若他孫子是個不爭氣的，他也就不強求了；可現在他孫子是多上進的有為青年，若是配個不好的妻子，他替孫子委屈呀！

「前些日子有人露了個口風，我覺得還挺適合。」阮振天道。

「哪家？」沈薇忙問。

「許翰林家，是許翰林家的大閨女。」阮振天道。

姓許？沈薇的眼睛又是一閃。「跟許尚書同個姓呢。」

阮振天點頭。「是本家，快出了五服。」

「喔。」沈薇點點頭，若有所思。「那他們家怎麼就瞧中表哥了？我不是說表哥不好，而是咱們武將在那些有底蘊的世家大族眼裡向來都不夠瞧，許翰林怎麼就瞧中表哥了？」

阮振天知道外孫女說的是事實，並沒生氣，搖搖頭道：「這就不大清楚了。」

「莫不是這位許大小姐有什麼不妥吧？」沈薇猜測。

阮振天搖頭，解釋道：「這倒不是。那人說了，許翰林家的這個大閨女德容言功都很好，十二、三歲就跟著她娘學管家，只是到了說親的年紀，家中祖父母接連去世，守孝耽誤了年歲，她今年都十八，比妳表哥還大上一些。許翰林兩口子疼閨女，不願意把閨女胡亂嫁了，所以才瞧中了妳表哥。」

「既然許翰林兩口子能這般為閨女著想，人品肯定不差。外祖父您別忙著答應，我回去跟大伯母打聽打聽，看看是否實情，若為實情，咱就歡歡喜喜結這一門親事，若是中間有什麼隱情，咱就婉拒了，省得委屈了表哥。」沈薇出了個主意。

瞧外孫女一本正經的樣子，阮振天心情很複雜，若是女兒活到現在，哪怕性子再軟、身子骨再不好，有薇姊兒在，誰也動不了她的位置。這都是命啊！他苦命的閨女就沒有享福的命啊……

阮振天心裡感傷了一番，瞅著沈薇的眼神愈加慈愛。他撚了撚鬍鬚問道：「可有徐大公子的消息？病情怎麼樣了？不是說都好了嗎？怎麼又舊疾復發了？」

他的眼底閃過擔憂。薇姊兒這門親事樣樣都好，唯一不好的就是徐大公子的身子骨不好。之前還聽說徐大公子在西疆立了戰功封了郡王，孫子也說徐大公子除了瞧著瘦些也沒別的不妥，他這心才剛放下來，徐大公子就舊疾復發了，若是他——那外孫女這輩子豈不就毀了？

沈薇拿著蜜桔的手一頓，隨後若無其事地道：「沒有，應該不會有事。」到底沒提徐大公子是奉密旨出外辦差。不是信不過外祖父，而是沒必要讓他知道了跟著擔心。

阮振天眼底的擔憂更甚了。「就沒朝晉王府打聽打聽？聖上那裡總有消息吧，他就沒給妳祖父透露一二？」

沈薇搖頭。「沒有，祖父沒說。」誰知道他現在在哪個犄角旮旯兒？

阮振天還以為徐大公子病情嚴重，便嘆起氣來，提醒道：「薇姊兒，妳可要有準備，若是徐大公子——」他看著外孫女清亮的眼睛，說不出話來了。呸呸呸，肯定是想多了，外孫女才不會那麼運道不濟。

沈薇安慰他道：「外祖父，沒事的，聽說徐大公子養病的那座山上住著神醫，他肯定不會有事的。」

心中卻不以為然，不說徐佑壓根兒不是舊疾復發，就算他真的命不好，一命嗚呼了又怎麼？經過這段時日，她知道即便自己現在沒嫁過去，但有賜婚的聖旨在，她就是板上釘釘的皇家媳婦，哪怕徐佑不在了，她也不能改嫁他人，得守一輩子的寡。

她既是郡主，嫁了就是郡王妃，地位算是挺高了，加之是守望門寡，皇家待遇可好了！於是，供養有了、地位有了，她就能隨心所欲地過舒坦日子，多美好的前景啊！

第八十八章

身在珈藍寺的徐佑卻不知道沈薇已經忙著展望自己不在之後的美好生活，此刻，他正在江黑、江白的攙扶下在寺院中走動。道光大師說他身子骨太弱，建議他多活動活動，這正對了他的心思，正愁沒藉口在寺內走動呢。

徐佑如此在寺中轉悠了好幾天，倒也沒發現什麼異常，就是有一天黃昏看到兩個身穿黑衣的漢子在竹林那邊一晃便不見了，巧的是道光大師的禪房就在竹林附近。

徐佑在江黑、江白的攙扶下，在竹林附近走了好幾圈也沒看到那兩個黑衣漢子，卻把在禪房打坐的道光和尚給驚動了。「阿彌陀佛，施主有禮了。」

徐佑趕忙還禮。「不敢、不敢，幸得大師出手，小子的病情才有起色。這幾日小子聽大師的建議，每日出來走動一番，精神比以前好多了。」

道光和尚微笑。「我佛慈悲，救死扶傷乃佛門聖律，這也是施主與我佛有緣。只是過猶不及，施主的病情不可一蹴而就，還需循序漸進。每日走動對施主的康復是有幫助，但不可太過勞累，那樣便適得其反。」

徐佑鄭重地道謝。「多謝大師告誡，小子記下了。」

自己沒有看花眼，那兩個人穿黑色衣裳、頭上有髮，跟寺中和尚有很大區別，自己絕不可能看錯。

可兩個大活人總不可能憑空消失吧？外頭沒有，難不成是進了屋內？徐佑藉口口渴，厚著臉皮向道光和尚求茶，但兩杯茶都喝完了也沒發現什麼端倪，只好不甘心地回去了。

徐佑覺得不能這樣光轉悠，必須有人去禪房探探消息才行。誰適合呢？雖然珈藍寺的和尚對他們挺友善的，但他知道人家一直沒有放鬆，所以他和江黑、江白不能動，甚至跟他一起上山的另外幾個人也不能動，那只能從外頭調人了……徐佑皺著眉頭，手指輕輕地敲擊桌面，腦中飛快地想著如何調人上山，如何探查消息。

晉王府內院，晉王妃一邊服侍晉王爺把外頭的衣裳脫下，一邊憂心忡忡。「這都個把月過去了，也不知佑哥兒的病情穩定了沒？連個消息也沒有，妾身都要急死了。」

晉王爺轉身的腳步一頓，隨即說道：「山上有老神醫呢，這些年佑哥兒也發病，哪一回不是有驚無險？妳就放寬心吧。」

晉王妃依舊憂心忡忡。「妾身哪能放得下心？一想到佑哥兒在山上受罪，妾身這心呀就跟針扎似的疼。王爺，非得在山上嗎？咱就不能把老神醫請回王府？妾身能看到佑哥兒，心裡頭也好受些。」

晉王爺搖搖頭。「那些世外高人都是執拗的怪脾氣，妳當皇兄沒想把老神醫請下山？奈何人家不願，總不能把人給殺了吧？」

晉王妃心道：殺了才好呢，那個病秧子早就該死了。以前還好些，自從上次回來就一直給自己添堵，先是莫名其妙地賜婚，接著又封了郡王；自個兒好心好意把慧姊兒說給他做貴妾，他不領情便罷了，反倒冷嘲熱諷說自己不安好心。哼，活該你發病，死了才好！

晉王妃心中快意地想著，臉上的表情卻一點不露。「王爺，咱們做父母的都這麼牽腸掛肚了，忠武侯府的四小姐豈不更擔心？可憐見的，眼瞅著就要嫁進門了，偏佑哥兒發了病，聖上又下旨推遲婚期，人家姑娘小小年紀還不定怎麼擔驚受怕呢。」她面帶憐憫。

晉王爺聽王妃這麼一說，仔細一想還真是這麼回事，便道：「王妃若是不放心，不妨把那位四小姐招來王府安撫一番，反正早晚都是咱們家的媳婦。」

晉王妃心中暗喜，臉上卻做出遲疑的表情。「這樣好嗎？外頭會不會說閒話？會不會嚇著人家小姐呀？」

晉王爺不以為然。「這又不是什麼有違規矩的事，不過是做婆婆的提前瞧瞧兒媳婦，誰愛說閒話就讓他們說去，王妃不用在意。」

晉王妃高興地點頭。「那妾身就放心了。」眼睛一閃，又道：「妾身聽說這位四小姐是個好的，咱佑哥兒頭天發了病，第二天這位四小姐就在佛前發願，要抄足千篇佛經為佑哥兒祈福，不定憔悴成什麼模樣了，想一想妾身就心疼。」

「還有這事？那皇兄這回倒是給佑哥兒說了個好妻子。」晉王爺有幾分意外。

晉王妃卻睨了他一眼。「看王爺說的，聖上多疼佑哥兒，給他的會有不好的嗎？別說聖上喜歡，就是妾身也喜歡這樣有情有義的姑娘。」

說到這裡，她朝外揚聲喊道：「華煙，趕緊把我的首飾匣子找來。」回頭對晉王爺解釋道：「妾身得好好挑挑給沈四小姐的見面禮。對了，還有衣裳，王爺，妾身那天穿哪件衣裳比較好呢？王爺快幫妾身出出主意。」她一副興高采烈的樣子。

晉王爺見王妃這麼興沖沖的，又是挑見面禮又是選衣裳地忙個團團轉，不由啞然失笑。「這都大晚上了妳折騰什麼？妳做婆婆的只管端著範兒坐著就是，她一個做小輩的還能挑妳的理不成？」

晉王妃嬌嗔地斜了晉王爺一眼，轉頭臉上又帶上憂色。「總不能讓人家小姑娘覺得妾身是個惡婆婆吧？也不知道沈四小姐愛吃什麼、愛玩什麼。」

晉王爺笑了起來，調侃她道：「妳都做了兩回婆婆，怎麼還這般沈不住氣，燁哥兒媳婦進門時，可沒見妳這樣。」

晉王妃卻理直氣壯。「這能一樣嗎？佑哥兒可是咱們晉王府的嫡長子，又封了郡王，比燁哥兒、炎哥兒都有出息，他娶媳婦自然要鄭重一些的。」

晉王爺臉上的笑容卻淡了下來。「行了，別瞎折騰了，安置吧。」雖然長子早早封了郡王，但晉王爺聽王妃說長子比次子、三子還有出息，心裡就不舒服。同樣都是他的兒子，康健的還比不上個病秧子？尤其是次子燁哥兒，打十三、四歲就跟在自己身邊做事，幫了多少忙，怎麼就比不上個長年在山上養病的病秧子？不過是聖上偏心罷了。

此刻，晉王爺對皇兄也不滿起來。

晉王妃窺見晉王爺臉上的神色，自然柔順有加地從了。

晉王妃請她過府？沈薇聽了許氏的話，差點沒把嘴裡的茶噴出來，腦中閃過的第一個念頭是：晉王妃這是要出什麼么蛾子？

不怪她這麼想，實在是晉王妃選的時間太巧，徐大公子還在山上治病，未來的繼婆婆招她過府幹什麼？籠絡、敲打，抑或是下馬威？

許氏卻喜氣洋洋地道：「來傳話的是晉王妃身邊的施嬤嬤，聽她話裡的意思是王妃十分看重妳，徐大公子不是又病了嗎？王妃擔心妳多想，想接妳過府說說話，順便堵堵外頭那些人的嘴。」

沈薇眼睛一閃，直覺便是不信。繼婆婆安慰未來繼媳婦？怎麼想怎麼不對勁，可晉王妃相招又不能不去。

許氏拉著沈薇的手，一樣一樣地交代著。「日子訂在後日，到時妳打扮得漂漂亮亮的，給王妃留個好印象。嗯，讓莫嬤嬤陪妳一塊兒去，她是宮中出來的，熟悉皇家規矩，有不懂的地方會提醒妳。」巴拉巴拉說了一大堆，生怕沈薇哪點做得不好惹惱了未來婆婆。

沈薇乖巧地點頭。「嗯，大伯母，姪女都記下了，肯定不會丟咱們侯府的臉面。」

許氏摸著沈薇的頭，輕嘆一口氣道：「薇姊兒，大伯母倒不是在意妳丟不丟侯府的臉面。妳要知道，妳將來是要嫁入晉王府，晉王妃就是妳的婆婆，徐大公子又不是她親生的，她對你們也不過面子情，妳只有討了她的歡心，日子才好過。妳還小不懂，做婆婆的若是有心要搓磨兒媳，妳是一點辦法都沒有，她到底占著宗法大義。」

這般推心置腹的話也只有親娘才會跟閨女說，沈薇自然是領情的。「大伯母放心，姪女會好好應答的。」

晉王妃請四小姐過府說話，這消息如長了翅膀般傳遍整個侯府，有人羨慕，有人嫉妒，還有人是不忿。

相較於趙氏的羨慕嫉妒，那身在小佛堂的劉氏就是不忿嫉恨了。

沈雪出嫁時劉氏都沒能出來，她真的心灰意冷了。後來沈雪去看她，給她送了不少吃的用的和銀子，日子才漸漸好過一些。前些日子，摔斷腿的張嬤嬤回府來看她，哭訴了一番家裡日子的艱難，兩人一起咒罵罪魁禍首。

「夫人啊，您可不能喪氣，老奴還等著您出去作主呢！您還有六少爺，六少爺轉眼就長大了，老爺還能真關您一輩子不成？老奴之前悄悄去看過六少爺，唸書可上進了，他以後娶妻生子還得您操心呀，夫人應該振作起來，您把自個兒作踐死了還不是便宜了外人？老奴在外頭一天三炷香為您祈福。」

劉氏轉念一想，對呀，她還有奕哥兒，沒有她看顧，奕哥兒還不得被那兩個賤種欺負死？她不能認命，她得好好籌謀籌謀，她要出去，不光是為了奕哥兒，還有雪姊兒，永寧侯府郁氏那個老貨憑什麼搓磨她的雪姊兒，她得想辦法出去給雪姊兒撐腰！

聽到繼女被封郡主，她已經恨得掏心挖肺了，現在又聽到晉王妃請她過府說話，她更是恨得拔下頭上的簪子狠命朝牆上戳。小賤人，為什麼她的命那麼好？晉王妃不是她的繼婆婆嗎？為何這麼好心給她長臉？她憑什麼這麼好命遇到個好婆婆，而自己的雪姊兒卻攤上郁氏那樣的惡婆婆？

她詛咒，詛咒那位晉王府的大公子活不過一年，讓她嫁過去就守寡——不，那位大公子應該立時就死了，讓她守望門寡才能消了自己的心頭之恨。

在悲天憫人的佛祖面前，劉氏面目猙獰，如地獄來的惡鬼。

轉眼便到了後天，沈薇一早就被叫醒，迷迷糊糊地任由丫鬟們折騰，猛一睜眼瞧見鏡中這個明豔逼人的女子還嚇了一大跳，蛾眉一蹙，道：「趕緊洗了。」

梨花和桃枝幾個趕忙按住她。「小姐，奴婢知道您不愛上妝，可這是去晉王府，您要是素著一張臉去，晉王妃會覺得您不尊重她。要奴婢說，您就該打扮得漂漂亮亮的，讓晉王妃瞧瞧小姐您一點都不差。」

沈薇白眼一翻，道：「妳們見過吃齋唸佛、清修了一個多月，不憔悴反倒精神煥發的？趕緊的，洗掉。」

安靜立在一旁的莫嬤嬤眼底閃過讚許。四小姐還真是個通透的人兒啊！

眾丫鬟都懵了。「真的要洗掉呀？小姐這樣很好看呢。」

沈薇的態度十分強硬。「必須洗掉。」今兒是去打探敵情的，這麼美可不適合，柔弱憔悴的小白花才是最好的選擇。

沈薇洗了臉，又坐回鏡前，一抬頭正對上莫嬤嬤的視線，不由心中一動，道：「有勞莫嬤嬤來給我上個妝吧。」

「奴婢遵命。」莫嬤嬤沒有拿喬。

莫嬤嬤的手很輕，妝上得也很快。「小姐看看可還滿意？」莫嬤嬤退至一旁，恭敬地道。

沈薇定睛朝鏡中望去，只見鏡中的少女眉宇間少了幾分堅毅，多了幾分柔弱，看上去很美，細瞧卻能看出臉上的憔悴。沈薇唇角微翹，滿意地笑了。

「莫嬤嬤有一雙巧手啊！」沈薇讚道：「煩勞莫嬤嬤把首飾也一併選了吧。」

「當不得小姐誇讚，這都是奴婢分內之事。」莫嬤嬤不卑不亢，心中明白這是小姐的另一項考驗。她的眼睛在梳妝匣子中掃了一眼，拿了一支鑲著一大兩小三朵梅花的簪子插入沈薇髮間，又選了一把精緻的插梳，插梳垂下的五串珍珠流蘇自然地散在她披在身後的秀髮上，閃閃爍爍，亮眼極了。最後，她又拿起一副水滴形珍珠耳墜，戴在沈薇的耳朵上。

沈薇輕搖了一下頭，珍珠耳墜輕輕晃動，她滿意極了。

「今兒就莫嬤嬤、梨花和桃枝隨我一去吧。」沈薇點名道，瞧見桃花噘起的小嘴，不由心中一動，改口道：「梨花，妳留下，讓桃花去吧。」她今兒是去示弱的，帶著桃花這個傻妞，說不定會有意外的收穫。

桃花一聽小姐願意帶她去，立刻高興地咧嘴笑，梨花被換下來也不失望。

「不是說晉王妃身邊的那位嬤嬤已經來了嗎？走吧，別讓人家久等了，說咱們忠武侯府沒規矩。」沈薇輕抬蓮步，嫋嫋娜娜地朝外走去。

「祖母，大伯母。」她柔柔地行禮。

老太君打量了沈薇一下，見衣著妝容沒有不妥，臉上便帶上淡淡笑意，指著那個眼生的婦人介紹道：「薇姊兒，這是晉王妃身邊的施嬤嬤。」

沈薇淺笑一下，對著施嬤嬤福身行了半禮。「施嬤嬤好。」聲音有如山間流淌的小溪，悅耳極了。

施嬤嬤哪敢受沈薇的禮，慌忙避開，又回了一禮，受寵若驚地道：「使不得，老奴哪敢當四小姐的禮？」

老太君道：「她小孩子家家的，妳是晉王妃身邊得力的老人，受她半禮也是應該。」

施嬤嬤還是擺手。「使不得，使不得。」眼睛卻不著痕跡地打量眼前這位四小姐，體態婀娜風流，眉目如畫，長得可真好！怪不得府裡那位冷清的大公子瞧中了。

「天兒不早了，府裡王妃還盼著四小姐呢，老奴就告退了。」施嬤嬤對著老太君和許氏說。

老太君徐徐點頭。「去吧，薇姊兒，到了晉王府可不能淘氣。」

「是，謹遵祖母教誨。」沈薇行了一禮，這才轉身離去。大伯母許氏攙著她的手，一直把她送到大門口。

第八十九章

在晉王府大門前下馬車，乘上一頂小轎，一直到垂花門，小轎才停下，早有身著粉藍衣裳的大丫鬟等在這裡，對著沈薇行禮，未語先笑。「見過沈四小姐。您可算是來了，王妃都差奴婢跑八趟了，您再不來，王妃都要親自來等您了。」

這是幾個意思？是對她的看重，還是說她架子大，讓長輩久等了？這念頭在沈薇心中一閃。

於是她面上帶著幾分受寵若驚。「王妃待阿薇真好。」不知道的，還以為她們是多年未見的母女呢。

華煙臉上的笑容微微一滯，隨即恢復自然。「沈四小姐快裡面請。」趁著空隙，她朝施嬤嬤投去一個眼神。這位沈四小姐是真的聽不懂還是故意的？

沈薇一路行著，身姿挺拔，腳步輕盈，讓人挑不出一點毛病。華煙見狀，心中覺得意外，不是說這位沈四小姐是在鄉下長大的嗎？可一點都看不出來呀！她臉上不由帶出兩分訝然。

很快地進了晉王妃的院子。「總算是來了，奴婢給沈四小姐請安。快快請，咱們王妃的脖子都伸長嘍。」門口，一個杏眼的大丫鬟一邊打起簾子，一邊給沈薇行禮，瞧她說話的隨意勁便知道是晉王妃身邊得寵的。

沈薇徐徐邁了進去，一眼便看到正位上端坐著的貴婦人，身穿鴨蛋青帶暗紋刻絲的衣裳，滿頭珠翠環繞，精緻的臉上點著恰到好處的妝容；皮膚白皙，眼角連道皺紋都沒有，看著也就三十如許。她的嘴角噙著一抹笑，雍容華貴中帶著幾分親切。

「四小姐可真是個美人兒，快過來讓我瞧瞧。」晉王妃開口說道，看著沈薇的目光柔和極了，跟看自個兒親閨女似的。

「多謝王妃的謬讚，小女惶恐。」沈薇連忙行禮。「沈氏阿薇拜見王妃。」裙不搖釵不晃，柳腰輕動，如那春風中的嬌花，賞心悅目極了。

晉王妃眸中閃過讚賞，嘴裡一迭連聲地道：「快起，快起，四小姐跟我還客氣什麼？來了這裡就跟在自己家一樣。」她話有深意地道。

沈薇只當沒聽出話裡的打趣，抿嘴羞澀一笑。「多謝王妃的疼愛，小女閨名一個薇字，王妃便喊小女阿薇吧。」

「阿薇，這名字好。名好，人也美，難怪我們家大公子上趕著要娶回家來。」晉王妃又讚了一回，卻絲毫不提讓沈薇坐下說話。

沈薇也不急不躁，就這麼柔柔立在堂下，好似在自個兒屋子裡一樣。「來之前阿薇還心中忐忑，生怕自個兒不懂規矩惹了王妃不樂，現在見王妃這麼寬和慈祥，阿薇可算放心了。」

「瞧瞧這孩子多實誠！我就喜歡阿薇這樣實在的姑娘家，有啥說啥，省得一句話轉十八個彎，讓人摸不著頭腦。以後咱娘兒倆相處長了，妳就明白我了。」晉王妃頓了一下，又道：「這只羊脂玉的鐲子我戴了十多年，今兒就給阿薇把玩吧。」

沈薇連連擺手。「阿薇怎敢奪了王妃的心愛之物？有那釵兒環兒的，王妃揀一樣賞阿薇就是了。」

晉王妃假意地板著臉道：「長者賜不敢辭，阿薇這是投了我的緣，快接過去。」

沈薇推辭再三才做出感激的樣子，雙手接過。「阿薇多謝王妃的賞賜。」鄭重地行禮，又道：「王妃待阿薇可真好！」歡喜地直接把鐲子套在自個兒手腕上，還抬給王妃看了看，樂得像個得了寶貝的孩子。

晉王妃的臉上這才又露出笑容。「這才是好孩子。」然後像是才想起似的道：「瞧我，光顧著歡喜，都忘了請阿薇坐下說話了。快，華煙，給四小姐搬個繡墩過來。」又對著施嬤嬤等人責怪道：「妳們一個個也真是的，本妃忘記了，妳們怎麼就不提醒一聲？」施嬤嬤等人自然連連請罪。

沈薇臉上淺笑不語，靜靜地瞧著晉王妃在那兒表演。她這般反應弄得晉王妃差點破功，這沈四小姐是個傻的吧？不是該幫著求個情說點什麼嗎？只會笑，莫不是——

晉王妃眼睛一閃，覺得自己好似摸到了真相。也是，這位沈四小姐是在鄉下長大的，容貌那是天生，可規矩教養卻是作不得假，她再聰慧也不能在短短時日內脫胎換骨，估計也就學個花架子唬唬人，不懂如何應對，可不就得笑嘛？

這麼一想，晉王妃臉上的笑容又真切了幾分。哼，封了郡主又如何，還不是個草包美人？

晉王妃又瞧見桃花對著桌上的糕點嚥口水，就更加認定沈薇是個草包了。瞧瞧，連身邊的丫鬟都是傻的，做主子的能聰明到哪兒去？

如此，晉王妃的態度就更加隨意了，問沈薇喜歡什麼、平日做些什麼。沈薇都按照標準答案說了，還很不好意思地透露，雖然比較喜歡做針線活，技藝卻是平平。意思是：將來要是讓她聊表孝心，她也好糊弄。

晉王妃卻會意錯了，還當她的親和贏得了沈薇的信任，不然怎麼會自曝其短？「這有什麼？咱們這樣的人家哪裡需要主子親自動手裁衣？阿薇不怕，沒人會挑妳這個。」

晉王妃看著微垂著頭、安靜坐在那裡的沈薇，越看越歡喜。漂亮好啊，漂亮才能籠絡住那個性子冷清的賤種，柔順才能聽她的話，草包就更好了，這樣才好擺布。

於是晉王妃的話越說越露骨。「像阿薇這樣的佳人，連身為女人的我看了都心生憐愛，難怪咱們大公子巴巴地去求聖上賜婚。」一雙眼睛緊盯著沈薇。

沈薇的眼睛閃了一下。這是說徐佑好色，還是諷刺她私交外男？她想都沒想就把罪名推到徐佑的頭上。

她羞澀地垂下頭，小聲道：「之前在大長公主府和大公子有過一面之緣，那時、那時阿薇才剛回京，也不識得那是大公子，還是聖上下了賜婚的聖旨，阿薇才知那是大公子。」

原來是這樣啊！晉王妃心中暗暗點頭，一面之緣就求賜婚，原來那個賤種喜歡這樣的貨色。她心中一動，招過華煙低聲吩咐了幾句，華煙點點頭退了出去，退出去的時候，好似還看了沈薇一眼。

沈薇猜測這是跟自己有關，面上卻不動聲色。不過是兵來將擋水來土掩，見招拆招罷了。

晉王妃對沈薇解釋道：「我娘家有個姪女在府上小住，妳們年紀相仿，應該能說到一塊兒去，我喊她過來，妳們見見。」

不是見見這麼簡單吧？就聽晉王妃的聲音又響了起來。「說來這也是我的一點私心，我們大公子打小身子骨就不好，我娘家這個姪女性子最是柔順細緻，我就想著把她給大公子做個貴妾，跟在他身邊服侍他。前些日子提過一嘴，大公子顧忌著妳還沒進門，不大情願。」她的眼睛盯著沈薇。「咱們這樣的人家，三妻四妾是免不了的，慧姊兒性子好，不是那等淘氣的，不會跟妳爭什麼，而且大公子身邊多個人也能幫幫妳不是？阿薇覺得呢？」

這是逼自己給徐佑納妾嘛！

幫幫她？她能說自己不需要幫忙嗎？徐佑啊徐佑，你還沒大婚，你繼母就已經著手給你納貴妾了，豔福不淺啊！沈薇心中恨得牙癢癢。要是徐佑在跟前，她一定要踹他幾腳。

腦中閃過千萬個念頭，她剛要開口，就聽到身後的桃花大聲喊道：「不行！」

「大膽，主子說話妳一個小小的奴才插什麼嘴？拉下去掌嘴。」施嬤嬤板著臉喝斥。

沈薇趕忙起身求情。「王妃息怒，這個丫頭腦子不大靈光，不懂人情世故，還望王妃饒恕她這一回。」

晉王妃早就看出桃花是個傻的，跟個傻子計較不是自降身分嗎？她沒有生氣，攔住了施嬤嬤，饒有興趣地問桃花。「怎麼就不行了？」

就聽桃花說道：「大公子不許納貴妾！我們小姐的親娘就是被貴妾氣死的，小姐待桃花好，桃花不能讓小姐被人氣死，誰做貴妾，桃花就打死誰，桃花的力氣可大了。」

她一本正經地說著，還怕王妃不信，眼睛瞅了瞅，直奔屏風而去，沈薇阻攔的話還在喉嚨裡，她就已經抬腳把那架看起來價值不菲的屏風給跺個稀巴爛。

沈薇瞧見晉王妃的臉都黑了，屋裡伺候的下人全都目瞪口呆，心中暗爽，面上卻滿是惶恐。「王妃，這、這——」她急得眼眶都紅了，對著桃花喝斥。「桃花，瞧妳做的好事，還不快跪下跟王妃請罪！」

桃花倒是很聽話地跪下來。「王妃，實在對不起，踩壞了妳家的屏風，要不我賠妳一個？我有月錢，都在小姐那兒攢著呢，應該夠的。」

她還真敢說！晉王妃差點沒吐出血來，這架屏風可是金絲楠木的，值上萬兩銀子，是一個做丫鬟的月錢賠得起的嗎？

桃花不懂，沈薇卻知道這架屏風的價值，脹紅著臉道：「王妃，都怪阿薇教僕不嚴，這架屏風阿薇來賠。王妃說個數，阿薇一回府就把銀子送來，只求王妃別生阿薇的氣。」一副可憐兮兮的樣子。

晉王妃能怎樣？她能要未來兒媳的銀子？傳出去還不得被人笑話死？堂堂一個親王妃，能跟個傻子一般見識去？就是把她打殺了，屏風也回不來，還不如大方揭過也顯示自己的寬和慈善。

於是她按捺住心中的不快，淡淡地道：「乖孩子，快起來，這不怪妳。不過是個東西，毀了就毀了吧，說賠就太外道了。」話鋒一轉，又道：「不過妳這個丫頭倒是得好生約束才是。」

沈薇似乎更加難為情了，望著晉王妃，小臉上全是感激。「是，是，多謝王妃不怪罪，阿薇以後一定好生約束桃花，不輕易讓她出來。」

可桃花的話還沒說完。「王妃，妳娘家姪女是不是嫁不出去才要做大公子的貴妾？我們府裡倒有不少好人選，像歐陽大哥啦、虎頭大哥啦，還有蘇先生啦，妳別瞧歐陽大哥臉上有道疤，他力氣可大了，跟桃花差不多呢。蘇先生雖然年紀大了點，可他有學問啊，學問都裝了好幾車呢——」

宋佳慧進來時，正好聽到桃花給她推薦夫家，臉上閃過羞怒，恨不得把桃花搧到一邊去。她好歹也是官家之女，難不成只能配個奴才？

晉王妃的臉色也不好看。把她的姪女跟奴才相提並論，她臉上能有光？

沈薇也見好就收，忙把桃花拉到身後，假意訓斥道：「閉嘴！說什麼傻話，看回了府裡我怎麼收拾妳！」一個眼神橫過去，桃花立刻吶吶地閉嘴了。沈薇見狀，飛快地對她眨了一下眼睛，桃花立刻明白了。喔，這是小姐跟她演戲呢。

小姐早就教過她了，她在外頭闖了禍，人家找上門來告狀，小姐都是當著外人的面訓斥她，回了院就讓人給她做好吃的。

桃花接到小姐的暗號，立刻歡喜地閉嘴，心裡暗暗想著回府後小姐會給她弄什麼好吃的。

宋佳慧來時就知道了姑母的意思，徐徐行禮。「姪女給姑母請安了。」又轉身對沈薇福身。「沈四小姐。」

晉王妃嗔怪道：「叫什麼四小姐？多外道，慧姊兒妳稱阿薇一聲姊姊吧。」

宋佳慧臉上閃過喜意，對著沈薇鄭重一禮。「佳慧見過姊姊。」

這是硬逼著自己承認宋佳慧貴妾的身分了？那怎麼可以！沈薇一扭身，避開宋佳慧的行禮，淡淡地道：「宋小姐客氣了，阿薇年歲小，擔不起這聲姊姊。」

宋佳慧的禮行到一半，蹲著身在那裡，尷尬極了。

「怎麼，阿薇不同意嗎？」晉王妃臉上的笑容收了起來。

沈薇卻正色道：「回王妃，非是阿薇不願。家中長輩自幼便教導，在家從父，出嫁從夫，不說阿薇尚未過門，即便過門，阿薇也是要聽大公子的。大公子願意，阿薇自然願意，大公子不願，阿薇自然也不敢擅自作主。」

聽了沈薇的話，晉王妃的臉色好了一些，剛要繼續再勸，就聽沈薇又道：「王妃實在問阿薇的意思，阿薇只能回家詢問父親、祖父的意見，他們若同意，阿薇自然不會反對。」

晉王妃頓時好似被人搧了一巴掌。人家閨女還沒有過門，她跑去跟人家閨女的長輩說要納貴妾，這不是打臉嗎？

她不過是瞧沈薇年紀小，好哄騙，想著用話拿捏住她罷了，這樣的事哪敢拿到人家長輩跟前去說？

晉王妃抓著帕子的手緊了緊，擠出一個微笑，道：「這麼點小事哪需要驚動老侯爺？阿薇若是不願，就當我沒提起過。我也不過是瞧著大公子身子骨不好，阿薇一個人太辛苦，想給妳找個幫手罷了，阿薇不願那就算了吧。」

都到這時候了，還想把髒水往本小姐身上潑？大公子身子骨不好是一天、兩天了嗎？現在才想起來給他納貴妾？是想給本小姐添堵吧？還幫手？兩個親兒媳怎麼不需要幫手呢？

哼，不讓我痛快，那妳也別想舒坦。

第九十章

沈薇像突然想起什麼似的，道：「昨日祖父得知阿薇要來拜見王妃，特意召阿薇去書房教導了一番，祖父告誡阿薇要賢淑柔順，尊老愛幼。阿薇記得王爺是沒有貴妾的吧？王妃一個人可真是辛苦，阿薇願替大公子盡孝，這個貴妾還請王爺先納吧。」

晉王妃聞言，一口氣差點沒上來。姑姪共侍一夫，這不是亂了倫常嗎？一旁的宋佳慧臉上也閃過羞憤。「妳、妳太過分了！」

沈薇根本不理會她，像才反應過來似的，衝著晉王妃不好意思一笑。「瞧我這個豬腦袋，王爺跟宋小姐差著輩分呢，倒不好納了宋小姐。咦，二公子、三公子不也都沒有貴妾嗎？他們跟宋小姐倒是同輩，納了可沒有妨礙。」沈薇眼睛亮晶晶，期盼地望著晉王妃。「王妃，您娘家還有姪女吧？二公子納一個，三公子納一個，然後再給大公子納一個，這就皆大歡喜了。若是姪女不夠也沒關係，大公子可以讓讓，誰讓大公子是兄長呢，做兄長的怎麼好跟弟弟們搶？王妃您說是吧？」

這讓晉王妃怎麼回答？合著她娘家姪女這麼不值錢，全是給人當妾的料？那娘家嫂子還不跟她沒完？

不，她錯了，這個沈四小姐哪是個愚蠢好拿捏的？分明是個厲害的！可晉王妃緊盯著她的臉瞧了半天卻又覺得不像，瞧她那認真的小臉和渴望得到肯定的眼神，分明就是這樣認為的。

晉王妃心底也不願承認自己看走眼，只能說這個沈四小姐太蠢，蠢得讓她肚子疼。

晉王妃渾身的手段、滿腹的算計卻一點也使不出來，反倒被沈薇氣得頭疼，而氣人的那個還端著一張無辜的小臉，以為自己做得好呢。

晉王妃找了個藉口匆匆離去，沈薇還傻乎乎地以為晉王妃哪裡不適，要跟過去侍疾，被施嬤嬤等人好說歹說地勸著留下來。

屋裡只剩沈薇和宋佳慧兩個主子，宋佳慧看了看沈薇，心中十分不屑。不過是個鄉下丫頭，居然能嫁給大表哥，自己比她也不差哪裡呀！做不了正室，連個貴妾都做不成，她怎能甘心？

「聽說沈四小姐是在鄉下長大的？」宋佳慧面帶譏誚，一副不懷好意的樣子。

沈薇很大方地點頭，坦然道：「是呀！我們忠武侯府的祖宅在沈家莊，我身子骨不大好，家中長輩憐愛，便送我去祖宅調養身體，一直到及笄才回京。」

宋佳慧臉色一僵，本以為提起鄉下能讓這位沈四小姐自卑，沒想到她不僅不自卑，還非常坦然，讓她覺得一拳打在棉花上，可沒勁了。

沈薇卻很歡快，斜睨著眼前這個一會兒咬牙切齒，一會兒幽怨哀傷的少女，心道：妳姑母本小姐都手到擒來，妳這個道行淺的，本小姐就更不懼了。

「妳一個鄉下丫頭何德何能嫁給大表哥？哼，不會是過門三天就被休了吧？」宋佳慧口出惡言。

沈薇一點都不生氣，異常認真地道：「我命好啊！要不然怎麼就能嫁給大公子？宋小姐很羨慕嗎？這是羨慕不來的，肯定是我上輩子做了好事。宋小姐儘管放心，我跟大公子這是聖上賜婚，大公子不僅不能休我，連和離都不能。」一副「雖然我不需要但仍謝謝妳替我著想」的樣子。

誰替妳著想了？宋佳慧都快氣炸了。怎麼會有這麼蠢的人？連明晃晃的諷刺都聽不出來。

沈薇的心情更好了。就這麼三腳貓的道行還想跟她鬥？省省吧！

直到離開晉王府，她的嘴角一直都是上翹的。

晉王妃倚在美人靠上，兩個小丫頭給她捶腿，大丫鬟華雲給她按頭。

「王妃。」施嬤嬤悄悄走進來。

「送走了？」晉王妃眼都沒睜開，聲音也懶洋洋的。

「回王妃，是送走了。」施嬤嬤恭敬地道。

「嬤嬤覺得這沈四小姐是個怎樣的人？」晉王妃的聲音依舊漫不經心。

施嬤嬤想了想，道：「奴婢不大能看清沈四小姐這個人，奴婢覺得要麼大奸，要麼大愚，奴婢偏向於前者。」

「呵呵。」晉王妃輕笑了一聲。「嬤嬤未免太抬舉她了吧？要本妃看，她不過是個被教傻的蠢貨，偏還以為自己聰明，呵，真是可笑。」

連話中的深意都聽不出來，偏還一口一個規矩，一套套的大道理，連奉承人都不會，這樣的能在後院活幾年？

一想到這兒，晉王妃心中快意極了，之前被沈薇氣得喘不過的胸也舒暢起來。

沈薇回到府裡，自然要先去松鶴院給祖母和大伯母回報一下情況，除了隱去桃花那一段，別的倒都沒瞞著，包括晉王妃逼著她同意給徐佑納貴妾的事也說了，好讓她們儘早認清晉王妃的真實面目，省得一個個都覺得晉王妃對她多好，以後她有個事回府哭訴都沒人相信了。

大伯母許氏聞言十分氣憤。「晉王妃這是什麼意思？薇姊兒還沒過門就想先納貴妾，這不是打咱們的臉嗎？」

她看了看安靜站在一邊的姪女，又是心疼又是為難。這若是換一家，她也有底氣找上門去替薇姊兒撐腰，可偏是晉王府，那位晉王爺可是聖上一母同胞的親弟弟，她一個小小的侯夫人哪敢上王府去說三道四？

老太君卻不以為然。「男人麼，哪個不是三妻四妾？不論怎麼著，薇姊兒妳是正室，要拿出正室的氣度來，切莫學那等拈酸吃醋的小性，再是貴妾也不過是個玩意兒，只要妳嫁過去生下嫡子，得了夫婿的心，誰也動搖不了妳的地位。現在可不宜惹惱晉王妃，她到底是妳的婆婆。」

沈薇連眼皮子都沒撩一下，直接應了聲。「孫女知道了。」

沈薇和許氏一同出了松鶴院，許氏面色複雜地喊住她。「薇姊兒。」心中明明有許多話，卻一句也說不出來。

沈薇卻理解許氏的心情，燦然一笑道：「大伯母放心吧，好歹我也是聖上親封的郡主，吃不了虧的。貴妾的事被我拒了，我只說這事得聽大公子，我又沒有過門，哪能就替大公子作主？」

「那就好。」許氏放下心來，拍著沈薇的手，推心置腹地道：「薇姊兒，不是大伯母不給妳撐腰，實在是妳嫁的門第太高了，咱們是有心無力，妳別怪大伯母啊！」

沈薇乖巧地點頭。「我都懂的，大伯母待姪女已經很好了，姪女不是那不知恩義的人。」眼睛一閃，想起要打聽許翰林家的事來。「大伯母，姪女跟妳打聽件事。是這樣的——」她把人家給表哥提親的事說了一遍。

「哦，妳是說許家呀！這說的倒是實情，那一家子都是厚道人。許翰林跟我是一輩的，我還得稱他一聲從兄，打小就是個好學的。他娶的夫人是他遠房姨家表妹，賢慧善於理家；他家那個大姊兒閨名叫楚桐，比妳二姊大幾月，小時候還跟妳二姊一起玩過，是個冰雪聰明的小姑娘，長得也如花似玉。後來她家守孝，便沒再見過了，聽說是個出眾的。」

許氏說著自己知道的情況，想到晉王府的事幫不上忙，這事她倒是能幫上一把。「要不這樣吧，過兩日薇姊兒隨我回娘家一趟，咱把桐姊兒也一併請過去，薇姊兒自個兒瞧瞧。」

「那就再好不過了，真是謝謝大伯母。」沈薇高興地道謝。別人說得再好，還是自個兒親眼瞧瞧比較放心，畢竟關係到她表哥的一輩子幸福。

沈薇這邊想著去親眼瞧瞧許楚桐其人，那邊人家許楚桐也正琢磨著瞧瞧阮恒。

「閨女呀，妳都十八了，不能再耽誤下去，好不容易遇到一個適合的，妳到底是怎麼想的？妳還不信妳爹嗎？那後生妳爹親眼瞧過，說是個不錯的。雖然阮大將軍府現在沒落了，但人家後生上進呀！」許翰林的夫人張氏苦口婆心地勸著閨女。

許楚桐只垂著眸子，緊抿著唇，一句話不說。

張氏看著女兒倔強的樣子，心裡有些心疼。桐姊兒是她的第一個孩子，雖然是個姊兒，但一生下來就粉嘟嘟的，夫君包括公婆都十分疼愛，打小就伶俐，三歲就能跟著她爹背詩了，琴棋書畫學了一肚子，在學問上比她弟弟還要強上幾分，針線活也是極好，十四歲就幫著自己管家了。

這麼個樣樣都好的閨女卻時運不濟，說親的年歲趕上公婆相繼去世，一來二去地就把她給耽誤了。每每聽著族裡的人議論她家桐姊兒是嫁不出的老姑娘，她就恨不得能撓破那幾個長舌婦人的臉。

「娘也知道妳委屈，可這是命啊，半點不由人。」張氏嘆氣，別說閨女委屈，她也委屈啊，族裡許多比不上桐姊兒的姑娘都嫁了高門佳婿，她家桐姊兒讀了滿肚子的詩書，自然希望未來夫婿是個有才學的，可那樣的人才大多已經娶妻，剩下的寥寥兩個卻嫌棄桐姊兒年歲大，登門求娶的多是填房繼室，要麼就是那等紈袴子弟，這讓張氏怎能答應？為了閨女的親事，她愁得整宿睡不著覺。

許楚桐也明白娘為了自己的親事操碎了心，咬了咬唇，道：「反正都已經拖到現在，也不差這一時半會兒，女兒也不是那貪慕富貴的人，只要人好、上進，不是那拈花惹草拎不清的，女兒不挑家世。」

張氏聞言撫著女兒的後背，道：「妳放心，爹娘還能坑妳？這個阮家的後生是妳爹瞧好的，那後生自個兒掙了五品的官職，算是上進的，聽說長得也一表人才，打小也是唸書的，並不是那等粗魯的漢子。」

許楚桐眸子閃過遲疑。「女兒不是不相信爹爹的眼光，只是這畢竟是女兒一輩子的事，女兒想親自看看那人。」

「閨女呀，哪有自己相女婿的？」張氏臉上帶著幾分不贊同，但對上女兒倔強的眼神，心不由先軟下來。「罷罷罷，隨妳，回頭讓妳弟弟護著妳出門，遠遠瞧上一眼便是了。」

許楚桐這才展露笑顏，把頭靠在張氏的肩上。「女兒就知道娘會答應的。」

張氏嗔怪著輕拍了女兒一下。「妳呀，娘就妳這麼一個閨女，不疼妳疼誰去？不光娘疼妳，妳爹更疼妳，為了妳的親事，向來不愛應酬的他拉著同僚喝酒，到處打聽誰家有年紀相仿的後生。」每每回府都吐得跟什麼似的。

許楚桐的眼睛便浮上一層水氣，何其有幸，她能投胎做爹娘的閨女。

夜晚，一個黑影躍入徐佑的小院，立刻便被接應的江黑帶入徐佑的房間。「你受傷了。」徐佑聞到一股血腥味。

黑影便是他從山下調過來的人，是影衛中的一員，影一。

影一低頭看了一下自個兒的左肩，點點頭，飛快地道：「公子，屬下被發現了，估計他們很快便會搜查寺院。屬下在道光和尚的禪房中發現地下似有密道，屬下想下去查看，沒想到驚動了道光和尚，被他所傷，幸虧屬下逃得快，不然非折了不可。」

話音剛落，就聽到外頭嘈雜起來，還傳來拍門的聲音。

「他們追過來了。公子您多保重，屬下這就離開，不能牽累您。」影一說著便要從後窗離開。

徐佑卻攔住他。「已經來不及了，快，躲到床的夾層裡去。」

影一躲好之後，江黑迅速把藥碗摔在地上，室內頓時充滿了藥汁的味道。江白則大聲應著出去開門。「來了，來了。」

江白打開院門，頓時嚇了一跳，門外站了好多舉著火把的和尚，帶頭的那個江白也認識，是道光和尚的師兄道玄和尚。江白一點都不喜歡道玄和尚，他總拿陰惻惻的目光瞅著公子，讓人不舒服極了。

「是道玄大師啊，這是？」江白一副驚魂未定的樣子。

道玄和尚瞧了江白一眼。「寺中來了個小賊，打傷道光師弟，偷走了寺中的一件寶物，貧僧等追到這附近便不見了，敢問施主可是見到了？」

「沒有啊，不瞞大師，我們公子今晚又發病了，一直咳個不停，藥都喝不進去，小的都快愁死了，正要請道光大師給瞧瞧呢，還真沒注意外頭的情況。」江白愁眉苦臉地道，臉上適時地帶上幾分關心。「大師啊，道光大師傷得嚴重嗎？您瞅著還能為我們公子瞧病嗎？」

道玄和尚盯著江白看了一會兒，見他臉上的表情不像作偽，便搖頭道：「師弟傷得有些重，恐怕不能為你家公子瞧病了，真是遺憾。」

江白臉色便難看起來，跺著腳咒罵。「這該死的小賊，若是讓小爺抓到他，非把他碎屍萬段不可，可憐了我們公子嘍！」

道玄和尚的眼睛一閃，道：「貧僧也略通醫術，可以替你家公子把把脈。貧僧擔心那小賊逃入你們院子，若是傷了你家公子就不好了。明覺，你帶人進去四下找找。」

江白簡直是喜出望外。「大師說得對，快去找找，犄角旮旯裡都找細點，別真藏在我們院子，回頭再傷了我們公子就不好了。大師，快請，趕緊給我們公子瞧瞧，他都快把肺咳出來了。」

道玄和尚瞅了江白一眼，便帶頭朝裡走。離得老遠就聽到屋內傳來聲嘶力竭的咳嗽聲，江白頓時緊走幾步。「公子，您沒事吧？寺裡進了個小賊，偷了東西，還打傷了道光大師。道玄大師也通醫術，小的把他請來給您瞧病了。」一邊說一邊把門推開。

第九十一章

道玄和尚進了屋子，一股濃重的中藥味頓時襲來，他掃了一眼地上打碎的藥碗，臉上閃過了然。

江黑正端著另一碗藥勸著。「公子，您喝一口吧，喝了藥您的病就好了。」

徐佑還在咳嗽，一聲緊似一聲。「不、不喝了，沒、沒用。」他嫌棄地把頭撇開，手捂著嘴。「大、大師，坐。」

「呃！」徐佑的咳嗽聲猛地一頓，江黑立刻遞過帕子，徐佑接了帕子便捂在嘴上，嘔吐了好幾聲才拿開帕子，整個人像用盡力氣般靠在床頭喘氣。

「公子，您怎麼又咳血了，大師，求您趕快給我們公子瞧瞧吧！」江白接過染滿血跡的雪白帕子扔在腳邊的銅盆裡，裡頭似乎還扔了兩團帶著血跡的帕子。

道玄和尚眸中閃了閃。他就說屋裡怎麼會有淡淡的血腥味呢。「貧僧為施主把把脈吧。」他上前一步道。

「有勞大師了。」徐佑把胳膊伸過來，江黑和江白則滿臉緊張地盯著。

道玄和尚把了脈，又撿起帶血的帕子瞧了瞧，然後才道：「施主這是吹了山風導致病發，施主的身子骨弱於常人，還是少出去走動為好，即便是出去也要多加衣裳。」

「多謝大師告誡。」徐佑趕忙感謝。

「大師啊，我們公子還吐了那麼多血。」江黑開口說道。

道玄和尚撚鬚說道：「這倒是無礙，山風激得氣血倒流，現在污血吐出來就沒事了。」

「那就好，真是謝天謝地、佛祖保佑了。」江白雙手合在一起，大大鬆了一口氣。「道玄大師，真是太感謝您了！」

就在此時，明覺和尚走進來。「師伯，四處都瞧了，沒發現小賊的身影，許是跑到別處去了。」

道玄和尚道：「那咱們趕緊去別處再找找吧，不打擾施主歇息了。」

他為啥走得那樣乾脆？實在是徐佑屋內一覽無遺，根本就沒有能藏人的地方，卻不知道自徐佑入住的那天，那張床便被改造了，床板下是一個恰好能藏下一人的夾層。

道玄和尚帶著人走了，江白站在院門處瞧著他們漸行漸遠，這才關上院門回了屋子。

「公子，他們走了。」江白說著就要去掀床板，被江黑一把拉住。「你急什麼，再等等，給公子煎藥去。」

江白腳步一頓，跟他哥的目光對了一下，轉身去櫃子裡拿藥，剛走到廊下就聽見拍門的聲音。「來了，來了。」他連藥包都沒放下就小跑著去開門了。

「大師，您還有事？」門外站著的赫然是去而復返的道玄和尚，江白心中道了聲好險。

就聽道玄和尚道：「貧僧想起用銀針可緩解你家公子的痛苦，便回去拿了銀針過來。」

江白大喜，忙請道玄和尚進來。「大師，真是太感謝您了！」

道玄和尚進了屋，利眼只一掃，便發現除了地上的碎藥碗被收拾，屋內還是剛才的樣子，一絲變化都無，才徹底放下心來。

這一回道玄和尚離開後，江黑、江白才把影一自夾層中扶出來。他已經有些昏迷，由江白掌著燈，江黑給他檢查傷口。

傷口在左肩上，似乎是匕首之類的武器所傷，要命的是傷口處發黑，一瞧就是中了毒。他們手中倒是有藥，因為徐佑的病，江黑、江白兩人時常輪流下山抓藥，順帶便弄了些外傷的藥和解毒的藥丸，只是不知影一中的是什麼毒，這倒有些棘手。

「公子，怎麼辦？」江黑、江白看著半昏迷的影一很著急。

徐佑是久病之人，對醫術也懂幾分，便道：「先給他服解毒藥丸，能解多少是多少。江白，你再去煎一服藥，就按我平時喝的那種。」反正裡頭都含有清熱解毒鎮定的成分，應該能有些作用。

其實當務之急還是該把影一送下山去醫治，可現在寺中肯定戒備森嚴，根本就送不出去，怎麼辦？

給影一灌了藥，包紮好傷口，把他又塞回夾層裡。

屋內主僕三人均沈默不語，除了擔心影一的傷勢，徐佑在思考影一帶來的訊息。道光和尚的禪房裡有密道，是通向哪裡？只有道光的禪房裡有密道嗎？別處還有嗎？有多少？是否與後山相連？

要消滅後山的幾千人馬，還需從珈藍寺打主意——誘敵深入！後山太大，山林太深，既然找不到那就索性不找，得想法子把他們引誘出來。

怎麼引誘呢？徐佑的手指輕輕在衣襟上滑呀滑呀，眉頭皺得緊緊的。

望著推門而入的師兄，道光和尚睜開眼睛。「這回放心了？」真不明白師兄怎麼就盯著個病秧子不放，都已經搜查過一遍了還不放心，又殺了個回馬槍，不還是一無所獲嗎？

「師弟，小心些總不是壞事。」道玄和尚在他對面坐下，關切地問：「你的傷沒事吧？」

「沒事，不過是皮肉傷。」道光和尚瞧了一眼自己的右臂，想了想道：「他應該傷得比我重，我的匕首上淬了毒，所以他逃不了多遠。」

若只是個普通的小賊還好，若真是朝廷的探子就麻煩了……瞧那人的身手，他傾向於後者。

道玄和尚緩緩點頭。「明覺帶著人繼續找。師弟，我心裡總有一種不祥的預感，老覺得心驚肉跳，好似有什麼大事要發生一般。」

道光有些不以為然。「能有什麼大事？咱們這珈藍寺都風平浪靜了二十多年，不瞞師兄，我現在都已經習慣這樣平靜的生活，那些打打殺殺的日子，咳，仔細思量，做個與世無爭的和尚也沒什麼不好。」

「師弟怎麼會這般想？」道玄和尚眼中閃過詫異。「難道你忘記主子了嗎？咱們的命可都是主子救的，當初可是發誓要為主子效犬馬之勞的。」

「可是主子在哪裡？師兄，你算一算咱們有多少年沒見過主子了？當初咱們奉命來這珈藍寺，最後一次接到主子的密令，便是十多年前後山多了那麼一群人，之後便沒再接過一言半語，後山那些人的行動也不許咱們過問，供養卻得咱們出，還對咱們呼來喝去，師兄甘心嗎？主子到底是個什麼意思？」道光和尚望著師兄說道。

這些年，他早就習慣了被人尊敬的高僧身分，若不是後山上那些人時時過來提醒，他早忘了什麼主子、什麼密令、什麼宏圖大業。他又不傻，這天下早就安定，就憑後山上那三、五千人就想著顛覆大雍的江山？別白日作夢了。

「師弟莫不是要做那背信棄義忘恩負義之人？」道玄和尚的眼睛一下子睜得老大，見師弟平靜無波地望著自己，不由頹然地閉上眼睛，半晌才又睜開。「師弟，我知道你是不想受後山那群人的鳥氣，可咱們不都是為了主子嗎？你管他們說什麼，咱們做好自己的分內之事就好。這都二十多年了，主子、主子應該很快就會現身——」越說他越沒有底氣，內心深處也在猜測主子是走得遠了，還是遇上什麼不測？畢竟主子的年紀可不小了。

「反正我是不會背叛主子的。」最後道玄和尚扔下這麼一句話。道光和尚心中嘆了口氣，口中唸著阿彌陀佛，便微垂著眼眸繼續打坐。

算了，聽天由命吧！

徐佑手中最大的底牌不是影衛，而是護龍衛，他手中握著一支五百人的護龍衛，而這個秘密連雍宣帝都不知道。

顧名思義，護龍衛是保護皇帝的暗衛，由大雍朝開國皇帝一手締造，只是先帝去後，這支護龍衛便銷聲匿跡了，雍宣帝明察暗訪了許多年都一無所獲，便猜測是不是先帝臨去前散了這支護龍衛，不然怎麼著也該傳到他手裡。他不知道的是，護龍衛早就被先帝當成禮物，送給徐佑這個孫子。

影衛已經很厲害了，護龍衛更是暗衛中的王者，這一回徐佑把五百護龍衛全都調出來，趁著夜色悄無聲息地潛入珈藍寺。速戰速決，他不想再磨蹭下去了，得趕緊回去把沈小四娶了。

護龍衛一出，只半個時辰，便控制了整個珈藍寺；又半個時辰，珈藍寺地下的密道全部被毀壞。

珈藍寺的僧人，除了不小心弄死的，全都被綁了手腳扔在大殿中。道光、道玄等十多個輩分高的倒是沒有縛住手腳，只是他們好像中了軟筋散，能勉強站著，卻使不得武功。至於那個被當作吉祥物供著以作掩護的方丈大師，因為長期被藥物控制，已經孱弱得下不了床了。

道光和尚望著緩步走來的徐佑，心中異常複雜。道玄和尚則憤怒地想要撲上去把他撕碎，明覺等人雖沒開口大罵，卻也全都用恨毒的目光望著他。

「道玄、道光大師，有禮了。」徐佑在大殿中央站定，江黑、江白一左一右跟在他身後。他腳步穩健，身姿挺拔如松，哪裡還有之前走一步喘三下的孱弱模樣？火把光芒的映照下，他如玉的容顏更加清晰，星眸如那平靜無波的古井，分明就是個姿容絕佳的貴公子。

「果然是你！我就說這奸賊包藏禍心，師弟還不信。呔！小賊，速速報上名來，既然落在你的手裡，也讓爺爺做個明白鬼！」道玄和尚怒視著徐佑。

徐佑眉梢輕揚，說了一句。「我姓徐。」

「你是皇家的人。」道光和尚心中一動。他倒沒有道玄和尚的憤怒，內心反倒有種解脫，好似這些年自己一直盼著這麼個結果。

徐佑望著他道：「道光大師既然能猜出小子是皇家的人，那自然也知道小子為何而來。不錯，小子正是為後山那支人馬而來。大師是出家人，慈悲為懷，也不想看到生靈塗炭吧？」

「呸，你少在這兒巧言令色了，要殺要剮趕緊，囉嗦個什麼。」道玄和尚雙目噴火，若不是師弟拉著他，他早就撲上去了。「師弟別被他的花言巧語騙了，皇室中能有什麼好人？之前他還騙了你，你可不能聽他的。哼，有本事就自個兒往後山拿人去。」

最後一句是對著徐佑說的。他的臉上帶著得意，山林那麼大，除非十萬大軍搜山，否則別想輕易抓到後山的那支人馬。

徐佑不理他，繼續遊說道光大師。「大師是個明白人，自然清楚小子對後山的人馬是勢在必得，有沒有大師的幫助，不影響大局，只是費些工夫罷了。小子之所以給大師一個機會，不過是感念大師之前的慈悲心罷了。小子可以承諾，只要大師願助小子一臂之力，那小子便不動珈藍寺中的僧人，大師依然還是德高望重的道光大師。」

珈藍寺中的僧人多數都是不知情的，雖是每日勤練武藝，卻都是普通僧人，徐佑也沒想要把他們都殺了。

不可否認，徐佑這個提議讓道光和尚心動了。他很清楚徐佑說的是實話，三、五千人馬對上朝廷的大軍無疑是以卵擊石，總會被收拾乾淨，不過是時間早晚罷了。他也確實是厭倦了，想避在這方外之地過安寧的日子。這個年輕的後生倒是有一雙看透人心的利眼，光憑這一點，他就對主子所謂的宏圖霸業不抱任何希望。

不僅道光和尚心動，明字輩的也有許多人心動。他們都是道光和道玄收的徒弟，壓根兒就沒見過什麼主子，自然談不上忠心，而且珈藍寺香火鼎盛，他們的日子過得滋潤，有好日子不過，誰願意幹那掉腦袋的營生？

所以除了道玄雙目赤紅，破口大罵之外，大殿中其他的僧人都沈默不語，徐佑心中便有了數。至於罵不停的道玄，則被身旁侍衛堵住嘴巴。

「徐施主所言當真？」道光和尚鄭重詢問。

「自然。」徐佑答得乾脆。

「貧僧還有個不情之請。」道光和尚說著，看向嘴裡塞著破布的師兄。「事成之後，望徐施主放貧僧師兄一條生路。」

徐佑瞧了一眼被押在一旁的道玄和尚，只見他使勁掙扎著，目露凶光，嘴裡發出唔唔唔的叫聲。

「可以，只要大師能看好道玄大師，小子並不是個嗜殺之人。」徐佑答應得十分爽快。區區一個道玄和尚翻不出什麼浪花來，而且對珈藍寺，他還有別的打算。

「阿彌陀佛，多謝徐施主。」道光和尚對徐佑合掌一禮，便不再言語了。

有人進來稟報情況。「公子，大軍馬上就要到了，是徐威大統領。」

徐佑微微頷首，說了一句。「撤。」就見五百名神出鬼沒的護龍衛立刻沒入濃濃夜色中，如同突然出現一般，又突然消失無影了，替代他們的則是影衛。

只需徐佑一個動作，所有的影衛都動了起來，接著珈藍寺中火光沖天，喊殺聲響徹四方。

「諸位大師跟小子一起去殿外觀看吧。」徐佑率先朝殿外走去，眾人齊齊朝道光和尚看去，道光和尚臉上一片平靜。「走吧，都去看看吧。」

眾人相互扶持著往外走，在離徐佑五步遠的地方停住腳步。他們看到自己熟悉的寺院各處燃起了大火，一隊隊影衛手持刀劍對戰，呼喝聲、喊殺聲，響成一片。他們心中雖知道那是演戲，卻仍免不了後背發涼，內衫濕透。

不由把目光投向那個年輕公子，他的雙手背在身後，脊梁挺直，如暗夜中的一桿長槍，鋒芒畢露。

他微仰著頭，好似壓根兒就不關心眼前的戰場，就這麼隨意站著，長身玉立，讓人忍不住心生臣服。

第九十二章

一刻鐘後，徐佑一抬手，就見兩個穿著珈藍寺僧服的和尚閃了出來。「公子。」他們微垂著頭，立在徐佑面前等待吩咐。

徐佑轉身，看向道光和尚。「大師，你該去後山求救了，山路崎嶇難走，小子給你找了兩個幫手。」微一示意，那兩個和尚便站在道光和尚的左右。

道光和尚心中苦笑。早就沒有了回頭路，哪怕前方是懸崖，也只能往下跳了。

珈藍寺中的火光和動靜自然傳到了後山。「頭領，不好了，官兵圍山了，咱們趕緊走吧！」

頭領站在一塊大石上，瞇著眼睛看珈藍寺中的火光，臉上一片凝重。「往哪兒走？珈藍寺若是沒了，咱們這幾千弟兄還能活下去嗎？」沒有珈藍寺的供養，他們的吃穿用度從哪兒來？「不行，咱們必須保住珈藍寺。」

「頭領，您可要三思啊！俗話說得好，留得青山在，不怕沒柴燒，沒了珈藍寺，不是還有——」在頭領凜冽的目光下，那人到底沒敢往下說。

頭領面無表情，讓人猜不出他在想些什麼，幾個屬下惴惴不安，沈默似一張大網，珈藍寺的喊殺聲愈加清晰，敲打在每個人的心上。

「我帶一半人去珈藍寺支援，你們留在後山見機行事。」頭領作了決定。

「頭領，還是我等去珈藍寺吧，也不需一半人馬，五百就差不多了，聽著這聲勢，官兵人數並不多。」一個小頭領說道。

頭領擺擺手。「聽命行事。」

頭領帶著一半人馬匆匆往珈藍寺趕，半路上，跟上後山求救的道光和尚一行遇到了。

道光和尚三人身形狼狽，僧衣上帶著斑斑血跡，好似從千軍萬馬中殺出來一般。見到頭領，眼睛都亮了，驚喜地喊道：「快，快去救人！好多官兵，足有兩、三千，寺裡快頂不住了！」他氣喘吁吁地說道。

頭領的眼神一凜。兩、三千？自己這一半人馬，再加上寺中幾百僧人，也只能戰個勢均力敵，可己方有個優點，那就是熟悉地形，勝算還是很大。

「快走！」頭領帶著人飛快地往珈藍寺衝。

道光和尚鬆了一口氣，就要跟著往回走，卻被幫手攔住了，和另一人一左一右地攙著道光和尚的胳膊，隱入了山林之中。

頭領急著去救人，也沒在意道光和尚有沒有跟上來。

等頭領意識到不對時，已經被徐佑斬斷退路，回不了頭了。他看著大殿外那個氣宇軒昂的貴公子，又看了看他身後立著的僧人，還有什麼不明白的？

「閣下是誰？」頭領眼底閃過陰鷙。

徐佑一副雲淡風輕的樣子。「我是誰重要嗎？既然來了，那就都留在這兒吧。」

「呵，閣下的口氣倒挺大，就不知本領如何了，想留下我等？那就試試吧。」頭領冷冷地說道：「殺！」他抽出雙刀便朝離自己最近的影衛而去。

徐佑也動了，沒有用劍，而是抓起江黑遞給他的長槍，入手沈甸甸的。「好槍！」他讚了一句

他一個大鵬展翅便躍了出去，手中長槍連刺，如出淵蛟龍，夾著一股銳不可擋的氣勢。他騰空而起，在空中旋身，揮出一片燦爛的光幕，似點點繁星自夜空中墜落而下。光幕消失，徐佑站定身形，周圍便倒下一圈的人。

他持槍而立，槍尖外指，目光所到之處，叛軍齊齊後退。

「好槍。」徐佑又讚了一聲。在戰場之上，還是長槍使得順手啊！難怪沈小四那麼喜歡用萬人斬了。

徐佑殺得興起，而站在大殿外觀看的僧人差點沒嚇破膽。這還是那個每日被人扶著、連路都走不了的病弱公子嗎？分明就是個殺神呀！有那膽子小的，早就兩股戰戰地跌坐在地上了。即便是膽子大的也渾身發冷，覺得手腳好似都不是自己的了。

徐佑和頭領戰起來。頭領是個三十許的漢子，身高八尺，體型壯碩，徐佑在他跟前像弱雞似的。

起先，頭領壓根兒就沒把徐佑放在眼裡，可越戰心越涼，自己的衣衫早就被對方刺了無數個洞，而自己卻連對方一片衣角都沒摸到。

山門外響起了喊殺聲，徐佑便知道朝廷的大軍來了，手下的動作更快了，頭領則更加慌亂。

徐威是禁軍大統領，最忠於雍宣帝，也是雍宣帝最信重的心腹，此次他奉了密旨帶領五千禁軍來配合大公子的行動。他一衝進珈藍寺，正好看到那位大公子把個首領打扮的人一槍釘在地上，嘴角不由抽了抽。外人都道這位大公子是個病秧子，有誰知道他這麼彪悍凶殘？

徐佑也看到了徐威，對著他點頭示意，口中發出一聲尖銳的哨聲，正在對戰的影衛立刻朝徐佑身邊集結。等眾人集結得差不多了，他就帶人朝後山而去，把珈藍寺的戰場讓給徐威。

被影衛挾持走的道光和尚有些摸不著頭腦，他本以為徐佑食言想要了他的命，可這兩個影衛只是把他挾持到一邊，並不為難他，但也不跟他說話。

「二位施主，若是無事還請放貧僧離去，之前徐施主答應過的。」道光和尚再次說道。

這一回，影衛回話了。「不急。後山不是還有一半人馬嗎？走吧，大師的任務還沒完成呢。」

迎上影衛似笑非笑的目光，道光和尚的心便突地跳了一下。他們居然連剛才只去了一半人馬的事都知道，虧自己還心存僥倖，想著好歹算是替主子保留了一半人馬。

罷罷罷，都到這分兒上，哪裡還顧得上什麼主子，保自個兒的命吧。

道光和尚繼續往後山求救，本來還擔心說服他們需要多費唇舌的，沒想到他們一聽珈藍寺情況不好，立刻便帶著剩下的一半人馬跟著走了。

能不去嗎？頭領還在珈藍寺中呢，怎麼著也得把頭領救回來吧！沒有頭領，他們就和上頭斷了聯繫。

可還沒到珈藍寺，在半道上就被徐佑帶人打了伏擊。看著中箭紛紛倒地的叛軍，徐佑的唇角露出一抹嗜血的笑。

有影衛配合禁軍，後山的叛軍一個都沒有跑掉。到黎明時，戰場都已經清掃完畢，珈藍寺中到處燃起檀香，才勉強把血腥味遮住。

後續的事情，徐佑一點都不想管，全都扔給徐威大統領。他現在是歸心似箭，滿腦子只想著把沈小四那丫頭娶回家。

沈薇跟著許氏在許尚書府作客。

許泠梅老遠瞧見沈薇，就拎著裙子跑過來。「薇姊姊。」喊過了沈薇才又給旁邊的許氏行禮。「姑母。」

許冷梅的娘親婁氏在後頭瞧著自個兒閨女的蠢樣，忍不住要扶額了。

好在許氏對姪女的性情十分了解，也不生氣，笑咪咪地看她拉著薇姊兒的手說話。

「薇姊姊，妳怎麼不來找我玩？我都快悶死了。我想去侯府看妳，娘都不許，說妳忙著呢。薇姊姊都忙什麼呢？」許冷梅眼睛亮晶晶地看著沈薇。

這下連許氏都忍俊不禁了。「傻丫頭，妳娘可沒騙妳，妳薇姊姊忙著呢。」

婁氏恨鐵不成鋼地戳了閨女一指。「妳薇姊姊都訂了親事，馬上就出門了，妳當還跟妳似的整日閒得沒事幹？」

許冷梅則是捂著額頭傻傻地笑。婁氏都要愁死了，這樣的閨女真的能嫁出去嗎？嫁出去真的好嗎？要不跟老爺商量商量，看看他在朝堂上有什麼政敵，把閨女嫁過去禍害他家算了。

沈薇給婁氏行禮。「見過大舅母。」剛彎腰就被婁氏拽了起來。「看這孩子，跟大舅母還客氣啥？」

沈薇笑笑，跟二姊打招呼。婁氏的大兒媳跟著夫君外放了，不在府裡，所以跟在婁氏身邊的便是沈霜。

沈霜扶著婁氏的胳膊，很親暱的樣子。許氏看了閨女一眼，見她神情輕鬆，氣色極好，這才放下了心。

許府的老夫人上了年歲，之前就吩咐了不用特意過去拜見，而且許氏是回娘家，算不得外人，於是一行人先去婁氏的院子說話。

婁氏拉著許氏說話。「妹妹說的桐姊兒，那是光兄弟家的大閨女，是個好閨女，就是在婚事上不大如意。這也不怪人家閨女，實在是守孝耽誤了。」頓了一下，眼睛看了一下邊上端坐的少女，又接著說道：「光兄弟家的家風那是極好，他家弟妹也是個賢慧人，一家子和和美美的。要我說，不就是閨女大了兩歲嗎？重要的是人好，我寧願娶桐姊兒這樣的兒媳，也比娶進來個拎不清立不起來的強。」

許氏附和道：「就是說嘛，娶妻娶賢，啥都比不上人好。」

「我說再多那也是虛的，一會兒光兄弟家的弟妹和桐姊兒過來，妳們自個兒瞧。」婁氏臉上帶著笑。

許氏打趣道：「那是，我都好多年沒見過桐姊兒了，聽說出落得跟朵花似的，一會兒可得仔細瞧瞧。」

沈薇忙站起來對婁氏行禮道謝。「多謝大舅母操心。不瞞大舅母，我外祖父家就我表哥一個，我那表哥是個極好的，為人正派守禮，又自個兒掙了前程。他家也不求別的，只圖人好，孝順，能持家；至於相貌什麼的，只要人長得周正就行了。我表哥也不是那貪花好色的浮浪性子，年紀大些也沒什麼，民間不還有『女大三抱金磚』的說法嗎？」

她的眼底帶著真誠。「我外祖家連個能出面的女眷都沒有，指望兩個大老爺們也不成事，我這個做外孫女的可不得幫著張羅一二嗎？只是煩勞大舅母跟著受累了，我這心裡著實過意不去。」

一席話說得婁氏眉開眼笑。「瞧薇姊兒說的，還跟大舅母外道什麼？大舅母看妳跟妳二姊和梅姊兒都是一樣的。好孩子，有事妳儘管來麻煩大舅母，大舅母高興。」

正說著呢，便有丫鬟來報光老爺家的光大奶奶到了，片刻，便見一個中年婦人帶著個穿紫色裙子的少女走進來。

「唉呀呀，弟妹可算是來了。許久不見，桐姊兒都成大姑娘了，真是漂亮。」婁氏熱情地迎接。

張氏也笑著寒暄。「她不過是略長得周正些，哪裡值得大嫂子這般誇獎？我倒是覺得咱們梅姊兒嬌俏可愛，嶸哥兒媳婦端莊大氣呢。大妹回來啦，瞧著氣色，可是越過越年輕嘍！」她八面玲瓏地把在場的每個人都說了一遍，然後目光一閃，瞧在沈薇的臉上。「這位仙女般的閨女倒是有些眼生啊！」

許氏便拉著沈薇介紹道：「這是我夫家的姪女薇姊兒。」又對著沈薇道：「這便是我那光大哥家的嫂子，翰林爺的夫人；這是她家的千金，閨名楚桐，比妳大上一些，妳要喊她一聲姊姊。」

沈薇福身見禮。「給夫人請安，桐姊姊好。」

張氏伸手就把沈薇拉起來。「這便是那位封了郡主娘娘的薇姊兒吧？可真是個標致的人兒！按理妾身該要給郡主娘娘請安的，今兒我呀就跟著大妹沾光，托大叫妳一聲薇姊兒了。」

薇姊兒也別叫我什麼夫人，還是稱一聲舅母顯得親近。」

許氏忙道：「瞧光大嫂子說的，都不是外人，她一個小孩子家家的，請什麼安？今兒咱們只敘家禮。」

沈薇自然從善如流地改口稱張氏舅母，得了一支鑲梅花的簪子做見面禮，接著許楚桐分別和幾人見禮一番。

沈薇的目光不著痕跡地打量起許楚桐來。如果說許冷梅是嬌俏可愛，那許楚桐就是清雅脫俗，眉目清明，落落大方，瞧著就是個有主意的。沈薇心中暗暗點頭，她表哥就需要個有主意的賢內助，嬌弱的哪裡撐得起大將軍府？

沈薇打量許楚桐的時候，許楚桐也在打量她。以往她也曾為自己的容貌得意，可眼前這少女的姿容比她還勝三分，再瞧那一舉手投足，便知規矩極好，笑盈盈的眼眸，很容易就讓人心生好感。

來時，母親跟她提過此行的目的，她也知道這少女便是那人的表妹，是過來相看自己的。想到這裡，她的心裡便起了幾分忐忑，也不知自己的表現，這少女可滿意？不自覺地手指便絞起帕子來。

張氏注意到女兒的小動作，不由心中覺得好笑。

之前閨女非拗著要親眼瞧瞧那姓阮的後生，自己被她磨不過，就答應了。誰知道她弟弟陪著去看了一回，回來後她就點頭同意了，一張俏臉緋紅緋紅的。

張氏就覺得詫異，經再三追問，閨女才羞澀地道出原委。原來一個多月前，桐姊兒上香歸來的途中遇到幾個潑皮無賴，驚了馬，是路過的阮姓後生幫著制住了驚馬，收拾了那幾個無賴，還親自護著她入了城，之後連個姓名都沒留就走了。

這事張氏也知道，回府後下人就把這事說了，她抱著閨女又慶幸又後怕，直說閨女這是命好遇上貴人。沒想到這貴人居然就是那姓阮的後生，救了人不求回報，可見品性極好。

「行了，梅姊兒，妳就不要再噘嘴了，趕緊和妳二嫂一起領著妳薇姊姊、桐姊姊去妳院子玩吧。」婁氏好笑地瞧著女兒。

張氏、許氏也道：「去吧，去吧，咱們說話她們也覺得無趣，還拘束，妳們自個兒玩去吧。」

許冷梅立刻高興地站起來。「二嫂、薇姊姊、桐姊姊，咱們趕緊走，我還留了好東西給妳們瞧呢。」一手一個拉著沈薇和許楚桐就朝外跑，惹得三個做娘親的不住發笑。

第九十三章

徐佑心急火燎地趕回京城，連夜進宮交差，先把追查剿滅叛軍的事說了一遍，然後撲通就跪在地上。「皇伯父，姪兒也老大不小了，您看姪兒的婚事是不是該辦了？四月二十六是個好日子，姪兒覺得那一日就不錯。」

雍宣帝瞧著跪在地上的姪子，還沈浸在勝利的喜悅中呢，想著再給姪子啥賞賜好，沒承想姪子變得這麼快，一下子就轉到婚事上去了。

雍宣帝手指著徐佑，半天都沒說出一句話來。聽說過恨嫁的，可沒聽過這般心急著要娶的！四月二十六，今兒都四月二十一了，四、五天的時間足夠幹什麼的？

徐佑卻理直氣壯。「沒什麼需要準備的，之前都已經準備得很齊全了。姪兒覺得哪怕日子訂在明日，禮部和王府也能立刻拿出章程。」

笑話，他能不急嗎？再不把沈小四娶到手，她就要跑了。回來的半道上他就收到消息，說是晉王妃請了沈小四去王府說話，那位好姪女也粉墨登場了。沈小四沒吃虧，還把晉王妃氣個倒仰。

可他擔心，沈小四可不是個好脾氣的，又最討厭後院這些膩膩歪歪的麻煩，他就怕她翻臉走人，到時她弄出個什麼死遁，自個兒瀟灑闖蕩江湖去了，他上哪兒找她？還是趕緊娶回來放心。

「胡鬧！」雍宣帝笑罵了一聲，隨即又打趣起姪子來。「沈家那位小姐就那麼好？」

徐佑認真地點頭。「皇伯父，姪兒就覺得沈小四好，跟她在一起，姪兒才覺得快活。」

雍宣帝本想說那至少也得準備半個月吧，可瞧著姪子憔悴的樣子和臉上的鄭重，心又軟了下來。罷了，這個姪子打小就是個冷清的，一年到頭都不見他笑過，也沒見他喜歡過什麼，難得對個姑娘這麼上心，那就成全他吧。

徐佑拒絕了雍宣帝讓自己在宮中留宿的恩典，一來是要避嫌，他畢竟不是皇子，又已經成年，最主要是他還想夜會佳人呢。

但徐佑一靠近，沈薇就察覺到了，暗自戒備起來。等瞧見從窗戶探進來的腦袋，她想也沒想，一把銅錢就撒了出去。

「喲，徐大公子，氣色不錯，病好了？」沈薇抱著胳膊對徐佑冷嘲熱諷。

瞧瞧，果然是生氣了。徐佑自知理虧，摸著鼻子把剛才接住的銅錢一枚不少地放在桌上。「好了，全好了，生龍活虎，精神百倍。」

他抬步朝沈薇走過來，卻被她一腳踹開。「你離我遠點，你那好繼母不是給你弄了個貴妾在府裡嗎？你不回王府安慰佳人，跑本小姐這裡來做什麼？」沈薇本來是沒把這事放在心上的，可現在一看到這廝，氣不打一處來。

糟糕，氣得還挺厲害。徐佑心中暗暗叫苦，臉上卻裝無辜。「什麼貴妾？沈四，妳可別冤枉我，我連個通房丫頭都沒有，哪來勞什子的貴妾？」

「呿！」沈薇嗤笑一聲。「你少給我裝無辜了，你敢說不知道你繼母的盤算？那個宋佳慧別說你不認識，長得那是一個，嗯，那臉蛋，那身材，那腰肢，還有那雙長腿，徐大公子豔福不淺呀！」

「宋佳慧是誰？」徐佑突然一本正經地反問。

沈薇一怔，隨即哼道：「你繼母給你找的貴妾呀！別裝了，再裝就沒意思了。」

「真不知道。」徐佑一臉坦然。「王妃是提過貴妾的事，不過我早就拒絕了。妳放心，不會有什麼貴妾，我不會弄什麼亂七八糟的人給妳添堵。」他認真說道。

沈薇見他的表情不像作偽，心底有些高興，嘴巴卻依舊不饒。「誰給誰添堵還不一定呢。」

她眼珠一轉，瞥見桌上的銅錢，頓時有了主意。「你要納妾我絕不攔你，只是在這之前你要了解我的規矩：你納妾跟我有一枚銅錢的關係。」

沈薇拋著手裡的銅錢，不懷好意地瞅著徐佑。

「嗯？」徐佑不明白了。

「瞧見沒？正面朝上，弄死你；反面朝上，弄死小妾；剛好立著了，不好意思，你倆全都弄死。」沈薇一臉惡狠狠的樣子。

徐佑的眸子閃過寵溺，承諾道：「放心，妳不會有這個機會的。」

「那也說不準。」沈薇瞄了他兩眼，壓根兒就不相信。「我聽人家說過這樣一句話：寧願相信這世上有鬼，也不能相信男人的那張嘴，我深以為然。」

徐佑繼續摸鼻子，心中的挫敗可強了。真想把這丫頭抱在腿上打一頓，這麼伶牙俐齒真的好嗎？看她氣別人，自己覺得這丫頭挺可愛的，可輪到自己身上，這滋味怎地這麼酸爽呢？

第二日，晉王府大公子病癒回京的消息就傳開了，隨之一起傳開的還有一道晉王府大公子與忠武侯府四小姐的大婚日子訂在四月二十六的聖旨。

聖旨一下，禮部傻了。晉王府的大公子和忠武侯府的四小姐，一個封了郡王，一個封了郡主，他們的婚禮是有一定規格的，要在五天內把所有的儀式走一遍，即便夜以繼日也完成不了啊！

晉王府和忠武侯府也都愣了。這兩家一家嫁一家娶，要佈置院子，要擬帖發帖，要商議酒席菜色，還要規整嫁妝送嫁妝——大大小小的事多著呢，五天的時間哪裡夠？

可聖旨都下了，哪怕聖上說明日就舉行婚禮，他們也得領旨。五天就五天吧，能省的就省了，能簡的也儘量簡單來，講究不了那麼多了。

但沈薇十分生氣，咬牙切齒地罵著徐佑的名字。倒不是嫌棄時間緊迫婚禮不隆重，是因為表哥的親事呢！

上回在許府見過許楚桐後，沈薇對她的印象很好，聰慧漂亮，能幹會持家，有主見，這完全是為她表哥量身準備的。而且不僅人家姑娘好，家庭也好，父親是堂堂翰林，再清貴不過了，於表哥也是很大的助力。家裡還有三個弟弟，讀書上進，現在雖看不出將來有多大出息，但至少不會扯後腿吧，這樣的岳家打著燈籠也不好找呀！

這麼好的姑娘，自然是先下手為強，圈回自家的院子才能放心。沈薇把這事跟外祖父一說，她外祖父當下就覺得該找媒人去提親。

可找誰做媒人呢？思來想去，沈薇覺得還是找大伯母許氏。一來身分夠，顯得看重女方，二來是熟悉的人，說起話來也方便。

大伯母也答應了，正準備登許翰林家的門，聖旨下來了。好吧，許氏立刻就操持起沈薇出嫁的事宜，哪裡還有空去替表哥提親？

這讓沈薇非常不滿。京城那麼大，慧眼識珠的可不止她一個，她只擔心有人搶了她未來表嫂。

侯夫人許氏都忙得腳不沾地了，除了安排各種事宜，還得把沈薇的嫁妝理出來，正日子是二十六，頭一天就得抬嫁妝，輕忽不得。

許氏瞧姪女的嫁妝單子，整個人都不好了。這單子是老侯爺使人送過來的，長達幾十頁，除了府裡的分例，老侯爺是真的把自己的私房全都陪送給薇姊兒了。

看著嫁妝單子上寫著的無數珍稀寶貝，還有那明晃晃的二十萬兩壓箱銀子，許氏心情可複雜了。整個侯府帳上能有二十萬兩銀子嗎？這還不是全部，以老侯爺的精明，是絕對不會把銀子全都寫在嫁妝單子上的，私底下給薇姊兒的是否還更多？

許氏心中百般不是滋味，咬過牙、嘆過氣，卻也無可奈何。雖說她家夫君承了忠武侯的爵位，但府裡當家作主的還是老侯爺，整個侯府都是他一手掙出來的，他要把私房給誰，別人自然不敢說什麼。

罷罷罷，不能再想了，越想她的心就越疼啊！

沈薇此刻正在祖父的書房裡，也正瞧著這份嫁妝單子，她祖父還在一旁說：「妳瞧瞧是不是少了些？要不要再添上一些？」

沈薇聞言忍不住嘴角抽搐。這份嫁妝都快趕上皇帝嫁公主了，再加，公主們還不得拿眼刀戳死她？

老侯爺也不強求，又道：「除了單子上寫的二十萬兩壓箱銀子，還有十萬兩妳私下自個兒拿著，庫房裡剩的那些妳是想換成銀子，還是先擱著？祖父說了給妳，那就是妳的，想怎麼處置妳自個兒拿主意。」

沈薇也不再矯情推辭，想了一下道：「先擱在祖父院子吧。孫女這嫁妝也是夠豐厚的了，生不帶來死不帶去的，差不多就行了。這些和我娘還剩下的陪嫁就留給玨哥兒娶媳婦吧。」

老侯爺也沒覺得意外。孫女對玨哥兒的上心，他是看在眼裡的，怎麼可能不給他留東西？對於孫女提都沒提奕哥兒一句，也沒覺得有什麼不對，孫女和劉氏都撕破了臉，相當於是仇人了，她沒有遷怒到雪姊兒、奕哥兒身上已經是大度了，何況薇姊兒姊弟待奕哥兒也不壞，用度上不缺，也沒縱容底下的奴才欺主，更沒用齷齪手段引誘他學壞，在老侯爺看來已經很難得了，也讓老侯爺對薇姊兒姊弟更高看一眼。

頓了一下，沈薇又想起一事來。「祖父，這風華院可得給孫女留著。」這院子她花了大心血改建，還沒住滿一年就要出嫁，她可捨不得讓別人住進來。

「成，給妳留著。」老侯爺很爽快地答應了。

沈薇可高興了。「多謝祖父疼愛。」她早就計劃好了，這風華院留著她回府時住，過上幾年，玨哥兒也該娶媳婦了，到時風華院就給他做新房。

轉眼就到了四月二十五，用罷早飯，忠武侯府就開始往晉王府抬嫁妝了。徐佑的聘禮，忠武侯府一點都沒留，全都收拾收拾又放進沈薇的嫁妝裡，所以沈薇的嫁妝隊伍比阮氏出嫁那時還要壯觀，整整一百二十抬，每一抬都塞得滿滿當當的。

嫁妝一抬出去就引起轟動，大家雖是瞧不見箱子裡的情形，但抬嫁妝的後生們的表情是騙不了人的。別家閨女出嫁，抬嫁妝的是兩人來抬，忠武侯府嫁閨女則是四個壯小子抬一抬嫁妝，饒是這樣都十分吃力，可以想見箱子做得多大，裝得多滿了。

人們感嘆忠武侯府富貴的同時，還感嘆這位新嫁娘在府中的受寵，有那有心人已經暗暗數過了，這位忠武侯府小姐的嫁妝至少得值幾十萬兩銀子，這手筆至少未來十年內無人可以超越了。

嫁妝整整抬了一天，直到黃昏時分才全部進了晉王府。為了擺放嫁妝，徐佑還特地騰出好多房間，就這樣也沒放完，院子中還擺了好多。

徐佑的院子裡上上下下可都高興啦。未來主母嫁妝如此豐厚，他們這些做下人的也與有榮焉，覺得臉上有光，一個個樂呵呵地幫著侯府派過來的人一起看守嫁妝。

晉王妃聽了下人的回報，眼睛閃了閃，對著滿屋的客人直唸阿彌陀佛。「我就說我們大公子是個有運道的，瞧瞧，這不就娶進個財神爺？我也終於能放些心了。」

便有那眼頭靈活的夫人湊趣奉承，除了誇讚大公子，更多的是讚晉王妃，什麼慈母心腸之類的好聽話。當然也有不以為然的，不過在場的哪一個不是人精，晉王府大喜的日子自然不會說什麼不識趣的話，只是自個兒斂眉喝茶。

晉王妃能沈得住氣，她的兩個親兒媳吳氏和胡氏卻沒有這份道行。兩人找了個機會，親自去瞧了這位未來大嫂的嫁妝。看著院中擺得挨挨擠擠的箱子，那金燦燦的首飾頭面，上頭鑲嵌的寶石足有鴿子蛋那般大小，只這麼一件恐怕就能值上萬兩紋銀，更何況這樣的頭面有七、八件，吳氏和胡氏瞧得眼睛都紅了。

吳氏的娘家是國公府，她是府中最受寵愛的嫡長女，當初得了晉王府世子這門好親事，族中多少姊妹都羨慕她，家裡也傾力，王妃和世子都高看她一眼，她也曾為自己豐厚的嫁妝而自豪，可現在跟這位大嫂一比，她所謂的十里紅妝不過是個笑話。

「母妃說得真沒錯，咱們這位大嫂是個財神爺，娶了這麼個媳婦，大公子啥都不愁嘍！」吳氏意味深長地說道。

胡氏臉上也是若有所思，羨慕地道：「誰說不是呢？真讓人羨慕呀！我都迫不及待地想要見見咱們的大嫂了。」

兩人相視一笑，眼底有什麼一閃而過。

晚上，許氏來到沈薇的院子裡，拉著她手說了許多話，最後面色不大自然地掏出一本小冊子塞到沈薇手裡，輕咳了幾聲才道：「薇姊兒，洞房花燭夜是每個新嫁娘必經的過程，到時妳就聽妳夫婿的便是了。會有些疼，妳、妳忍忍也就過了，以後就好了。」

大婚前晚教導女兒人事本該是親娘的事，可三弟妹早逝，這差事就落到她這個當大伯母的頭上，薇姊兒到底不是她親閨女，她還真抹不開臉細說。

沈薇一開始還不大明白，什麼疼不疼忍不忍的，她是嫁人，又不是上戰場，待看清大伯母臉上的不自在，又瞄到手裡小冊子的封皮，頓時恍然大悟。

送走了大伯母，沈薇回到房裡立刻就把小冊子翻出來。嘖嘖嘖，圖上的兩個小人跟擰麻花似的，畫得還挺清晰，瞧不出保守的古人還有這麼開放的一面。她一頁一頁地翻著，看得津津有味。

第九十四章

「看什麼呢，這麼認真？」冷不防耳邊響起一個聲音，沈薇不禁慌亂地把小冊子合起來，掩在袖子底下。「沒看啥。」

待看清來人是徐佑，頓時氣不打一處來。不是說成婚之前兩人不宜見面的嗎？大晚上的跑她這兒來幹什麼？還嚇了她一大跳。她抓起床上的枕頭就扔過去，恨恨地道：「你知不知道人嚇人嚇死人？又跑來幹什麼？你不要名聲，我還要閨譽呢！」

徐佑有些心虛，不自在地道：「這不是過來瞧瞧妳嗎？」

話音剛落就被沈薇壓低聲音喝止了。「我有什麼好瞧的？明兒不就見到了嗎？你還是趕緊回吧，若是驚動人就不好了。」

徐佑一想也是，他在府裡不過是想著大婚便興奮得睡不著，這才過來瞧瞧沈薇，現在人也瞧過了，心願得償，自然是不拖泥帶水的。

「對了，妳剛才到底在看什麼呀？」徐佑走了兩步，突然想起似的又折回頭。

沈薇心中一動，滿不在意地把小冊子揚了揚。「你是說這個？我也不知道這是什麼東西，大伯母剛才給我的，讓我好好看看，說是用得著。好奇怪，這圖上的小人怎跟妖精打架似的，徐大公子知道這光屁股的小人兒在幹什麼不？」她表情可好奇了，一副不恥下問的樣子。

徐佑的目光一觸到小冊子上的小人兒，臉上頓時像著了火一般，心道：可不就是妖精打架嗎？他比沈薇大上幾歲，又是男子，自然明白那小冊子是個什麼東西。

徐佑越是不自在，沈薇越是追問。「大公子，這到底是什麼？」一副懵懂好奇的樣子，其實心裡早就笑翻了。

徐佑尷尬極了，不自在地撇開視線，連她的眼睛都不好意思看了，含混地說道：「沒什麼，這個東西我也不大明白，等以後妳就知道了。」說罷，像後頭有人在追似地離開了。

沈薇哼笑，揚了揚手中的小冊子，想了想，把它塞到箱子底下。還是早點睡吧，聽說成婚很累人的。

本以為自己會睡不著，沒想到沈薇一覺睡到天大亮——喔不，今兒她可沒機會睡到天大亮，天還沒亮呢，梨花就喊她了。

沈薇睏得眼睛都睜不開，嘴裡應著，人卻不動，硬是又多睡了半個時辰，急得梨花幾個恨不得上前把她抬起來。

沈薇迷迷糊糊地從床上爬起來，任由幾個丫鬟給她沐浴更衣，然後又吃了東西。這一番折騰下來，她才有些清醒。

「好了嗎？都收拾好了嗎？」外頭傳來許氏的聲音。

沈薇一個激靈，立刻醒轉過來，就聽梨花回道：「回夫人的話，都準備好了，就等著梳頭了。」

片刻，便瞧見許氏陪著一位體面的夫人走進來，沈薇明白這位是來給她梳頭的全福人。

在古代，姑娘出嫁是要找全福人幫著掃轎、熏轎、照轎的，全福人也不是隨便找個人就成，必須是家中父母俱在，夫妻恩愛，兒女雙全，兄弟姊妹和睦相處的有福婦人才行。

「薇姊兒，這是建安侯府的趙夫人。趙姊姊，今兒可就麻煩妳了。」許氏望著趙夫人含笑說道。

沈薇趕忙見禮。那趙夫人似乎跟大伯母的關係不錯，就見她慈祥地拉著沈薇的手，笑得可爽快了。「為這麼標致的人兒梳頭，我心裡樂意著呢，讓我也沾沾咱們郡主娘娘的喜氣。」她打趣道。

閨女出嫁，都是由親娘幫著梳頭，阮氏不在了，索性梳頭這一差事便由全福人趙夫人代為完成。

沈薇端坐在鏡前，趙夫人拿起梳子從她頭頂慢慢梳下，邊梳邊唸著。「一梳梳到頭，富貴不用愁；二梳梳到頭，無病又無憂；三梳梳到頭，多子又多壽；再梳梳到尾，舉案又齊眉；二梳梳到尾，比翼共雙飛；三梳梳到尾，永結同心佩。有頭有尾，富富貴貴。」

聲聲祝福中，沈薇沒來由地便起了傷感。若是阮氏還在，能看著她出嫁該多好啊！又想起了遠在異時空的媽媽，今兒是她出嫁的日子，媽媽能看見嗎？

不僅沈薇傷感，顧嬤嬤也抹起了眼淚，又怕人瞧見不好，悄悄地躲到一邊去了。

趙夫人瞧著鏡中紅了眼圈的美麗少女，眸子閃過憐憫，親切地勸道：「今兒可是四小姐大喜的日子，可不能掉金豆子，要掉金豆子也得等妳兄弟找好了什物來接呢。」

風趣的話說得沈薇唇角輕揚，感激地對她笑了笑。

上妝自然也有喜娘來做。等沈薇轉過頭來，眾人只覺得室內頓時亮了三分。穿著大紅嫁衣盛裝打扮的沈薇，漂亮得好似九天玄女落入凡塵，逼得人睜不開眼睛。

「四姊真是太好看了，是我見過最好看的新娘子。」沈月張大嘴巴，傻傻地說道。

眾人齊齊點頭。站在角落裡的沈雪心中特別不是滋味，相比自個兒出嫁時的冷清，沈薇出嫁卻是熱鬧無比，這讓她內心怎能平衡？她攥緊拳頭，哼了一聲，扭身出了屋子。

她倒是想說幾句酸話來著，可她不敢啊！之前她不過是斜了沈薇兩眼，大伯母就警告她安生些，不然就把她送回永寧侯府。現在的她可不像以前那麼魯莽，她知道自己若是失了娘家這個依靠，她那個惡婆婆就能生啃了她，所以再是不甘心，也不敢在這當口鬧出事來。

眾人都出去了，屋裡只有莫嬤嬤和梨花幾個丫鬟陪著沈薇。沈薇坐在床邊，心裡無比怨念，古人的婚禮為啥非得在傍晚時舉行呢？一大早把她折騰起來不是受罪嗎？她可以不用起那麼早的呀。

「小姐，您餓了吧？奴婢給您弄點吃的去，等姑爺來了，您就吃不成了。」梨花說著就退了出去。

又過了一會兒，門外響起一陣腳步聲，沈薇以為是梨花回來了，抬頭一瞧，卻見胞弟沈玨站在她面前，眼睛紅紅的。

「怎麼了？玨哥兒。」沈薇招手讓沈玨過來。

「姊姊，我捨不得妳。」沈玨依戀地抱著沈薇的腰。在這個府裡只有姊姊待他最好，他捨不得姊姊出嫁。

一句話便讓沈薇的心柔軟起來。「傻孩子，這有什麼捨不得的，晉王府又不遠，你想我了就去看我唄。」

「真的？」沈玨猛地抬起頭，眼裡滿是驚喜，隨即臉上又浮上幾分不確定。「晉王府不會說閒話嗎？」他雖然年紀小，卻知道娘家兄弟是不好時時登門的。

沈薇卻滿不在乎。「這有什麼？姊姊又不會在晉王府常住，妳姊夫可是郡王，頂多在晉王府住上三、五個月就搬到郡王府去了，姊姊自個兒當家作主，沒人會說閒話的。」

「嗯。」沈玨眼睛亮亮地點頭，心中無比依戀。

梨花進來了，手裡端了一碗餃子，每一個都小小的，沈薇一口就能吃一個。「小姐，時辰不早了，奴婢估計姑爺快到了，您趕緊吃吧。」梨花挾著小餃子送到沈薇嘴巴。

才吃了兩個，就見桃花飛奔進來。「小姐、小姐，姑爺來了，馬上就到大門口了！」

沈薇瞧了一眼碗裡的小餃子，頓時有些急了，一推沈玨道：「玨哥兒快去攔門，姊姊能不能吃飽可就看你的了。」又吩咐桃花。「好桃花，把門頂住別給開，問他們要喜錢，多多地要。」

沈玨和桃花興高采烈地去攔門了。沈薇得意極了，小樣子的，讓你三不五時爬我家牆頭，今兒不讓你過五關斬六將，別想進來。

沈薇慢條斯理地吃著小餃子，外頭的徐佑身穿紅袍，騎著高頭大馬領著迎親的隊伍來到忠武侯府大門前，向來冷情的他，今兒臉上也帶上淡淡的喜色，看起來不再那麼高不可攀。

他瞧見迅速關上的侯府大門探出兩個小腦袋，認出是自個兒的小舅子和桃花，心裡頓時浮上不好的預感。今兒的陣仗似乎有點大，但不管多艱難，他都要把沈小四迎娶回府。

沈玨站在梯子上大聲提出各種要求，站在身旁的堂兄弟們及沈家莊的後生們也跟著起鬨。

徐佑瞧見人群中的蘇遠之正笑呵呵地望著自己，立刻覺得不妙了。這位蘇先生雖然深居簡出，可從沈薇去西疆讓他坐鎮京城就可看出對他的看重了，強將手下無弱兵，這位可不是簡單的人。

果不其然，在沈玨技窮時，蘇遠之便頂上了，一個個刁鑽的問題自沈玨的嘴中大聲說出，徐佑不由滿頭大汗。這又是作詩又是考文章釋義的，比科舉考試還難。

跟著徐佑來迎親的除了宗室子弟就是勛貴子弟，要說吃喝玩樂倒是個個拿手，詩書學問上的能耐那就弱了，其中好幾個連字都寫得跟狗爬似的，之前還叫喚得歡，現在一下子就被人家震住了。

徐佑指望不上他們，只好自己上。他倒是讀過不少書，功課都曾受聖上誇獎的，可雙拳難敵四手，他一個人對上一群人，多吃虧呀！幸好來時他從翰林院拉了個幫手，否則這一關可真夠難過的。

被徐佑拉來的幫手就是江辰，他直到現在還是一頭霧水，不過是去晉王府隨分子喝個喜酒，這位徐大公子明明不認識他，只不過聽人喊了他一聲江翰林，便折回身點了他跟過來迎親。

好在蘇遠之很有分寸，待江辰唸了不知道幾首詩後，瞧著差不多了，便示意這一關過了。徐佑鬆了一口氣，示意江白給他的小舅子們上紅封，沈玨這個最正經的小舅子自然得了個最大的。

守門的桃花卻死活不願意開門，大聲嚷嚷著。「給紅封，我們小姐說了不給足紅封不給開門！」

眾人一齊大笑，晉王府的四公子徐袓不信邪地挽起袖子，自告奮勇地上前推門。不就是個小丫頭嗎？能有多大的力氣？

誰知他連吃奶的勁兒都使出來了，大門還是紋絲不動，眾人又是哄堂大笑，裡頭的桃花仍舊在喊著要紅封，要大大的紅封。

徐袓憋得臉都紅了依然沒有推開門，他紈袴慣了，也不覺得丟臉，回頭衝著看他笑話的小夥伴們瞪眼。「一群沒有良心的，瞧著小爺出醜你們臉上有光是吧？還不快過來搭把手！」

人群中立刻就走出四個小夥伴，可他們一齊用力，忠武侯府的大門仍是巋然不動，裡頭的笑聲就越發大了。「咱們小桃花可是大力士呢，你們趕緊給紅封吧，見者有份，多給幾個。」

徐佑背著手看他們笑鬧，此時才示意江白給紅封。

江白一共散出去幾十個紅封才把大門敲開，桃花懷裡抱著七、八個紅封，笑得眼睛瞇成了一條縫。

「姑爺進府了，快朝裡面通報！」大管家高聲喊著。

徐佑帶著迎親的隊伍朝府裡走，可他高興得太早了，在風華院的門口，沈家莊的後生們早就擺開架勢等著，他們身穿玄色衣裳，腰間紮著紅腰帶，手裡拿著一式的長棍，長棍上也纏著大紅色的綢帶。

歐陽奈面無表情地立在一邊，手一擺，沈家莊的這些後生立刻結陣而立，呼喊震耳，迎親的小夥伴們都張大嘴巴，朝新郎官投出同情的目光。

徐佑卻絲毫不覺得意外。就沈小四那個壞丫頭，怎麼可能會讓他順順利利抱得美人歸？

梨花立在院門處俏生生地行禮。「姑爺，我們小姐在屋裡等著呢。」

桃花靈巧地從陣隙中鑽過，三、五步就竄進了院子。

府裡的老侯爺等人也得知了風華院門口的陣仗，沈薇兩個伯父震驚得張大了嘴巴，親爹的臉色也不大好看。「胡鬧！」轉身就要往外走。

「你上哪兒去？」老侯爺撩了撩眼皮子。

「兒子過去看看，讓那幫淘氣小子趕緊讓開。」薇姊兒這麼任性妄為，姑爺若是生氣了怎麼辦？大喜的日子，鬧起來可不好看。

「回來。」老侯爺把茶杯頓在桌上，瞥了一眼不大順眼的三兒子，淡淡地說：「薇姊兒哪裡做得不好了？不拿出點真本事，我沈平淵的孫女是那麼好娶的嗎？」

沈弘軒看了看他爹的臭臉，到底沒敢出去。

迎親的幾個雖然學問上不大精通，但多多少少都會些武藝，於是一群人驚過之後便摩拳擦掌、躍躍欲試，衝入陣裡還沒展開拳腳呢，就被沈家莊的後生給一一扔了出去，狼狽極了。

徐佑也沒指望他們，他摸了摸鼻子，緩步上前，歐陽奈立刻迎上去。其實他心中也好無奈，但小姐說了，他要是敢放水，就讓他吃不了兜著走。

徐佑卻沒有接歐陽奈的招，而是掃了江白幾人一眼。江白幾人立刻躍出去組成人梯，徐佑以迅雷不及掩耳之勢踩著人梯借力，幾個起落就從沈家莊後生們的頭頂掠過了。沈家莊的後生們還沒反應過來呢，徐佑已一個優雅的大鵬展翅落在地上。

他轉身，對著眾人輕扯嘴角，整了整壓根兒就沒亂分毫的紅袍朝裡頭去。

眾人驚得下巴都要掉下來了。不是說大公子是個病秧子嗎？病秧子能耍這麼一手俊俏的輕功？

「姑爺進來了！」丫鬟們嚷嚷著。

在外頭張羅的許氏和趙氏也快步走進來。「蓋頭呢？快給薇姊兒蒙上！」

莫嬤嬤飛快地把鳳冠戴在沈薇頭上，梨花立刻把大紅蓋頭蒙在她頭上。沈薇只覺得脖子一沈，眼前一紅。怎麼沒人告訴她這鳳冠這麼沈呢？差點把她纖細的小脖子給壓斷了。

第九十五章

徐佑進來時，正看見沈薇這麼俏生生地立在那裡，映入眼簾的紅色暖了他的心，他穩步朝沈薇走來。「我來了。」

簡簡單單的三個字被徐佑說得柔情萬千。

外頭的鞭炮響了起來，沈薇和徐佑被眾人簇擁著去正院拜別親人。

老侯爺和老太君端坐在堂上，沈薇跪在地上鄭重地磕了三個頭；徐佑是郡王，無須跪拜，可還是撩起袍子陪著沈薇一起跪在老侯爺面前。

老太君覺得特有面子，臉上的笑容也真切了幾分，和顏悅色地對沈薇說了幾句婚後要孝順長輩，恭順夫君，友愛妯娌之類的話。

老侯爺卻沈著一張臉不說話。他不高興，徐大公子給他下跪他也不高興，他最珍貴的掌珠被這個混蛋小子娶走了，他能有好臉色嗎？

「父親，今兒是薇姊兒大喜的日子，您吩咐薇姊兒兩句吧。」一旁的沈弘文哥仨可擔心壞了，四姑爺堂堂郡王之尊都這麼給面子，父親卻還黑著臉，他們生怕父親做出什麼不恰當的舉動來。

老侯爺不滿地看了三個兒子一眼，憋了半天才對孫女說了一句話。「過得不順心就回府，天大的事祖父替妳擔著。」

一句話險些沒讓沈薇掉下眼淚來。她咬著唇輕聲道：「是，孫女知道了。」恭恭敬敬又給祖父磕個頭才起來。

「祖父放心，不會有那一天的。」徐佑瞧了瞧身邊的人兒，堅定地承諾著。

老侯爺冷眼瞧著，一聲哼堵在鼻子裡沒有出來，目光不善地瞪著打蛇隨棍上的孫女婿，警告道：「記住你說的話。」

徐佑揚揚眉梢，算是回應。

拜別了祖父母，接下來就是拜別父母。沈薇和徐佑對著沈弘軒和阮氏的牌位也磕了三個頭。相較於沈弘軒的心情複雜，沈薇的心情就平靜多了，她對這個父親本就沒有多少感情，指望她痛哭流涕是不可能的。

外頭禮樂聲響了起來，催妝的鞭炮都響過三遍了。

「父親，該送薇姊兒出門了，誤了吉時就不好了。」許氏笑著上前。老侯爺這才微微點了下頭。

剛邁出門檻，不等二堂哥沈松蹲下身，徐佑就一把將沈薇抱起來，在眾人的驚愕中大步朝外走去。

一般姑娘出嫁都是由兄弟揹上花轎，沒有親兄弟的或是親兄弟太小那就找堂兄弟，沈玨還未成年，所以便定了二房的沈松揹她上花轎。

可四姑爺這是什麼意思？從沒聽說有新郎官自個兒抱著新娘子上花轎的，不過鑑於徐佑位高權重，大家不好亦不敢說什麼，而且徐佑走得飛快，等眾人反應過來，他都走出院門了。

沈薇也沒想到徐佑來這一招，嚇得雙手緊緊摟住他的脖子，隔著蓋頭狠狠瞪了他一眼。徐佑卻是得意地嘴角上翹，自己的媳婦自然得他親自抱著上花轎，怎能讓別的男人揹呢？哪怕是兄弟也不行。

喜娘跟梨花一溜小跑才在侯府門口追上新郎新娘。江白打起轎簾，徐佑小心地把沈薇放進去，回頭掃了一眼看呆住的喜娘，那喜娘只覺得心頭一冷，慌忙跑到轎邊揮著手帕大喊：「起轎，新娘子出門啦！」

徐佑才滿意地勾了勾嘴角，翻身上馬，在前頭引路。

沈薇極少坐轎，出門不是騎馬就是坐馬車，聽說坐轎子會暈，可花轎抬得穩穩的，一點顛簸都沒有。

她卻不知道抬花轎的轎夫是徐佑特意從護龍衛中選的，不僅人長得精神，個頭一般高，而且手底下的功夫可好了，這樣的高手抬花轎自然是如履平地。

花轎停了，徐佑按習俗踢了轎門，然後親自掀起轎簾把沈薇扶出來。喜娘和梨花一左一右扶著她，大紅絲綢也遞到沈薇的手裡，另一端便牽在徐佑的手裡。他牽著沈薇慢慢朝府裡走，邁過了火盆，便直接進了正廳。

早有禮部的官員等著。「新郎新娘拜堂嘍！」

沈薇不大懂古代婚禮的規矩，好在有喜娘，她在沈薇身邊輕聲提醒，她怎麼說沈薇就怎麼做。

滿室賓客的目光都落在身著紅衣的一對新人身上。人逢喜事精神爽，大公子身上褪去平日的疏離冷漠，連那蒼白的臉都帶上幾分紅潤。新娘柔順地立在他身旁，兩個人看起來倒是般配。

「一拜天地，二拜高堂，夫妻對拜，送入洞房！」

隨著這一聲落，沈薇暗鬆了一口氣。好了，任務完成，她能去新房坐著歇息了。

徐佑牽著沈薇入了洞房，喜娘指點著沈薇在床上坐下，笑呵呵地開口道：「大公子挑蓋頭吧。」

徐佑接過喜秤，把沈薇頭上的蓋頭挑開。沈薇抬起頭，那張明媚的臉讓鬧新房的眾人都忍不住驚嘆，徐佑的眼中也閃過驚豔。他知道沈小四長得好看，卻沒有想到盛裝打扮的她會這般好看。

沈薇自然也看到了徐佑眸中的驚豔，不由莞爾一笑。那一刻，眾人只覺得眼前明媚，好似千萬朵嬌花依次盛開，天地都為之黯然失色。

「新娘可真漂亮，大公子都瞧愣眼了。」徐燁的夫人吳氏滿面笑容地打趣道。

有她帶頭，新房內的其他人也都跟著附和，還有那浪蕩的，直接開起了玩笑，什麼芙蓉粉面，豔福不淺之類的。

沈薇只微垂著頭坐著不理會，裝出一副嬌羞的樣子。人生如戲，全靠演技。今兒她是新嫁娘，自然要把這個角色扮演好。

沈薇不理會，徐佑卻不高興了，一個冷冷的眼神掃過去，那幾個人全都心頭打個冷戰，訕訕地閉了嘴，趁人不注意悄悄地溜出去了。

新房內的女眷也有些尷尬，好在喜娘挾了餃子送到沈薇嘴巴讓她吃，還問她生不生，沈薇只得硬著頭皮說生。

喜娘的吉祥話不要錢似的往外說，屋內的女眷也湊趣地跟著說些什麼早生貴子之類的好聽話。

接著喝了合巹酒後，徐佑也該出去敬酒了。他柔聲對沈薇說道：「妳先歇著，我去去就回。」

沈薇紅著臉點點頭。

徐佑走後便有人打趣道：「難怪大兄弟捨不得走，這麼嬌滴滴的美人兒，誰捨得？」

「就是啊，和佑哥兒媳婦一比，咱們這些可都成了燒糊的卷子嘍。」

「瞧妳這猴兒說的，妳若是那燒糊的卷子，嬸子我成什麼了？」

「您哪，自然是那老壽星嘍！」

「哈，妳這猴兒就是嘴甜，改天真要跟妳婆婆說道說道。」

新房裡全是七嘴八舌的說話聲和笑聲，吳氏和胡氏對視一眼，又瞧了瞧羞得低垂著頭的新娘子，吳氏揚著笑容道：「我說各位伯母嬸子嫂子弟妹，妳們就別打趣新娘子了，再說下去，新娘子就該羞得鑽地縫裡了，走走走，咱們出去坐席去。」

新娘子也瞧了，吳氏又是世子夫人，大家自然會給她這個面子，紛紛攜手往外走。

吳氏和胡氏走在最後。「大嫂，我和三弟妹就不陪著妳了，妳好生歇息著，需要什麼就叫一聲，丫鬟都在外頭候著呢。」

沈薇點點頭，道了一聲。「有勞。」

吳氏臉上的笑容更濃了。「一家人客氣什麼。」沈薇便不再說話了。

眾人一走，她肩膀立刻就垮下來。「梨花，快把鳳冠拿下來，我的脖子都快斷了。」

梨花有些猶豫，朝喜娘望去。現在拿掉鳳冠好嗎？

喜娘還沒來得及說話，沈薇已經在催促了。「快點，我快撐不住了。」

梨花一聽，也不去看喜娘了，立刻奔過去幫沈薇取下鳳冠。「小姐，您沒事吧？」

沈薇轉了轉脖子，又用手捏了捏。「總算能喘口氣了。」

喜娘張了張嘴，終是沒有說什麼。依著大公子對這位的寵愛，她還是順著點吧。

沈薇對喜娘的識趣十分滿意，示意梨花重重賞賜她，然後打發她下去。

喜娘起先有些猶豫，可她瞧了瞧沈薇身邊跟著的那位嬤嬤，還是聽話地退了出去。

屋內全都是自己人，沈薇頓時覺得自在多了。「梨花，有吃的嗎？我餓了。」

梨花道：「小姐您稍等，奴婢出去瞧瞧。」

「欸，別去了。」沈薇瞅到屋內一角擺著一桌席面，立刻奔了過去。「別費事了，我吃這個就成。」

「小姐，這不好吧？還是奴婢出去給您弄點墊墊肚子，這席面等姑爺來了您陪他一起吃。」梨花勸道。

沈薇卻擺擺手。「他在外頭估計早吃飽了。」憑啥她要餓著肚子等他？

沈薇拿起筷子就吃了起來。她是真的餓了，連吃了好幾塊肘子肉。「桃花呢？」她突然問道，桃花可是最喜歡吃肉的了。

梨花自然明白小姐的意思，嘴角抽了抽。小姐不等姑爺自個兒吃就罷了，還想著讓桃花也吃，真是——咳！梨花重重地嘆了一口氣。「誰知道那丫頭跑哪裡瞧熱鬧去了？小姐放心吧，她不會缺了那口肉吃的。」

沈薇點了一下頭，繼續吃起來。吃飽之後，她伸個懶腰就覺得睏了。她爬到床上，和衣就撲到了枕頭上。「梨花，我睡會兒，有人來妳喊我。」

這是新嫁娘嗎？姑爺都還沒回來就先睡了，真的好嗎？梨花想把小姐喊起來，卻被莫嬤嬤攔住了。「小姐都累了一天，就讓她先睡會兒吧。使個人在外頭瞧著，姑爺來了再喊醒小姐就是了。」

活到她這個年歲反倒看開了，什麼是規矩？男人寵著，妳做什麼都是規矩。男人若是厭了，妳再遵規守矩他也不會多瞧一眼。

徐佑推門進來的時候，就瞧見沈小四在喜床上睡成一團。梨花想喊，被徐佑止住了，她懊惱地咬咬嘴唇。姑爺若是生小姐氣了怎麼辦？她不滿地朝跟在後面進來的小丫鬟望去。

小丫鬟也很委屈。哪是她不想通報，明明是姑爺不許啊！

「行了，妳們都下去吧。」徐佑揮手把人全都打發出去。

梨花猶豫著沒動，還是莫嬤嬤拉了她一把。「莫嬤嬤，若是姑爺生小姐氣了怎麼辦？」她憂心忡忡。

「那妳留在屋裡也沒什麼用。」莫嬤嬤一針見血。「瞧妳，平日挺明白的人，現在怎犯起糊塗來了？放心，姑爺對小姐好著呢。」

沈薇側著身子躺著，一頭青絲壓在臉下，臉蛋紅潤潤的，小嘴粉嘟嘟的，長而翹的睫毛如兩把小扇子在眼瞼下映出陰影，發出輕輕的呼吸聲。

徐佑瞧得心都醉了。沈小四，薇薇，他心愛的姑娘，終於把她娶到手了。

徐佑寵溺地望著身邊熟睡的人兒，玩心大起，拿起她的一束頭髮在她臉上撓了撓。身邊的人兒頓時娥眉蹙了起來，臉在枕頭上蹭了蹭。徐佑嘴角含笑，又撓了她幾下，這回小丫頭的眉蹙得更緊了，腦袋不安分地動了動，好像要把什麼煩人的東西甩開。

那可愛的樣子讓他不由笑出聲來。小丫頭怎能這麼可愛？他側身在沈薇臉上重重地親了一下，把她給親醒了。

沈薇睜開迷濛的睡眼，看到笑得一朵花似的徐佑，才猛地意識到自己嫁人了，這不是自己的房間。這麼說，剛才是這個神經病在騷擾自己？看到徐佑手上正捏著自己的一束頭髮，她都不知道說什麼好了。

徐佑見慣了沈薇精明聰慧的一面，現在瞧她迷迷糊糊的樣子，覺得可新鮮了，一個翻身就把她摟在自己懷裡。

「壞丫頭，不等夫君自個兒就睡著了。」徐佑點著沈薇的鼻子。

沈薇從沒和男子這麼親近地接觸過，此刻趴在徐佑身上，覺得彆扭，動了動身子想要起來，無奈徐佑的雙手緊緊扣在她背後。

「放手。」一身的酒氣難聞死了，沈薇掩著鼻子，想離他遠一點。

「不放。」徐佑眸中含笑，可得意了。盼望已久的佳人在懷，他怎麼捨得放開？

「放不放？」沈薇眼底帶著威脅。

那張牙舞爪的樣子讓徐佑眸中的笑意更深了。「不放。」

「真的不放？」沈薇瞇起眼睛。

徐佑搖頭。「不放。」他倒要看這小丫頭還有什麼招？

「我讓你不放，讓你不放！」沈薇嘴裡惡狠狠地說著，纖纖素手就襲上了徐佑那張如玉般好看的臉，扯著他的臉頰揉捏成各種怪異的形狀。

第九十六章

一開始只是洩憤，漸漸地便起了玩心，咯咯笑著蹂躪起徐佑的臉來。

沈薇玩得不亦樂乎，徐佑滿心無奈。「壞丫頭。」他輕輕一翻身，就把沈薇壓在身下。「薇薇這是希望夫君我直接洞房了嗎？」說著還把身子挺了挺。

「不要。」沈薇的身子頓時僵硬。

「不要？薇薇可真傷為夫的心。」徐佑望著變成小貓咪一般乖巧的沈薇，心中愈加得意，臉上卻做出受傷的表情，還故意又頂了她一下。

「你不要亂來啊！」沈薇好半天才找回自己的聲音。這廝之前一直挺正常的呀，怎麼一秒就變色魔了？待看清徐佑眼中的戲謔，沈薇氣得狠狠在他的腰上擰了一把。

「你，給我死起來！」她咬牙切齒，幾乎是一字一頓地說。心中丟臉的成分要比羞意多，怎麼著她也是在現代混過的，怎麼就被個古人調戲了？要調戲也該是她調戲他呀！

徐佑見小狐狸炸毛了，便聽話地放開她，大手順著她的秀髮，哄道：「不逗妳了，都是為夫的錯。」

沈薇冷哼一聲，白了他一眼。自然都是他的錯，自己睡得好好的，又沒招惹他。

沈薇翻身下床，見屋裡一個下人都沒有，皺了下眉就自個兒整理了嫁衣和頭髮。兩根紅燭無聲地跳躍著，把室內照得如白晝一樣。
「真的生氣啦？」徐佑望著低眉不語的沈薇柔聲道。
沈薇瞥了他一眼。「懶得理你。」
徐佑輕笑。「多謝夫人大人大量。」目光掃了一眼動過的那桌席面，道：「夫人吃飽了，為夫還餓著呢。為夫好可憐，夫人再陪為夫用點吧。」徐佑牽起沈薇的手，拉著她坐在自己腿上。
這妖孽不會是準備這樣吃吧？徐佑已經拿起筷子，嘿，人家還真準備這麼吃呢。她剛動了一下，徐佑就拍拍她的頭。「乖，為夫是真的餓了，只灌了一肚子的酒。」
沈薇撇嘴。誰信啊！就他那副破身體，誰敢灌他酒？不過她的心還是軟了，抱就抱著吧，反正他們都已經是夫妻。「菜都涼了，讓人再重新整治點吧。」
徐佑瞧了瞧乖順窩在懷裡的人兒，滿足地喟嘆。「不用，大晚上的不用折騰了，湊合吃兩口吧。」什麼湊合吃兩口？不過是想趕快填飽肚子品嚐佳人罷了。
徐佑吃著，還不忘朝沈薇嘴裡餵上幾口，她拗不過只好吃了，邊吃邊鄙夷。
吃飽喝足，徐佑扯著沈薇意味深長地道：「天不早了，該洗漱安置了，妳先，還是我先？還是咱倆一起洗個鴛鴦浴？」
沈薇伸手把他推開。「想都不要想。」哼了一聲朝內室走去。
徐佑在後頭哈哈大笑。「看來夫人都迫不及待了，放心，為夫一定會讓妳滿意的。」

外頭的梨花等人聽到姑爺的笑聲，懸著的心才放下來，待聽到她家小姐往內室去了，她就想進去服侍，又顧忌著姑爺。正猶豫著，就聽到小姐喊她，她慌忙應著推開門進去，對著姑爺行了一禮便進了內室。

沈薇本不想喊梨花的，可沒人服侍，她連身上那身繁瑣的嫁衣都搞不定。

徐佑倒在床上，耳邊聽著內室傳來的水聲，滿心期待。

沈薇泡了澡，整個人都舒服多了，穿著中衣就走出來，一頭青絲披在肩頭。徐佑瞧著她那被熱水熏得紅紅的小臉，雙腿一蹬就從床上起來，快步朝內室走去。

「欸，換水——」沈薇還沒說完他就不見了身影，裡頭傳來他愉悅的聲音。「無礙，為夫就著夫人的剩水洗洗就行了。」

「這個臭不要臉的。」沈薇的臉更紅了，也不知是氣的還是羞的。

沈薇在床邊坐下，雖然面上竭力鎮定，但仍掩不住自己心慌的事實。都說見多識廣，可這到底是她兩輩子頭一回新婚夜，她真的沒經驗啊！

徐佑出來時就見沈薇皺著小臉，一副苦大仇深的模樣，不由會心一笑。這笑聲驚動了沈薇，她一抬頭，就看到徐佑赤裸的上身，只見她如受了驚嚇的小兔子一般朝後退去，退了一步又反應過來，戒備地道：「你要幹麼？」心中暗罵，可眼睛卻忍不住偷瞄過去。這妖孽瞧著挺瘦的，沒想到身材這麼有料，好想摸一把。

望著口是心非的小丫頭，徐佑忍不住心底飛揚，大步上前把沈薇抱在懷裡，撩起床帳往床上一扔。沈薇還沒來得及驚呼，他就欺身壓了上去。「夫人，春宵一刻值千金，莫辜負了如此良宵啊！」

沈薇看著這張越來越近的面容，俏臉又不爭氣地紅了，惹得徐佑又是一陣朗笑。沈薇心中懊惱極了，明明她才是從現代來的好不，抹不開臉的怎麼是她？不行，她要逆襲！心動不如行動，她直接就摸上徐佑的胸膛，一下、兩下，手感還非常不錯呢。

她沈浸在自己的小天地裡，一個沒留神，衣裳就被徐佑給脫光了。她啊的一聲就去拉被子，卻被徐佑死死壓住動彈不得。「夫人啊，為夫的身子好摸嗎？」

沈薇嗖地收回手，卻被徐佑抓住按在自己胸前。他眼底閃爍著兩簇小火苗，聲音也喑啞了起來。「看來薇薇是對為夫的身材很滿意了。」

他溫熱的氣息吹在沈薇的耳邊，酥酥麻麻的，沈薇忍不住往旁邊躲了躲。「癢。」

「還有更癢的呢。」徐佑說著，低頭噙住她的櫻唇，炙熱而濃烈，沈薇覺得自己都喘不過氣來了，腦子暈乎乎的，只能憑身體的本能動著，迷離著。

當徐佑和沈薇親密接觸的時候，真是疼得想殺人。她知道會疼，但沒想到會這般疼。這種疼和受傷的疼一點都不一樣，她這樣不怕疼的人都忍不住抽氣。不是說這事很快樂的嗎？她怎麼只剩下疼了？

「你走開！」沈薇使勁推徐佑，疼得聲音都變了。

徐佑好不容易得償所願，哪捨得走開？但看著沈薇滿是痛楚的小臉，心疼極了，愛憐地哄著她。「乖，忍一忍，一會兒就不疼了，薇薇，乖。」

「忍不了。」敢情疼的不是你呀！沈薇竭力控制住自己，沒伸手朝徐佑臉上撓。

「放鬆，薇薇乖，可以的，一會兒就好了。」徐佑側點身，大手一下一下地撫摸著她的玉背，身體卻更加貼緊了她。

其實徐佑也不好受，箭在弦上卻得顧忌著沈薇的感受，不敢動彈一下，啊，還是讓他死了吧……

豆大的汗珠從徐佑的臉上滴下，他如神祇般的容顏染上了情慾，隱隱約約中，沈薇的身體深處不由滋生一種莫名的感覺，似乎那疼不是那麼明顯了。

她的雙臂纏上徐佑的脖子，身子不自在地動了動。徐佑好似受到鼓勵，試探般地動了動，眼睛卻緊盯著身下的人兒，見她只是微微蹙了眉，便喜悅地再接再厲。

沈薇青澀的身體漸漸被打開，如美麗的罌粟在暗夜裡盛放，散發迷人的芬芳。她只覺得自己是大海中的一隻小小船，隨著風浪起起伏伏，卻總是到不了岸邊。

窗外掛著一輪白月亮，它慵懶地打個呵欠，也悄悄地躲入雲層，好似害羞了一般。

就這般漂蕩漂蕩，沈薇也不知道時間過了多久，她張嘴喘息，只覺得自己快要窒息，可事實上她發出細細碎碎的聲音，讓徐佑更加情動，恨不得就此死在沈薇的身上。

風平浪靜之後，沈薇累得連腳趾頭都不想動一下了，閉著眼睛任由徐佑幫她清理，迷迷糊糊地睡著了。睡著之前還想著，這妖孽的體力真好啊，以後她有福利了……

徐佑卻精神飽滿，一點睡意都沒有。他看著累極睡著的沈薇，眸中是自己看不到的寵溺，把沈薇抱在懷裡，讓她的臉頰貼在自己胸前，滿足地閉上眼睛。

第二日一早，沈薇醒來，一抬頭正對上徐佑炯炯有神的眼睛，立刻想起昨晚種種，臉不由發燙起來。她不自在地動了動身子，才發現自己居然沒穿中衣窩在徐佑懷裡，兩人的腿交纏著。

羞死人了！沈薇把臉埋進徐佑的胸膛。

一大早佳人就投懷送抱，徐佑的心情可舒暢了，摟緊懷裡的人兒，低聲笑道：「要不，咱們再來一場。」

沈薇立刻撤出他的懷抱。這色痞還食髓知味了。「趕緊起身吧，今兒不是要敬茶嗎？」想起敬茶，她騰地坐了起來。「什麼時辰了？梨花呢？莫嬤嬤呢？怎麼沒有喊我？」這才後知後覺想起自個兒沒穿衣裳，慌忙拉過錦被裹住自己。

春色被遮，徐佑略有些遺憾。「是我讓她們不用喊妳的。早著呢，妳要是睏就再睡一會兒，敬茶不過是個儀式，府裡沒那些破規矩，而且聖上早就交代過了，咱們下午再進宮謝恩。」

還早？沈薇撩開床帳瞧了瞧外面，壓根兒不相信他的話。「快點起吧，讓長輩們等可不像話。」

徐佑卻沒有動，只是支著頭笑望著她。

沈薇頓時沒好氣地瞪了徐佑一眼。哼，當她不知道他打什麼主意？這妖孽還光著呢，她是不好喊梨花進來服侍，可她的衣裳在那邊的箱子裡，瞧這位大爺的模樣是不打算幫她拿了。以為這樣她就沒辦法了？

沈薇抽出枕巾直接裹在身上，越過徐佑便跳下床，背對著徐佑翻找起自己的衣裳。

沈薇飛快地穿上中衣，又找到徐佑的中衣扔到床上，隨手把昨晚扔在地上的衣裳拾起來放一邊。一回頭，瞧見徐佑仍窩在床上。「還不快起，你等什麼？」

徐佑卻理直氣壯的。「等夫人服侍為夫穿衣裳。」

「你自己不會穿？長手做什麼的？」沈薇送他一個大大的白眼。

「我已經娶了媳婦。」

沈薇氣得牙癢癢。若不是顧忌這是新婚頭一天，她定要打得他滿地找牙，讓他明白什麼是夫君守則。

她認命地走過去，拿起中衣往徐佑身上套。「來來來，大爺，請起床穿衣吧。」還得去敬茶請安呢，她可沒空耗在這裡。

沈薇壓根兒就沒服侍過人，整個過程手忙腳亂的，徐佑卻一點也不嫌棄，反而還十分享受。

衣裳穿好了，沈薇的額頭上也沁出了汗珠。她把徐佑推到一邊，揚聲就喊早就等在外頭的梨花和莫嬤嬤幾人。

「見過姑爺，小姐。」眾人一齊請安。

沈薇沒什麼感覺，莫嬤嬤卻糾正道：「不能再喊小姐，以後要喊夫人。」

沈薇瞥了徐佑一眼，道：「行吧，今兒起就改喊夫人。」她才十五就成了夫人，感覺好老。「嗯，也不要喊姑爺，依王府也喊大公子得了。」她想了一下補充道。

眾人齊齊應是，有條不紊地忙開了。

桃枝指揮端著熱水的小丫鬟往內室去，莫嬤嬤幫沈薇找今兒穿的衣裳，梨花則扶著沈薇去洗漱。

「莫嬤嬤，趕緊幫我梳妝。」沈薇自內室出來就坐在鏡前催促道。

莫嬤嬤自然明白新婚頭一天給長輩敬茶的重要，趕緊幫沈薇梳頭上妝。莫嬤嬤早摸清了她的習慣，沒有用粉，只描了眉毛，點了櫻唇，又在兩頰上了些胭脂，就這般簡單地描畫，沈薇的臉立刻生動起來。

首飾依舊簡約大氣，頭上只插了一根碧玉簪子，卻一點不顯寒酸，耳墜依然是珍珠的，只是換了一種花型。

梨花早捧著衣裳等在一旁了，依舊是紅色衣裳，上頭用金線繡著祥紋和鳥雀。

徐佑出來時，沈薇剛裝扮好。她衝著徐佑燦然一笑，詢問。「可還妥當？」

徐佑眸中是滿滿的驚豔，眉梢一挑，說道：「我徐某人的夫人哪會不妥當？」那驕傲的樣子讓沈薇忍不住笑了。

小廳裡已經擺好早飯，徐佑拉著沈薇坐下。「先吃飽了再去。」沈薇自然沒有任何意見。晉王府的飲食還是不錯的，沈薇嚐了幾口便滿意地點頭，只是剛吃到一半時，晉王妃身邊的施嬤嬤走了進來。「給大公子、大夫人請安，王妃著老奴過來瞧瞧可都準備好了？」

這是嫌棄他們慢了過來催促？沈薇眸子閃了閃，便擱下筷子站起來道：「可是母妃急了？我們這就過去。」眼裡帶著焦急，看向仍端坐著吃飯的徐佑。

徐佑眼皮都沒抬一下，下人們更是低垂著頭，不敢發出一點聲響，沈默在小廳內蔓延開來，可壓抑了。

站著的沈薇十分尷尬，她是新婦，臉皮薄，夫君又如此不給面子，眼眶一下子就紅了，鼓足勇氣卻又面帶難色地開口。「夫、夫君，父王、母妃等著呢。」桌下的腳卻狠狠踢了徐佑一下。差不多就行了，趕緊吭聲，演過了就不好了。

就見徐佑「啪」的一聲把碗頓在桌上，不滿地朝沈薇道：「聒噪什麼？還讓不讓人安生吃個早飯了？坐下！吃妳的飯，敬茶是個體力活，不吃飽了，一會兒丟的是爺的臉。」

又朝梨花等服侍的下人訓斥。「一個個的沒點眼力，沒瞧見妳們夫人才剛動筷？杵著幹什麼？還不過來伺候夫人吃飯？要妳們有什麼用，一個個姿態端得比主子還高。」徐大公子也是會指桑罵槐的。

就見施嬤嬤的臉色難看起來。

當家的爺都這般說了，沈薇這才剛過門的新婦自然是要聽夫君的話。她歉意地朝施嬤嬤笑了一下，戰戰兢兢地坐下來繼續享用早飯。嗯，這個奶香小饅頭做得不錯，要多吃一個；這道小菜也挺爽口，再多吃一點。沈薇目光一轉，梨花的筷子就伸向何處，主僕二人可有默契啦！

第九十七章

徐佑這才看向施嬤嬤。「若是我記得沒錯的話，二弟妹和三弟妹敬茶都是在巳時，現在可才辰時，王妃就急了？」

施嬤嬤能說什麼呢？她哪會想到這位爺一點面子都不留，好歹她也是王妃身邊最有頭臉的嬤嬤。可再想想他訓斥大夫人的樣子，施嬤嬤又有些釋然，連新進門的大夫人都得了訓斥，何況她這個做奴才的？難怪王妃私底下總說大公子性子古怪，不近人情。

「哪能呢？王妃擔憂大公子和大夫人年輕，怕有些地方不懂，使老奴過來搭把手。」施嬤嬤陪著笑臉道。

徐佑點了一下頭。「讓王妃操心了。」話鋒卻一轉。「王妃就是操心太多，爺和夫人不懂，不是還有莫嬤嬤在嗎？她是宮中的老人了，還會不懂？」

大公子這是嫌王妃多管閒事嗎？可她一個做奴才的也只能聽著，訕笑著尷尬地立在原地。

在施嬤嬤的煎熬中，徐佑總算吃好了，起身背著手往外走。「走吧，去給父王敬茶去。」

沈薇立刻小跑著過去，如小媳婦一般跟在他身旁。

徐佑領著沈薇悠哉地朝正院走去，邊走邊為她介紹府裡的風景，身後跟著一群捧著禮盒的丫鬟。

其實徐佑是很想牽沈薇的小手，可被她拒絕了。她現在還扮演著受氣小媳婦呢，既要作戲那就作全套。

王府的下人遠遠瞧著，便以為大公子在教訓新婚夫人，而新嫁進來的大夫人則一臉小意地點頭。還以為大公子娶了夫人會變成繞指柔呢！

「來了、來了，大公子、大夫人可算來了，快裡面請。」站在門口相迎的華煙一邊使人朝裡頭通報，一邊熱情地迎過來，福身行禮道：「給大公子和大夫人請安。」親自引著徐佑和沈薇朝裡面走。

邁進門檻，沈薇看到正座上端坐著一對中年夫妻，晉王妃是見過的，只見她今兒穿了一身棗紅色繡著雲雀的大衣裳，頭上插著兩支雕著鳳凰的金步搖，臉上也細細上了妝，雍容華貴的樣子；一瞧見他們進來，臉上便浮現出笑容。「佑哥兒和佑哥兒媳婦來啦？好孩子，快過來給母妃瞧瞧。」這招呼的是沈薇。

「怎麼來得這麼遲？讓長輩等著，像什麼樣子？」晉王爺卻沈著臉。他都已經枯等了半個時辰，大兒子才攜著新婦姍姍而來，能高興嗎？若不是王妃勸著，他早就拂袖而去了。

沈薇飛快地瞥了晉王爺一眼，是個保養極好的中年美大叔，跟徐佑有三分相像，就是那不耐的臉色讓沈薇立刻沒了好感。

徐佑不慌不忙，對著晉王妃詫異地問道：「府裡何時改了規矩？怎麼沒人通知一聲？二弟妹、三弟妹敬茶都是在巳時，怎麼輪到我就改啦？」

晉王爺的眉立刻就皺了起來。遲了就遲了，還唧唧歪歪找理由，真是不知所謂。剛要開口訓斥，身旁的王妃碰了碰他的胳膊。「王爺就少說兩句吧，孩子這不是來了嗎？」她可是特意一早就把王爺喊起來的。

晉王妃轉向站在跟前的新婚夫婦，臉上洋溢著笑容，親暱地道：「別跟你們父王一般見識，他就是這副急脾氣。什麼早了遲了的，都是一家人，誰還計較這個？快敬茶吧，這杯媳婦茶我可是盼了好多年。」

早有準備的華煙立刻把茶杯遞過來。「大夫人，請您敬茶。」

沈薇遲疑了一下才接過茶杯，卻久久沒有敬給晉王妃。就在晉王妃臉上的笑容快掛不住的時候，沈薇「哇」的一聲哭了。

在場的人都驚愕了，這鬧的是哪一齣？

晉王妃也好似嚇了一跳，一迭連聲地追問。「佑哥兒媳婦這是怎麼了？可是受了什麼委屈？佑哥兒是不是欺負你媳婦了？不怕，乖孩子，有什麼委屈只管跟母妃說，母妃和王爺替妳作主。」

晉王爺看向大兒子的目光更加陰沈了。丟人的玩意兒，新婚頭一天就欺負得新婦當著長輩的面落淚，真是太——他指著徐佑，氣得都說不出話來了。

「不關夫君的事，夫君對媳婦很好。」沈薇抽抽噎噎，在晉王妃的勸慰下，好半天才收了眼淚。哭過之後的沈薇更加楚楚可憐了。「母妃是不是不喜歡兒媳呀？」她擦乾眼淚小聲地問。雖是小聲，可在場的人都聽到了。

除了徐佑面無表情地站在那裡，其他人和晉王妃一樣莫名其妙。「佑哥兒媳婦何出此言？」

沈薇咬了咬嘴唇，半天才道：「母妃讓兒媳敬茶，連個蒲團都沒有，這不就是不喜歡兒媳嗎？」抿了抿嘴，用濕漉漉的眼睛窺了晉王妃一眼，又道：「兒媳未出閣時聽人說，有那等惡婆婆專門會在新婦敬茶的時候刁難，什麼敬的茶是滾燙的水，什麼不放蒲團讓新婦跪在地上，什麼在蒲團裡裝上碎瓷片和尖針，什麼假裝手滑沒端住，把茶水潑在新婦身上。」沈薇越說聲音越發抖，一副害怕不已的樣子。「母妃，兒媳知道自己笨，您別嫌棄兒媳，兒媳會好好孝順您和父王的。」眼淚又啪嗒啪嗒掉下來，哭得可傷心了。

在場的人除了徐佑嘴角微不可見地翹了一下，其他人看沈薇的目光都像看怪物一樣。這人是傻的吧？四公子徐昶更是差點從椅子上摔下來。

晉王妃的臉都黑了，卻得做出慈愛的樣子安慰沈薇。「瞧把佑哥兒媳婦嚇的，都是母妃的錯，是母妃疏漏了——」

話才剛開個頭，一旁的華雲就跪下了。「大夫人，這不關王妃的事，王妃一早就交代過奴婢了，是奴婢一時疏忽給忘了。大夫人啊，都是奴婢該死，您懲罰奴婢吧！」

「這是做什麼？」沈薇驚嚇地朝後退了一大步。「妳、妳快起來。」她手足無措著，求助地望向晉王妃。「母妃，這是您身邊得力的大丫鬟，您快讓她起來。」

這下晉王妃不罰華雲都不成了。「平日看妳挺機靈的，今兒怎麼這麼疏忽？本妃今兒若是不罰妳，大公子和大夫人那裡也交代不過去。來人，拉出去，打五板子，革三月月錢。」

徐佑眼神一凝，直接就把來拉華雲的人踹一邊去。「王妃要罰奴才回您的院子再罰，今兒是我新婚頭一天，別在這兒添堵，晦氣。」

沈薇也忙跟著求情。「母妃怎麼發這麼大脾氣？她已經知道錯了，改了就是了，不用再罰了吧？」

晉王妃差點沒閉過氣去。這個該死的賤種居然說她晦氣！「既然大夫人都給妳求情了，還跪在這裡幹什麼？還不快起來站一邊去。」晉王妃滿肚子的火找不到地方發洩，只好遷怒在華雲身上。

華雲忙不迭地給沈薇磕頭。「多謝王妃開恩，多謝大夫人。」顫巍巍地站起身縮到後面去了。

「看吧，妳這孩子就是心思重，不過是下人的疏忽妳就想了這麼多，以後可不能這樣了啊！」晉王妃深吸一口氣，對著沈薇露出一個慈愛的笑。

沈薇這才破涕為笑，紅著臉小聲道：「都怪兒媳膽子小，母妃不嫌棄兒媳就好。」

晉王爺不耐煩了。「行了，趕緊敬茶吧。」佑哥兒媳婦也太上不得檯面了。

「王爺說得對，趕緊敬茶。」晉王妃附和著說道。

蒲團早就被施嬤嬤擺上來，茶也換了一杯，沈薇跪在蒲團上，雙手恭敬地把茶杯遞過去。「母妃請喝茶。」

「乖。」晉王妃高興地接過茶杯，揭開蓋子喝了幾口才放在桌上，和藹地說道：「以後就是一家人了，佑哥兒脾氣不大好，妳多擔待一二，你們小倆口和和美美的，我跟王爺就放心了。」

她給沈薇的是一套鑲藍寶石的頭面，上頭還帶著一小撮孔雀翎，一瞧就知道價值不菲。

「多謝母妃。」沈薇恭敬地接過遞給身後的丫鬟，又從梨花手上取過她孝敬的禮物，略微不好意思地道：「母妃什麼好東西沒見過？兒媳人笨，就親自動手做了一雙鞋，雖不好，但這是兒媳的心意。」

這是一雙綠底金紋的繡鞋，鞋面上綴著大顆珍珠。手藝說不上多好，但也不算差，針腳倒是細密。晉王妃拿在手裡瞧了瞧，讚道：「佑哥兒媳婦有心了，母妃很高興。」

沈薇心道：嘴角都耷拉下來了叫高興嗎？

「母妃不嫌棄就好。」她臉上是滿滿的笑容。

接下來就輪到給晉王爺敬茶了，沈薇雙膝跪下，雙手舉杯過頭頂。「兒媳敬父王茶。」

晉王爺接過茶，抿了一口就放下了，拿出一個紅封扔在托盤上，乾巴巴地說了句。「好生勸導佑哥兒，好生過日子。」

「是，兒媳謹遵父王教誨。」沈薇的孝敬依然是一雙鞋子，只是顏色不同罷了。晉王爺也不在意，示意身後的長隨收了。

接下來的見禮就不需要她跪著，都是比徐佑小的。

新婦頭一天給長輩敬茶見禮本是非常隆重，宗族中許多長輩都該在場，可晉王府是皇室，宗親太多了，若是都來了，廳堂裡坐不下，便索性不請，反正以後有的是機會拜見。

「這是二弟和二弟妹。」徐佑領著沈薇站在徐燁夫妻面前介紹道。

徐燁和吳氏先給徐佑和沈薇行禮。「見過大哥大嫂。」

吳氏打量著沈薇，不由暗嘆大伯豔福不淺，這位大嫂的容貌可真是好呀！

沈薇還了禮，送上準備的禮物，是一支纏金絲的步搖和一塊刻著祥紋的玉珮。吳氏接過禮物道謝，眼睛閃了閃，卻是沒有再說什麼。

給徐炎和胡氏的禮物也同樣是步搖和玉珮，只不過花型不同罷了。胡氏眸中閃過失望。這位的嫁妝她可是瞧過，見面禮卻只算一般，看樣子也是個摳的。

送給四公子徐昶的禮物是一把刀。沈薇之前做過功課，這位四公子是個愛玩的，吃喝嫖賭樣樣精通，在武藝上頭也疏鬆得很，卻有一個嗜好，那就是愛刀，私下蒐集了不少，她就挑了一把裝飾精美、還算鋒利的當成禮物送給徐昶。

「好刀！」徐昶眸中閃過驚喜，大聲讚道：「多謝大嫂。」他對沈薇印象頓時好了起來。這位大嫂不僅長得好看，而且還知情識趣，至於膽子小，嗯，女人不都那樣？倒也不算什麼大缺點。

沈薇抿嘴一笑。「小叔喜歡就好。」

徐昶只覺得眼前春花搖曳，眼都看直了，還是徐佑冷冷哼了一聲才回過神來。他膽子也大，還跟他大哥開了幾句玩笑。「大嫂一瞧就是溫柔賢淑的，大哥豔福不淺啊，羨煞弟弟了。」

最後是晉王府僅有的一對庶出子女，庶子叫徐行，和四公子徐昶同齡，但比他小上三個月，是晉王妃懷徐昶時被人鑽了空子，但為了給肚子中的胎兒積福，她是忍了又忍才沒動手，由著徐行被生下來，可想而知他在府裡過的什麼日子。

庶女叫徐蒹葭，跟徐行是同母。徐行和徐蒹葭的生母張姨娘也真是個人才，居然能在晉王妃的嚴防死守下生下一對兒女，雖不得寵，卻也磕磕絆絆地平安長大了。

張姨娘本想著母憑子貴弄個側妃當當，可晉王妃恨毒了她，怎會讓她如願？所以直到現在還只是個小小的姨娘。

沈薇送徐行的是一套文房四寶，東西不算好也不算差；送徐蒹葭的是一對珊瑚手串。兩人客氣地道了謝。

到此，沈薇的見禮算是結束了，晉王爺帶頭離開了，接著世子爺、三公子、四公子和五公子也都找了藉口出去，屋內只餘女眷和徐佑。

晉王妃笑道：「讓爺們自個兒忙去，咱們娘兒幾個好生說說話。」

徐佑聞言臉色就沈下來了，重重地哼了一聲，沈薇的身子立刻輕顫了下，回過頭對著晉王妃為難地道：「母妃，兒媳明日再陪您說話可好？院子裡還扔了一堆事情呢，兒媳午後還得進宮謝恩。」

晉王妃的眼睛閃了一下，然後笑道：「瞧母妃這記性，妳初來乍到可不是有許多事情要理嗎？下人可夠使？若是不夠，母妃給妳兩個，華裳、華露，以後妳倆就伺候大公子、大夫人。」

「是。」兩個俊俏標致的丫鬟應聲站了出來，雙眸含情，身段柔軟。

晉王妃可真會見縫插針，這才第一天就往她身邊插人了。

「兒媳謝母妃體恤，母妃身邊的人都是極好的，這兩位姑娘一瞧就是能幹的，只是、只是……」沈薇拿眼睛窺著徐佑的臉色，不敢說下去了。那意思很明白：母妃您賞賜的人很好，只是兒媳我作不了主。

徐佑皺起了眉頭。「王妃的好意我們心領了，院子不缺人使，這兩個還是母妃自個兒留著吧。」瞥了一眼華裳和華露，臉上的嫌棄可明顯了。「一股媚態，身上抹的什麼？臭死了，穿成這樣還能做活嗎？還是留母妃院裡吧，省得帶壞了沈氏。」

被點名批評的華裳和華露羞憤不已。她倆長得好，自然心高氣傲，今兒被人如此嫌棄，恨不得找條地縫鑽進去。

晉王妃都快要氣暈了，臉上的笑容也淡了三分。「既然佑哥兒不領情，那就當母妃自作多情了。」

沈薇見晉王妃生氣，害怕起來，囁嚅著求情。「母妃，夫君不會說話，其實心裡沒有嫌您多管閒事，您別生氣，兒媳給您賠不是。」她垂著頭，一副為難不已的樣子。

晉王妃嘆了一口氣，語重心長地道：「好孩子別怕，母妃沒有生氣，做父母的哪會生孩子的氣？去吧，跟佑哥兒回去歇著吧，昨兒折騰了一天，累壞了吧？」

「母妃！」沈薇感動極了，眼淚在眼眶裡轉呀轉的，看得晉王妃可心疼了，拍著她的手不住安慰。

徐佑卻不耐煩了。「走呀，妳還杵在那裡幹什麼？」說罷也不等沈薇，掉頭就朝外走去。

沈薇眨了眨眼睛，對晉王妃行了一禮。「兒媳告退。」慌慌張張地去追徐佑了。

第九十八章

徐佑和沈薇一前一後回了院子，徐佑對著沈薇伸出手，沈薇一巴掌拍開。「現在想到我了？剛才還對我瞪眼呢。」一扭身朝新房走去了。

徐佑摸摸鼻子笑了一下，毫不在意地跟在她身後。「夫人，為夫錯了還不成嗎？要不，夫人也瞪為夫幾眼？」

沈薇轉頭冷笑。「當我跟你一樣幼稚？」

她一進屋就直奔大床而去。太累了，得歇一會兒，下午還有一場硬仗要打呢。一抬頭見徐佑也跟了進來，便不耐煩地擺手。「你出去忙吧，我要補個覺，沒空陪你玩。」

徐佑脾氣可好了。「為夫不忙，為夫陪著夫人。」

「不用。」沈薇拒絕道。當她不知道他打什麼主意？沒良心的色痞，昨夜折騰了她大半夜，她現在沒心情跟他算帳，哼，等著吧。

「為夫保證老老實實的，絕對不打擾夫人。」徐佑趕忙保證。

沈薇柳眉一豎，氣鼓鼓地道：「我告訴你，娶到我是你上輩子燒了高香，就你家府裡烏七八糟的麻煩事，除了我，還有哪個敢跳這個火坑？你以後要對我好點，聽到沒？」

「聽到了，為夫保證對夫人好，昨夜夫人不是感受到為夫的誠意了嗎？」徐佑一本正經地說道：「若是不夠，為夫還可以更賣力些。」說著就要去解自己的腰帶。

沈薇斜睨了他一眼，直接把腳上的鞋子甩出去，剛好砸進徐佑的懷裡。「少出點么蛾子，午後還得進宮謝恩呢。對了，聖上他老人家不會跟你爹一樣腦子不靠譜吧？後宮裡有沒有像你繼母一樣想挖坑把你埋了的？」

徐佑嘴角一抽。這丫頭嘴巴真毒，不過說的倒是實話，夫人真是目光灼灼，進門頭一天就把這兩人的底子摸清了。

「夫人放心吧，宮裡還沒有那等不長眼的。聖上那裡就更不用擔心了。」徐佑道。有時他也很詫異，父王跟聖上明明是一母同胞，聖上那般雄才大略，他父王就是比不上聖上，但也不該相差太多吧？

可事實上，他父王不僅平庸，耳根子還軟，被個婦人拿捏在手裡幾十年，只能猜測是不是皇祖母生父王的時候出了什麼意外，或是孩子被人偷梁換柱了？

沈薇這下放心了，她腿一揚，蹬掉另一隻鞋子，又拔了頭上的碧玉簪子遞給梨花，麻溜地鑽進被裡補眠去了。

徐佑被擋在帳子外可幽怨了，聽著帳內傳來小丫頭均勻的呼吸聲，他抬起的手又收了回來。算啦，就讓這小丫頭好生睡一覺吧，昨夜真是累壞她了。

也不知睡了多久，沈薇醒了，覺得可舒服了。

「什麼時辰了？」她坐起身朝外面問道，聲音帶著才睡醒的軟糯。

「醒了？」徐佑的聲音響了起來。

她撩開床帳探出頭往外看，只見屋裡一個伺候的下人都沒有，徐佑坐在窗邊，手裡拿著一本書。窗外的日陽給徐佑鍍上一層金光，光影裡，他的側顏俊美如神，她的心情忍不住飛揚起來。還好這妖孽有張好看的臉，不然她真是虧死了。

「你沒出去呀？」沈薇詫異道。

徐佑沒有回答，而是道：「起吧，也該用午飯了。」他把書放在一邊，站起身幫沈薇喊丫鬟進來服侍。

用罷午飯，沈薇沐浴更衣。身著郡主大衣裳的她顯得明豔逼人，之前刻意做出來的楚楚可憐立刻就消了三分。但沈薇覺得不好，纖纖弱質才不會礙了誰的眼，於是她斂了斂身上的氣勢，這才滿意地站起來。

晉王府到皇宮尚有一段距離，徐佑陪她一道坐馬車。其實除了迎親那日，徐佑從沒在京中騎過馬。

馬車裡，沈薇沈默不語，徐佑還以為她緊張，安慰道：「咱們先去皇后宮裡坐一會兒；皇后為人寬厚，不會為難妳。聖上若是有空，咱們就過去謝恩，若是沒空召見咱們，咱們就可以直接回府了。」

沈薇點了下頭，表示明白。

很快便到了皇宮門口，立刻便有個胖太監滿臉笑容地迎上二人。「平郡王、嘉慧郡主，娘娘使老奴過來迎一迎二位。」

沈薇的封號便是嘉慧二字，只是有封號卻沒封地，徐佑這個郡王倒是有塊封地，在南邊一個叫「沙平」的小城，封地雖不大，但臨著一個港口，往來船隻很多，十分繁華。

「是林公公呀！娘娘可還好？」徐佑對那太監微點了下頭。

「好，娘娘好著呢，太子爺的病情有了起色，娘娘可高興著呢。」林太監的眼睛都笑成了一條縫。

雍宣帝的親娘，也就是徐佑的親祖母去得早，所以後宮以皇后為首。皇后姓戚，出身並不太高，至少比不上平南將軍府出身的顏貴妃和相府出身的秦淑妃。

徐佑和沈薇到坤寧宮的時候，就見殿中不止皇后娘娘一人，還端坐著兩位雍容華貴的美婦人。

「給皇后娘娘請安，給貴妃娘娘、淑妃娘娘請安。」沈薇跟在徐佑身後磕頭。

「快起來，都是一家人，客氣什麼。」皇后一迭連聲地說道，嘴中打趣著。「可算盼到咱們大公子娶媳婦了，嘉慧過來，讓皇伯母好好瞧瞧。」

「是，皇后娘娘，嘉慧遵命。」皇后能自稱是皇伯母，沈薇卻不會傻得真那樣喊，說不準人家只是嘴上客氣呢。

「嘉慧這小模樣長得可真俏，阿佑的眼光就是好。」皇后娘娘拉著沈薇不住稱讚。

沈薇適時地做出羞澀的表情，小聲道：「娘娘謬讚了，嘉慧蒲柳之姿，哪比得上娘娘們的雍容華貴？娘娘就不要打趣嘉慧了。」

「唷，小嘴還挺會說話的。忠武侯府不是以武起家嗎？聽說府上的小姐人人都能耍上兩手，我那兄弟還多虧了嘉慧郡主手下留情呢。」坐在右邊的美婦望著沈薇似笑非笑地說。

沈薇立刻明白這位是秦淑妃了，這是替她兄弟出氣來了？挑今天這日子，是不是沒帶腦子？

她不著痕跡地瞥了徐佑一眼，意思不言而喻。不是說後宮中不會有不長眼的嗎？眼前這是什麼？

「多謝淑妃娘娘的讚美，好教娘娘知道，忠武侯府雖然以武起家，但家中的姊妹除了嘉慧學了幾招花拳繡腿，她們都是不通武藝的。長輩們說了，保家衛國有男人便行了，嘉慧習武還是因為自幼身子骨不好，家中長輩垂憐才許嘉慧練一練的。」

沈薇異常認真地說道：「至於娘娘的兄弟，娘娘知道您兄弟在京中的風評嗎？滿京城都說秦相爺家的小公子頭上流膿、腳上長瘡，從根子裡爛到無可救藥，把爹娘兄姊的臉都丟光了，嘉慧就曾在街上撞見他調戲民女，想著秦小公子終歸是秦相爺的小兒子，秦相爺又和嘉慧的長輩們同殿為臣，怎麼也有幾分香火情吧？於是嘉慧就使人打了挑唆秦小公子的奴才們，沒動小公子一根指頭，淑妃娘娘您實在不需要跟嘉慧道謝。」

說到這裡，她臉上的表情可真誠了，像想起什麼似的蹙了蹙眉頭。「不過淑妃娘娘您兄弟膽子可真小，都沒動他一根指頭，他就嚇病了。」

殿中安靜極了，只有沈薇歡快的聲音迴盪在每個人的耳旁。皇后娘娘看著嘉慧郡主忽閃忽閃的大眼睛，臉上的表情複雜。上回見這姑娘挺正常的呀？

淑妃娘娘氣得頭頂冒煙，指著沈薇說不出一句話來。

坐在左邊的那位顏貴妃卻噗哧一聲笑了出來。「是個實誠的好孩子，跟本妃那傻閨女一個樣，對本妃的胃口。這琉璃珠串本妃戴了好多年，今兒就賞給妳吧。」

沈薇恭敬地接過。「謝貴妃娘娘賞賜。」

上頭的皇后娘娘也回過神來，對身邊的貼身大宮人桂姑姑道：「快去把本宮給嘉慧郡主準備的禮物拿來。」轉頭對沈薇嗔怪道：「雖是實話，但也不能這樣說呀，瞧妳把淑妃給驚嚇的，還不趕快過去賠禮道歉。」

皇后娘娘也是樂意看到淑妃吃癟，淑妃仗著當相爺的爹，明裡暗裡給自己使了多少絆子？她所出的二皇子搶走了太子多少風頭？嘉慧郡主的一番話可真是大快人心哪！皇后娘娘瞅著沈薇的目光越發慈善起來。

沈薇自然是從善如流。「淑妃娘娘您別生氣，嘉慧愚笨，不會說好聽的話，您別生嘉慧的氣啊！但嘉慧說的都是事實，一句假話都沒有，雖然您兄弟不爭氣，但聽說二皇子極有出息，都說他比太子爺還有能耐呢。」

誰說我們嘉慧郡主不會說話的？瞧瞧，一句話不僅讓淑妃娘娘心驚，還讓皇后娘娘心塞，偏偏當事人還一副誠懇無比的樣子。

「大膽！二皇子和太子爺是妳能非議的嗎？」淑妃娘娘沈聲喝道。

沈薇頓時嚇壞了，眼圈一下子就紅了。「嘉慧沒有非議，就說了幾句實話嘛……」她嗖地躲到徐佑的身後，垂著頭不敢出來了。

皇后的眉頭就皺起來了。「淑妃這是幹什麼？妳跟個孩子計較什麼？嘉慧不過實話實說，嚇唬她做什麼？」

徐佑也不高興了。雖然知道他媳婦是作戲，可那紅紅的眼睛、怯怯的小模樣還是讓他心疼極了。

「淑妃娘娘好大的威風呀！敢問內子說錯什麼了？二皇子和太子爺雖尊貴，私底下還得稱臣一聲兄長吧？內子作為長嫂，說一句實話怎麼就成非議了？這罪名扣得有些大，臣只能去找聖上評評理了。」

徐佑冷冷的眼神讓淑妃一個激靈，回過神來，想到這事要是鬧到聖上跟前，依這位大公子的受寵，自己肯定落不到好。可要讓她低頭，她又拉不下臉來，不由陷入了進退兩難之境，暗暗後悔起來。都怪她娘，進宮哭訴弟弟受了多大的欺負，害得自己一時氣憤，失了分寸。

皇后巴不得鬧到聖上跟前，也好殺殺淑妃的威風，最好牽連到二皇子身上。

此時雍宣帝身邊的張全笑呵呵地走進來，像是沒瞧見殿中劍拔弩張的氣氛。「奴才給皇后娘娘、貴妃娘娘、淑妃娘娘請安。」又轉而對徐佑、沈薇道：「大公子、嘉慧郡主，奴才

道。

「聖上急著喝姪媳婦茶，就讓奴才來催催，讓皇后娘娘早點放人。」張全笑呵呵地說

皇后的眼神閃了一下，和顏悅色地問道：「可是聖上那裡有事？」

也跟您二位請安了。」

「聖上可真是性子急。阿佑、嘉慧，你們趕緊過去吧。」皇后對徐佑、沈薇說道。

於是，徐佑和沈薇便行禮告退，跟著張全去見雍宣帝了。

他們一走，皇后的眉頭便皺了起來，看著淑妃說道：「淑妃呀，不是本宮說妳，妳這脾氣也該改改了。妳堂堂一宮主妃，跟個毛孩子置什麼氣？嘉慧才十五，比二皇子還小上一些，妳說妳……唉！」她重重地嘆氣。

淑妃噌地就站起來，高揚著頭。「不好意思，姊姊，妹妹宮裡還有要事處理，先告退了。」說罷轉身就走，把皇后氣得直喘粗氣。

顏貴妃嘴角浮上一抹冷嘲，也跟著起身告退。

皇后氣得牙癢癢。一個、兩個架子都這般大，總有一天，總有一天……她握緊拳頭。

「那丫頭真這麼說？」在御書房裡踱步的雍宣帝停住腳步。

「是。」暗衛低聲應道。

雍宣帝的嘴角便抽了抽。這個沈小四就是個不吃虧的，瞧那些話，跟錐子似的，直往人

心頭直戳。淑妃也是，阿佑頭一回帶媳婦進宮她就添堵，老大一個人還去為難孩子，被頂回去了吧？該！

相較於皇后娘娘她們，雍宣帝倒是知道沈薇的底細，那就是個古靈精怪的丫頭，不然那個眼高於頂的姪子會那般急慌慌地娶回家嗎？呵，這丫頭還真會裝。

進了御書房，徐佑領著沈薇給雍宣帝磕頭敬茶。

「嘉慧，聽說妳在坤寧宮淘氣了？把淑妃給氣著了，還非議朕的二皇子和太子，該當何罪？」雍宣帝沈著臉道。

沈薇心頭跳了一下。那邊坤寧宮發生的事，這邊聖上就知道了——

她小心地瞥了一下雍宣帝的臉色，見他雖虎著臉，眸中卻透著一點笑意，便放下心來，理直氣壯地道：「還不都怪大公子？入宮前，他一再保證說後宮各位娘娘脾氣都挺好的，為人也都寬厚聰慧，誰知道淑妃娘娘會突然發難？嘉慧哪有氣她，明明都是實話。就是在聖上您老人家跟前，嘉慧也是這樣說，淑妃她兄弟確實是個欺男霸女的貨色，嘉慧也確實沒揍他。您是知道嘉慧本事的，若是想弄死他，他墳頭的草都老高了。」

沈薇噘了下嘴，又道：「嘉慧會反駁還不都因您姪兒護不住媳婦？他就是個嘴笨的，心裡有話都說不出來，只會用眼睛瞪人，有什麼用呢？這麼多年不知道受了多少委屈。但現在不一樣了，大公子娶了我，您知道的，我就是個潑辣的，又愛護短，大公子護不住媳婦，那就媳婦來護著他唄！聖上您放心，有我在，誰也不能再欺負大公子了。」

沈薇信誓旦旦地保證，雍宣帝一口茶差點沒嗆著，指著沈薇，半天才找到聲音。「妳這個丫頭……」嘴上雖這樣說，心中卻很欣慰。好！阿佑這媳婦總算沒有白娶！

雍宣帝眼睛一閃，想起了自己的結髮妻。一晃眼，她都不在十年了啊……

徐佑的臉上有些動容。這麼多年了，誰想著為自己做些什麼？只有她，唯獨只有她，嘴上嫌棄著說他討厭，每每有事卻張牙舞爪地衝在前頭護著他。

徐佑心裡滾燙，只覺得這輩子要是不把所有好東西捧到她面前，自己心裡難安。

沈小四，薇薇，妳就是神佛賜給我的補償嗎？

第九十九章

「阿佑，你現在家也成了，是不是該把業也立起來了？你是想去工部、戶部，還是刑部？皇伯父的六部包括京城各衙門，你想去哪兒都行。」雍宣帝看著徐佑說道。

徐佑卻不接招，淡淡地道：「多謝皇伯父看重，姪兒身子骨不大好，還是留在府裡養著吧。」

雍宣帝眼睛一瞪。身子骨不好？拿這個藉口能矇得了別人，矇得了他嗎？當初還是他安排把他送山上去的，他身上的毒早就清得差不多了。這些年一直以病弱姿態示人，不過是掩人耳目，私底下幫自己辦了不少朝廷不方便出面的差事。

「你身子骨好不好，皇伯父還不知道嗎？年紀輕輕就想著偷懶可不行，宗室子弟雖多，成器的卻沒幾個，皇伯父都一把年紀了，你就不能替皇伯父分分憂？」

可他說這話，不僅徐佑不信，就是在一旁的沈薇也覺得驚悚。雍宣帝不過四十出頭，正是盛年，怎麼也和一把年紀扯不上邊呀！

「皇伯父就不要為難姪兒了，姪兒沒什麼大的志向，蒙皇伯父恩典，姪兒已經是郡王了，這輩子就知足了。」人生在世，無非權勢和財富，這兩樣他都不缺，何必非要鑽營呢？

「何況姪兒新婚燕爾，實在沒心思啊。」

「你個沒出息的！」雍宣帝笑罵，還要再說，就聽到御書房外傳來二皇子的聲音，他臉上的笑意便斂住了。「可是老二來了？進來吧。」

便見芝蘭玉樹般的二皇子面上含笑地走進來。同他一起進來的還有四皇子，他是皇后所出，幾年前被封為太子。

雍宣帝有些詫異，這兩個兒子怎麼一塊兒來了？

「兒臣們給父皇請安。兒臣得知佑堂兄今兒帶新嫂子來給父皇請安，兒臣特意過來沾沾喜氣。半道上遇到太子，便一起過來了。」二皇子笑道。

太子也道：「佑堂兄大婚時，偏兒臣身體有恙，也沒能親自前往道賀，實在慚愧啊。」

二皇子和太子雖都稱徐佑一聲堂兄，但到底君臣有別，徐佑還是帶著沈薇給他們行禮，兩人自然是客氣地禮讓一番。

沈薇飛快地瞥了二人一眼，見二皇子和太子都長得挺好，只是比起氣宇軒昂的二皇子，太子爺就文弱多了，不僅個頭矮了兩、三寸，身上的氣勢也弱了三分。

有這麼一個出色的皇子傍身，難怪淑妃的氣焰那麼高。

多了兩位皇子，被打斷的話題自然不會再提起，而徐佑本就話不多，偶爾應上一、兩句，說得多的反倒是雍宣帝父子三人。

沈薇冷眼瞧著，二皇子不僅比太子氣宇軒昂，也比他會說話，臉上帶著和煦的微笑，態度謙遜有禮，說的每一句話似乎都能引起雍宣帝會心一笑。與他一比，太子就遜色了，在雍宣帝面前有些拘束，雖然竭力掩飾這一點。

仔細想想這也不奇怪，二皇子比太子大上幾歲，排行又靠前，跟雍宣帝的感情自然深了。而且雖然都是雍宣帝的兒子，但一個是皇子，一個是太子，身分到底不一樣，雍宣帝對兒子或許會多幾分寬厚，但對太子的教導卻十分嚴格，是以太子在雍宣帝面前十分拘束。

很快，徐佑便帶著沈薇告退而出。

回到晉王府正好暮色四合，徐佑瞧院子門口懸掛的大紅燈籠，心裡暖暖的，不由握緊了身側沈薇的手。沈薇詫異地看了他一眼，卻乖順地沒有掙開。

晚飯依然是在院子裡吃，倒不是沈薇托大，而是晉王妃特別善解人意，他們自宮中一回來，晉王妃就派人來說體諒他們小夫妻太過勞累，無須過去請安了。

沈薇自然是聽話的，今兒她確實累了，才不管晉王妃是真情還是假意呢，只是順水推舟派了莫嬤嬤過去彙報進宮謝恩的情況。

晉王妃聽了莫嬤嬤的稟報，嘴裡唸了一聲阿彌陀佛，滿臉歡喜地道：「我就說佑哥兒媳婦是個有福氣的孩子，瞧瞧，不僅皇后娘娘喜歡，連貴妃娘娘和淑妃娘娘都喜歡她。謝天謝地，我的心總算是放下來了。」

旁邊立著的施嬤嬤也湊趣道：「自從大公子和大夫人出了王府大門，咱們王妃就擔心上了，隔一會兒就要問上一回，現在知道大夫人得了宮中貴人的青眼，王妃這提起的心可算是能放下來了。」

「說這些做什麼？佑哥兒兩口子順順當當地回來便好。」晉王妃揮手止住施嬤嬤的話，忽又嘆了一口氣。「為人父母的不就是這樣嗎？佑哥兒媳婦性子柔順，我可不得多偏著她一些？難為這孩子累了一天還能想著讓妳過來跟我說道說道，要我說呀，明兒再過來也是一樣。」

莫嬤嬤是何許人也，還能聽不出晉王妃話裡有話？明面上說大夫人想得周到，實則暗中指責對婆婆不夠尊敬，僅派個嬤嬤過來，自己就不能親自過來嗎？

莫嬤嬤卻不動聲色。「我們夫人本想親自過來陪王妃說話，又怕擾了王妃的歇息，大公子也說聽王妃的明兒再過來，還說王妃對小輩最是寬厚慈愛，不會跟她計較這個的。」

晉王妃臉上的笑容便淡了一些，斜睨著莫嬤嬤，見她面上感激，態度恭敬，心裡才稍微舒服一點，又交代幾句便打發她下去了。

莫嬤嬤離開之後，晉王妃臉上的表情便斂了個一乾二淨，靠在椅子上，一雙美目睜得老大，眉頭蹙著，顯得有幾分凌厲。

「嬤嬤覺得咱們這位大夫人如何？」施嬤嬤正在愣怔，就聽到王妃問話。

施嬤嬤忙打起精神上前，心中明白王妃是問什麼。「回王妃，老奴覺得大夫人該是沒有那等心思，出身在那兒擺著呢，能有什麼見識？更何況大公子——」她看了一下王妃的臉色，沒有再說下去。

晉王妃點了下頭，明白她的意思，垂下眸子，若有所思。其實她也是這般想的，沈氏不過是個在鄉下長大的嫡女，從沒正經學過規矩，莫嬤嬤到她身邊的時日也有限，她就是再聰慧，那見地也不是短短時日就能培養出來的。何況她就不是個聰慧的，白長了一張好看的面孔罷了。

而且大公子那個賤種又不知尊幼，他說一句，沈薇還能不聽？估計就是他攔著。

晉王妃那兒的請安是在辰時，這是荷花打探回來的消息。因為頭晚歇得早，沈薇第二天很早就起來了，等她梳妝打扮好從屋裡出來的時候，外間的桌上已經擺好早飯，徐佑正等著她。

沈薇很詫異，古代媳婦給婆婆請安不都餓著肚子嗎？有那些惡婆婆為了搓磨媳婦，故意把時間拖了又拖，讓媳婦餓著肚子服侍自己用早飯。

徐佑自然瞧出了她的心思，一本正經地道：「快過來用飯吧，王妃慈愛，不會苛待媳婦的。」他又不是傻子，怎麼會讓自個兒媳婦餓著肚子去給晉王妃請安？

既然當家的爺都發話了，沈薇自然也不想一早就餓肚子，吃飽了才有力氣請安不是？

因為心情好，胃口也好，她比昨天早晨還多用了一碗湯。

「走吧。」徐佑見她放下筷子便道。

沈薇又詫異了。「你要陪我去？不用了，你忙你的去吧，我一個人行的。」不就是請安嗎？又不是去闖龍潭虎穴。

徐佑臉上神色鄭重。「夫人此言差矣，我大雍朝最重孝道，為人子女的怎能不去給長輩請安？夫人，咱們走吧。」

看著他那大義凜然的樣子，沈薇不以為然地撇撇嘴。他對親爹都沒多少孝心，何況是繼母？他這是要去給他繼母添堵吧？

不過徐佑願意陪她去更好，晉王妃總不好當著繼子的面為難她吧？

初夏的早晨還是很涼快的，沈薇迎著清風，可愜意了。走到半道途中，遇到了同樣去請安的世子夫人吳氏，兩批人停下來打招呼。

吳氏老遠就瞧見大嫂身旁的大伯，眸中閃過詫異。王府裡誰不知大公子是從不給王妃請安的？這回倒是陪新婚媳婦去了，看來大嫂很得大伯的心。轉念再一想，大嫂生了那麼一副好相貌，人又嬌嬌弱弱，年紀還比大伯小了七、八歲，換了是她也不放心呢。

吳氏熱情地道：「真巧，大哥還陪著大嫂去給母妃請安，這恩愛可真是羨煞人了。」她掩著嘴打趣。

「二弟妹莫要說笑。」沈薇紅著臉，飛快地朝徐佑瞥了一眼，一臉甜蜜地垂下眸子，嬌羞不已的樣子。

本就十分的顏色，憑空又多了三分好看，瞧得吳氏都錯不開眼，心中感嘆，年輕就是好呀！大嫂嫩得如枝頭的嬌花似的，小臉都能掐出水來，再是個繡花枕頭，大伯還不是寵著疼著？

她的手不由撫上自個兒的臉。世子跟大伯同齡，只是小著月分，自己又只比世子小上一歲，不用胭脂水粉都不能瞧了，哪像大嫂，只隨意描個眉毛、上點口脂就明豔照人了。

世子待她雖敬重有加，到底還是比不上從前。他嘴上雖不說，她也不是死人，哪會瞧不見他看向自個兒身邊大丫鬟思濃那赤裸裸的目光？

吳氏心酸地感嘆了一番，挽著沈薇的胳膊一起朝晉王妃的院子走去。

她們進去的時候，晉王妃正在梳頭，施嬤嬤小聲詢問她今兒想用哪件首飾。沈薇和吳氏福身給她請安，她還笑問了一句。「妳們妯娌倆怎麼一起來了？」

聽說她們是半道上遇上的，晉王妃點點頭，和顏悅色地道：「妳們妯娌相處得好我就放心了。燁哥兒媳婦進門早些，又幫著我打理中饋，要多幫妳大嫂一些。她年歲雖小，但到底是長嫂，妳和炎哥兒媳婦要敬重她。咱們一家人和和美美的，我跟妳們父王就再沒別的心願了。」

沈薇和吳氏自然是齊齊應是。

晉王妃瞥了一眼鏡中的自己，話鋒一轉，道：「佑哥兒媳婦過來，幫母妃挑件首飾。」

沈薇有些莫名其妙，還是吳氏推了她一下，她才回過神來，一張俏臉卻先紅了。「母妃，兒媳沒啥見識，若是挑了您不喜歡的，您可不能生兒媳的氣呀！」

那嬌憨的小女兒態讓晉王妃一下子就笑開了。「不生氣，這可是我大兒媳親手挑的，妳就是挑根木頭母妃也高興。」

沈薇的臉更紅了，吳氏也跟著湊趣，嚷嚷著母妃偏心，有了新兒媳就不要她這舊兒媳了。王妃忙又安撫她。「要，這麼能幹的媳婦怎能不要呢？」婆媳二人耍了一會兒花槍。

沈薇大著膽子上前，在晉王妃的梳妝匣子裡挑了許久，才挑出一根分量十足的金步搖，捧到晉王妃跟前，獻寶似地道：「母妃，您瞧這個怎麼樣？兒媳覺得只有這根華貴的步搖才配得上母妃的身分，其他那些都太寡淡了。」

晉王妃臉上飛快地閃過什麼，隨即揚起了笑容。「佑哥兒媳婦眼光就是好。來，幫母妃插上。」

身後立著的吳氏都要目瞪口呆了。滿匣子的首飾就數這支金步搖最俗氣了好不？大嫂這是什麼眼光？不過想了想她的出身又釋然了，忠武侯府可不就是個暴發戶嗎？

沈薇恭恭敬敬地把金步搖插在晉王妃的髮間，瞧著鏡中氣質頓時低了兩個檔次的晉王妃，心情可愉悅了。「母妃真是華貴雍容。」

晉王妃是有苦不能言，還得違心誇沈薇的眼光好。眼不見為淨，她索性撇開頭不去看鏡子中的自己。

晉王妃從裡屋出來，就看到繼子坐在外間喝茶，不由詫異了一下。這位大公子從不給她請安，還是她親口允諾的。

如今這位大公子居然破天荒地來給她請安……她看了一眼低眉順眼的沈氏，若有所思，臉上又浮上親切的笑容，打趣道：「喲，到底是新婚小夫妻，就分開這一會兒，佑哥兒都不捨得，還親自陪著來了。」她的目光柔和地望過去。「你們小倆口能恩恩愛愛的，我就放心啦。」

「母妃。」沈薇嬌嗔著喚了一聲，紅著臉垂下了頭，如一朵嬌羞的蓮花。

徐佑卻是面無表情。「沈氏就是個笨的，頭一回來給王妃請安，若是走錯路就不好了。」

「瞧佑哥兒說的，在自家府裡怎可能走錯路呢？滿府的下人奴才幹什麼吃的？」晉王妃佯作生氣地數落了徐佑一句。

徐佑勾了勾唇角，沒有說話，那眸中透出的深意卻讓晉王妃不由心中一跳。

第一百章

正在此時，二夫人胡氏也到了，看到徐佑在場也是詫異，隨即便揚起滿臉的笑，道：「看來就我來得最晚了，母妃，兒媳晨起身子有些不適，便耽擱了一會兒，還請您見諒。」說著右手忍不住扶了扶腰。

晉王妃果然緊張，忙詢問。「怎麼就不適了？可傳了大夫？妳現在可是雙身子的人，萬不可馬虎。妳也真是的，身子不適就在床上歇著，還非跑這一趟做什麼，我還能挑妳的理？翡翠，還不快扶妳家夫人坐下。」

胡氏懷了身孕，晉王妃心心念念想著抱孫子，所以很看重她這一胎。

胡氏瞥了沈薇和吳氏一眼，又挺了挺肚子，滿臉都是得意的笑。「母妃寬厚，兒媳就更不能張狂了。母妃放心，大夫已經瞧過，沒事了兒媳才過來的。」哼，妳們來得早又如何，還得能生兒子才行。她這般想著，手摸了摸自己凸起的肚子，太醫都說了，這一胎十有八九是個兒子。

「那也不能疏忽了，母妃知道妳是個孝順的孩子，但子嗣為重，打明兒起妳就不要過來請安了，安心在院子裡養胎，給母妃生個大胖孫子才是正經。」晉王妃道，又扭頭交代施嬤嬤。「一會兒妳去我的私庫裡挑些上好的補品，送到三夫人的院子裡。」

胡氏受寵若驚。「兒媳謝母妃慈愛，母妃留著自個兒用吧，兒媳那裡有。」

晉王妃卻道：「給妳就拿著，母妃還能少了補品吃？我這裡還有，妳用完了就過來拿。妳是雙身子，要好好補補，到時給我生個大胖孫子。」

胡氏笑得更得意了。身為晉王府裡的三夫人，還能缺了補品？晉王妃願意給那就說明對她的看重。

沈薇注意到晉王妃提到孫子時，身旁吳氏的手緊緊絞著帕子，臉色也不怎麼好。她稍一思考便明白了，吳氏膝下只有兩個閨女，至今沒有嫡子傍身，連個庶子都沒有，晉王妃此舉不是戳她的心嗎？

早飯擺上來了，作兒媳是要伺候婆婆吃飯的。晉王妃坐定後，吳氏習慣性地往她身後一站，沈薇也跟著站起來。胡氏見狀也作勢要站，被晉王妃攔住了。「妳自個兒都是雙身子，哪裡還能服侍我？快坐著用點吧。」又轉頭對吳氏和沈薇道：「妳倆也坐下用飯，我又不是七老八十了，不用妳們伺候，不是還有丫鬟嗎？」

吳氏哪肯願意？她生不出嫡子，又不願意抬舉其他的姬妾，王妃已經對她頗有微詞了，哪敢不小意服侍？「媳婦服侍母妃用飯不是應該的嗎？母妃還是給兒媳一個盡孝的機會吧。」

沈薇也跟著點頭附和。

晉王妃便笑。「盡孝也不在這上頭，坐吧。佑哥兒媳婦和燁哥兒媳婦都坐下吧，跟母妃不需要這些虛禮。尤其是佑哥兒媳婦，妳才新進門，來嚐嚐母妃院裡的飯菜。」

吳氏也道：「是呀大嫂，妳坐著吧，母妃有我一個人服侍就行了。」

沈薇才不上這個當呢。「二弟妹還是妳坐著吧，妳都服侍母妃那麼久了，今兒這個機會就讓給我。」說著，她推著吳氏按在旁邊的椅子上，自個兒又站了回去，拿起桌上的筷子恭敬地遞給晉王妃。「母妃，您請用飯。您想用哪個？兒媳幫您。」硬是把華煙擠到一邊。

「瞧妳這孩子。」晉王妃一副勉強不已的樣子，嘴角卻翹了起來，很滿意沈薇的殷勤服侍。她不著痕跡地看了一眼坐在角落裡的繼子，見他垂著眸子喝茶，壓根兒就沒往這邊瞧上一眼，心裡就更高興了。

但很快，晉王妃就高興不起來了。她的目光明明看的是小黃瓜，沈薇幫她挾回來的卻是旁邊的豆腐。若是就這一回還好，可沈薇每一次挾回來的菜都不是她中意的，讓她怎麼吃？

偏沈薇還在一旁殷殷相勸，豆腐好咬，那個什麼菜營養，這個吃了對老年人的身體好——

能被下人擺上來的，自然都是晉王妃愛吃的，但也分三六九等吧？可面對沈氏殷勤的笑臉，她能說不嗎？依沈氏那膽小的性子還不哭給她看？那邊還坐著一個瘟神呢。

晉王妃一咬牙，吃吧。

沈薇可高興了，好似受到肯定似的，又一股腦兒地挾了許多菜色過來。「既然母妃愛吃這個，那就多吃點。兒媳剛才還擔心自己弄錯了，沒想到還真瞎貓碰上死耗子。」

沈薇的手可快啦，把郡王妃不喜歡吃的菜全挾回來了，還一臉期待地看著。「母妃，您吃呀。」

晉王妃臉上的笑容都快掛不住了。「行了，佑哥兒媳婦趕緊去坐吧，心意到了就行，妳也餓了一早上，快吃點墊墊肚吧。」

沈薇卻沒動，擺著手說：「兒媳不餓，兒媳今兒起得早，是用過早飯過來的。母妃，兒媳初進門，您就多教導兒媳一下吧。」她臉上的表情可誠懇啦！

晉王妃的臉都黑了，只覺得跟沈氏八字不合，沈氏就是來剋自己的，草草地吃了幾口便放下筷子。

沈薇憂心忡忡地道：「母妃，您怎麼吃這麼少？可是身體不適？施嬤嬤，快去請太醫，母妃身子不爽利。」她扭頭就吩咐。

施嬤嬤自然不敢輕慢，也覺得王妃哪裡不適，不然怎麼胃口這麼差？

晉王妃趕忙攔住她。「回來，我沒事。」轉頭拍著沈薇的手解釋道：「我好著呢，不過就是這會兒不餓罷了。」

沈薇仍是一臉不放心。「母妃真的沒事？諱疾忌醫可不行啊，您胃口這麼差，兒媳好擔心。」

「沒事，母妃自個兒的身體還會不知道？」晉王妃幾乎都要咬牙了。這一大早的，先是說她老，現在又詛咒她生病，這個沈氏能有點腦子嗎？

一旁的吳氏大約猜出王妃為何胃口不好，但她可不會傻得說出來。得罪大嫂沒什麼，但她可不想得罪那個陰陽怪氣的大伯。何況因為她生不出嫡子，婆婆明裡暗裡敲打了她好幾回，正盯著要朝她院子裡送人，她巴不得婆婆不痛快。

這一早上，晉王妃吃了一肚子的氣，連她們告退了都是有氣無力地擺擺手。沈薇歡快地跟著徐佑回去了。

出了晉王妃的院子，徐佑看了沈薇一眼。「做得不錯。」

「謝謝誇獎。」沈薇眨著水濛濛的大眼睛。「放心好了，本夫人還可以做得更好，以後本夫人罩你。」她十分豪爽地許諾。

徐佑的眼睛彎了彎，心情前所未有的好。「好。」

沈薇的眼睛也彎成了月牙，兩人對視一下，只覺得滿意極了。

一回到院子裡，莫嬤嬤就過來請示。「夫人，您的嫁妝怎麼歸整？」

沈薇眼睛眨了眨，看向徐佑道：「咱們不會一直住在這兒吧？」

徐佑笑著搖頭。「不會，過了新婚月，咱們就找個理由搬出去。」

沈薇頓時鬆了一口氣，對莫嬤嬤道：「不用歸整，先都放屋裡鎖著吧，等去了郡王府再歸整。」

莫嬤嬤下去之後，徐佑道：「院子裡的奴才妳都見見吧。」

沈薇一愣，不解地問：「我見奴才幹麼？」

徐佑好氣又好笑。這丫頭心可真大，別的新婦嫁過來不都是先掌權嗎？唯獨這丫頭還一臉懵懂，但想想她的性子，他耐心給她解釋道：「因為我不常在府裡住，咱們這院子裡的奴才也不多，這些年都是蔣伯管著，算是我的大管家吧。我身邊的江黑、江白妳都認識，其他的……嗯，算了，回頭我讓蔣伯過來給妳請個安，其他的人都不重要，妳就不用見了，有事找蔣伯就行。」

沈薇點點頭，絲毫沒放在心上。她連自個兒院子裡的事都是扔給梨花幾人管著，徐佑這邊更不會插手管了。

「梨花，去把桃枝、荷花、桃花她們都喊過來我瞧瞧。」沈薇突然吩咐道，這兩天兵荒馬亂的，她也沒來得及問問這些跟過來的丫鬟是怎麼安置的，尤其是桃花，可別被人欺負了。

「你還不出去？」她斜睨了一眼仍杵在屋內、絲毫沒有迴避意思的某人。

徐佑很無辜地道：「去哪兒？為夫我就是閒人一個，現在最重要的差事就是陪夫人。」

沈薇瞪了他一眼。「我要處理庶務了，你留在這兒好嗎？」

徐佑腆著臉道：「咱們不是夫妻一體嗎？沒事，妳處理妳的，為夫不會妨礙到妳。」

「那隨你。」沈薇翻了個白眼，撿起桌上那本遊記塞到他手裡。「去，那邊待著去。」

徐佑順從地拿著遊記，走到沈薇指定的角落裡待著去了，那情景讓站在門外的江黑、江白的眼睛都要掉下來了。他們公子夫綱不振啊！

「見過夫人。」丫鬟們很快都過來了。

沈薇的嘴角抽了抽。她還未滿十六，每次丫鬟這麼一喊，都覺得自己好老了。

「怎麼樣？都還習慣吧？」沈薇帶過來的人不多，因為知道不會在王府久住，她便把大部分的人留在風華院，想著過陣子直接安排他們去郡王府。

幾人對看了一下，桃枝先站出來，看了一眼角落裡的某人才道：「回夫人，奴婢們都挺好的。大公子這邊的人都很和氣，奴婢覺得和在咱們風華院沒啥差別。」

荷花、月桂也跟著附和。「是挺好的，院裡的人很熱心地幫奴婢們安置。」

沈薇自然注意到了桃枝的動作，不滿地朝角落裡瞪了一眼。「說實話，妳們都是我帶過來的人，既然跟了我這個主子，我便能護得住妳們，可別受了委屈自個兒憋著，咱們風華院出來的可沒這破規矩。」

幾個丫鬟面面相覷，不知小姐這是什麼意思，角落裡的徐佑卻用書本擋著臉，眼睛裡滿是笑意。

「夫人，奴婢們真的挺好，沒有受什麼欺負。」這回是月桂站出來。

沈薇的眉頭蹙了起來，還是不大相信。她覺得一定是因為徐佑在這兒，她們不敢說實話。電視上不都演了，新婦的陪嫁丫鬟們跟男主人院子裡的丫鬟們互別苗頭嗎？

只有桃花噘著嘴巴，滿臉不樂意地道：「小姐，妳怎麼變成夫人了？是不是以後就不是我的小姐了？」

看桃花一臉糾結又擔心的樣子，沈薇心裡暖暖的。欸，還是這個傻丫頭好。

「小姐嫁人就成夫人了唄！桃花若是不習慣，還是喊小姐好了，咱們桃花那麼棒，小姐肯定走哪兒都帶著妳的。」沈薇安撫她道。

「真的？太好了。」桃花皺著的小臉立刻飛揚起來，拍著手叫好，讓沈薇十分羨慕。高興了就笑，不高興了就哭，何嘗不是一種福氣？

「可是桃枝姊姊都不讓我出院子，也不讓我來找小姐。」桃花笑過之後就告起狀來。

沈薇瞧了桃枝一眼，見她一臉無奈，自然明白怎麼回事。她捏了下桃花的小臉，道：「妳桃枝姊姊是為了妳好，這可不是咱們風華院，妳若是跑出去闖了禍會被打板子的。」沈薇先嚇唬她一句，又道：「不過咱們在這裡也住不久，等去了郡王府，妳想怎麼撒歡都成，現在先忍一忍。」

見桃花還是有些不樂意，沈薇又哄她道：「好了，別噘嘴巴了。明日回門，桃花跟著一起回侯府，咱不帶妳桃枝姊姊，罰她留在王府看院子。」

桃花這才重新高興起來。接著沈薇又詢問一番，才打發她們下去。

沈薇氣呼呼地走到徐佑跟前，把他手裡的遊記一抽，扔在桌上。「都怨你，你在屋內，我的丫鬟都不敢說實話了。我告訴你，若是你院子裡的大丫鬟欺負她們，我可是不願意的。」

「傻啊！」徐佑捏了沈薇鼓鼓的小臉一把，道：「我這院子裡哪來的大丫鬟，除了幾個粗使婆子，其他全是小廝，上哪裡欺負妳的丫鬟去？妳就放一百二十個心吧！他們可都還沒娶上媳婦，討好她們還來不及呢。」

沈薇不大相信，狐疑地道：「你沒騙我？誰家的少爺公子身邊沒有貼身伺候的丫鬟？而且瞧你繼母那樣，會放過這個好機會？」

徐佑嘴角露出譏誚。「早些年，我這院裡環肥燕瘦可熱鬧了，後來被我找個機會發落了一回，她們就老實了。因為我長年在山上，那些有志向的就找門路走得差不多了，我回來後索性全都攆了，換成婆子和小廝。」

雖然他說得輕描淡寫，但沈薇仍是從中聽到了艱難。

徐佑瞧著沈薇那同情憐憫的小眼神，知道她又想多了。

咳，媳婦老認為自己是受盡委屈的小可憐怎麼辦？

第一百零一章

沈薇同情了徐佑一番，忽又想起一事來。「我要不要去給母妃，嗯，我說的是咱們親母妃上炷香、磕個頭？」雖然已經仙逝了，但那才是她正經婆婆。

徐佑還真沒想起這事。打小他就沒見過親娘，自然也談不上什麼感情，小時候還會想，若是親娘還在，父王大抵不會那麼不待見自己吧？長大懂事後又覺得自己天真了，哪怕親娘還活著，估計也會被父王和現王妃那對賤人氣得再死一回。

「那就去吧。」徐佑想了想道。好歹是把他生下來的人，他娶妻了怎麼也得告訴她一聲。

他領著沈薇去了府裡的祠堂。一走進去，一股幽暗陰沈的氣息撲面而來，沈薇還以為這跟侯府的祠堂一樣，擺得挨挨擠擠的都是牌位，誰知只看到婆婆一個牌位孤零零地擺在那裡。

「茹婆婆，我帶沈氏來給母妃磕個頭。」徐佑對著唯一一個看守祠堂的老嬤嬤道，然後又轉頭對沈薇解釋。「茹婆婆是母妃身邊伺候的人，我小時候她還照顧過我，後來就到這裡守著母妃的牌位了。」

沈薇點了下頭，對那個滿臉溝壑、頭髮花白的老嬤嬤鄭重行了一禮。她知道能讓徐佑這般鄭重介紹的肯定是敬重的人。

那老嬤嬤趕緊躲到一邊。「不敢擔大夫人的禮。」

沈薇卻執意行完禮，那老嬤嬤翕動著嘴唇，半天才哆嗦著說了三個好字，那雙渾濁的老眼裡透著慈祥的光芒。

供奉著先晉王妃的案桌被收拾得很整潔，上面擺著些供品，香爐裡，一枝香正徐徐燃燒著。煙霧繚繞中，沈薇看到牌位上寫著「段氏沈水」之墓，她跪在牌位前恭恭敬敬地磕了三個頭，輕聲道：「母妃，我是您的兒媳，以後兒媳會好好照顧大公子的。」

徐佑直視著牌位，沈默不語。茹婆婆看著恭敬跪在蒲團上的沈薇，背過身去悄悄拭淚。

上過香，沈薇就和徐佑一起離開了。茹婆婆站在祠堂門口，直到再也看不見他們的身影才回轉身，走進陰暗的祠堂，目光柔和地注視著牌位。「小姐，您看見了吧？大公子都已經娶親了，大夫人瞧著就是個懂事的好孩子，您就放心吧！婆婆答應過會好生護著大公子的，現在有了大夫人，您就更該放心了吧？婆婆知道您不甘心，婆婆替您看著呢，您放心吧……」

香爐裡的青煙裊裊升起，段氏的牌位若隱若現。

晉王妃捂著胸口倚在軟榻上，只覺得額頭上的青筋直跳，一旁的施嬤嬤眼底閃過擔憂，勸道：「王妃，還是傳太醫吧，您不能拿自個兒的身子不當一回事呀！」

「不用。」晉王妃擺擺手，她為何心口疼，自個兒清楚，卻是不好說出來罷了。

主子任性，做奴才的自然得勸著，施嬤嬤又道：「老奴知道您是替大公子夫婦著想，可您身子不舒服也不能這樣忍著呀。」

晉王妃心中忽然一動，嘆了一口氣，道：「罷了，去請個大夫過來吧，記得要悄悄的。」大公子帶著新婚夫人剛請過安離開，王妃的院子裡就請了大夫，別管真相如何，就夠引人側目了。

大夫很快就到了，給晉王妃把了脈，說了幾句類似鬱結於心、肝火上升之類的話，便提筆開了方子。

剛送走大夫，華雲就走進來，欲言又止的樣子。晉王妃便明白她是有話要說。「說吧，出了什麼事情？」

華雲遲疑了一下，才輕聲道：「下頭的小丫鬟稟報，說大公子帶著大夫人去了祠堂。」她的頭深深垂下去，不敢去看王妃的臉色。

「他倒是孝順。」晉王妃眼底閃過寒芒。段氏早爛得骨頭渣都不剩了，他倒記得那是他親娘了！早知道、早知道……她當初就一把掐死他算了。

她還活得好好的，他連安都懶得請，卻帶著新婚夫人去拜祭個死人，這不是打她的臉嗎？沈氏也是個不賢的，不勸著還跟著去了，不嫌晦氣！

她氣得拔下頭上的步搖扔了出去。什麼破爛玩意兒也敢往她頭上插，就這麼個沒見識、沒眼光的，抬舉她都扶不上牆！

施嬤嬤小心地看了一眼王妃猙獰的臉，揮手把室內的人全打發出去。「王妃息怒，您跟個死人計較什麼？您坐享榮華富貴，身邊還有三個公子傍身，您早就贏了。」

「我就是嚥不下這口氣。她是死了，卻留了個小討債的給我添堵。」晉王妃一副氣難平的樣子，這回是真的頭疼了，弄得她心煩意亂，想把眼前的東西都砸了。

施嬤嬤忙上前，嫻熟地幫王妃按頭。「您若是瞧他們礙眼就攆出去唄，反正大公子都賜了郡王府，您不想看到他們，就讓他們搬過去。」

「他休想！」晉王妃猛地坐起身子，眼底宛如淬了毒一般。「他想搬出去過自在日子？想得美！本王妃不鬆口，他休想搬出王府。」

搬出王府，她就鞭長莫及了，只有留在眼皮子底下才能放心，才能瞧著那個小賤種斷子絕孫。

施嬤嬤見狀心中輕嘆了一口氣。先王妃已經成了王妃的心魔，王妃這般死抓著不放，何嘗不是跟自己過不去？要她說，既然瞧大公子不順眼，分出去得了，眼不見為淨，何必非留在眼皮子底下給自己添堵呢？

那邊的沈薇也知道了親婆婆段氏的事情。

先晉王妃段氏閨名沈水，是某年先帝微服私訪從民間帶回來的，說是故人之女，故人臨死托孤，那年，段氏八歲。

雖然先帝說是故人之女，但沒人相信這說詞，都認為那是先帝在民間的遺珠。先帝待段氏極好，分例待遇與公主一樣，還常抽出時間陪著用膳，這更讓眾人認定段氏是先帝的私生女了。

一晃又八年過去，段氏十六歲，該擇婿出嫁。先帝捨不得把她嫁出宮，就想在自己的兒子們中選一個。問過段氏的意思，於是一紙聖旨就把段氏指給了晉王徐景，想著有自己的看顧，段氏能過得幸福，哪知這竟是段氏悲慘命運的開始。

指婚的聖旨一下，眾人才真的相信段氏不是龍女，不由羨慕起晉王的好運氣，有這個得聖上寵愛的媳婦，這是多大的助力呀！

可晉王徐景卻猶如被雷劈。為啥？因為他早就有心儀的姑娘，就等著適當機會跟父皇提起，這道指婚的聖旨一下，就把他給打懵了。

晉王心儀的姑娘便是宋琳琅，她父親是翰林院的掌院，按理說在身分上也配得上，為何晉王遲遲不敢提呢？那是因為宋掌院兩年前就病逝了，一來宋琳琅還在孝期，二來宋掌院病逝後，她這身分就不大能配得上晉王。

正因為晉王深知父皇不會輕易答應，才不敢提起，也才有這一道指婚的聖旨。

要說晉王也不是個有擔當的，既想著宋琳琅，卻又沒有勇氣抗旨，每日只知道唉聲嘆氣，借酒消愁。

就這樣，段氏十里紅妝成了晉王妃。晉王待她沒有多好，但也不算多壞，半年後，段氏有了身孕，先帝非常高興，賞賜如流水一般地送往晉王府，還格外開恩讓晉王進戶部歷練，差點沒讓晉王的一眾兄弟羨慕死，便是他的同胞哥哥、如今的雍宣帝都心底泛酸。

誰知晉王就是個扶不上牆的，在段氏有孕期間，不知怎的就跟那宋琳琅舊情復燃，還有了首尾。段氏懷孕六個月時，宋琳琅也有了快三個月的身子。

這事鬧出來時，眾人驚愕，先帝震怒，段氏當場就動了胎氣，若不是御醫來得及時，腹中的胎兒恐怕就保不住了。

晉王爺被迷了心竅，死活要以側妃之禮娶宋琳琅進門，先帝那個氣呀，要不是自己親兒子，早就讓人拖出去砍了。他不是反對兒子娶側妃，但不能以這種方式，未婚先孕，可見那宋琳琅的品行。

他本想把宋琳琅賜死了事，可晉王死活護著，還叫嚷著宋琳琅若是有個什麼好歹，他也不活了。先帝雖貴為君王，卻捨不得看著兒子去死。一氣之下索性不管了，只說：宋琳琅可以不死，但不能以側妃之禮進晉王府，只能做個侍妾。

宋琳琅自然不願，她機關算盡可不是為了到晉王府當個低賤的侍妾。她都算計好了，段氏已經懷孕六個月，懷相也不好，稍有閃失就會一屍兩命。

可惜段氏命大，居然逃過一劫。

宋琳琅一邊面上作態，一邊拖延著進王府的時間。她深知，只要自己以侍妾的身分進了王府，那這輩子都完了，她怎能甘心呢？

在宋琳琅的眼淚和柔情攻勢之下，本就迷了心竅的晉王更加喪心病狂起來，居然逼迫段氏去求先帝允許宋琳琅以側妃之禮入府。

段氏性子是柔弱，但又不傻，怎麼可能去求先帝？

惱羞成怒的晉王推了段氏一把，剛好撞到牆上，那時她腹中的胎兒將將九個月，這一撞，立刻就見了紅，掙扎了一天一夜，早產生下了大公子。

御醫一診斷，大公子不僅因早產身子弱，體內還帶有毒素。本就去了半條命的段氏聞言更是深受打擊，沒幾天便撒手人寰了。

先帝再次震怒，把段氏身邊服侍的人查了又查也沒有查出什麼。不是沒有懷疑過宋琳琅，只是自始至終她都沒和段氏接觸過，沒有證據也不好拿她怎樣。

按理說，段氏也算是因宋琳琅殞命的，先帝更不會允許她入皇家，可晉王死活鬧著非要以正妃之位娶她，加上宋琳琅肚子裡有了皇家子嗣，眾人也幫著求情，先帝就妥協了，只是這一生，宋琳琅都別想進皇宮，也就是說她空有晉王妃這個名頭，卻沒有資格參加皇室的年節慶典宴會。

沈薇聽得津津有味。這簡直就是現實版的美人心計，晉王妃可真是個狠角色，十六、七歲就敢謀害人命，可比她強多了。還有她這位公爹，是該讚他癡情還是該鄙夷是個渣男呢？

「晉王妃入了王府就沒把你抱去養？」繼室把前頭嫡子抱在自個兒身邊養著，要麼養殘要麼養廢，有的乾脆就養死了。

「她倒是想，先帝不許。」徐佑眼底帶著譏誚。就算是他身邊有先帝的人，小時候的境況也不好。

「你那個胎毒的事一直沒有查出來嗎？」沈薇忽然又想起了這事。她才不相信查不出來，只要做過就會留有痕跡，怎麼會查不出來？恐怕是真相不好往外說吧？

果然就見徐佑面上寒光閃過，半天才道：「先帝應該是知道一些，但直到他臨去都沒有和我說，我猜十有八九是和那兩個人有關。」等他長大、有能力的時候，當年母妃身邊伺候的人除了茹婆婆，一個都找不到了。

晉王爺和姘頭合謀殺了原配正室？沈薇對晉王爺的觀感立刻低到塵埃裡了，她拍著徐佑的肩，安慰道：「沒事，有機會咱們接著查。為人子女總得給長輩討個公道，你放心好了，我一定幫你的。」

徐佑把沈薇攬入懷裡，抱著她久久不語。

第三日是沈薇回門的日子，請安的時候晉王妃就跟她說，回門禮都準備好裝車上了，讓她安心回去，不用急著回來。

沈薇沈浸於喜悅之中。在侯府時不覺得，現在不過離開三、四天就想得慌了，也不知祖父和玨哥兒有沒有想她？

回門禮一般都是由男方這邊的長輩幫著準備，沈薇也沒當一回事，主要是她覺得以晉王妃的精明不會在這上頭出么蛾子，沒想到她還真高看晉王妃了。

回門禮已經裝上車，但莫嬤嬤是個謹慎的人，便帶著梨花幾個又查看了一遍。這一查看就查出了問題。回門準備的禮物一般都是雙數，寓意著成雙成對，可每樣只準備了一份是什麼意思呀？

沈薇可氣壞了，這不是瞧不起忠武侯府嗎？

她不善的眼神瞄向徐佑，意思非常明顯：今兒你若不給我一個交代，咱們沒完。

徐佑緊抿的唇顯示他的氣憤，抬腿就要往外走。「回門禮在哪兒？給我推到王爺的院子裡去。」

徐佑走後，沈薇想了想，也一路哭著朝晉王府的院子而去，邊哭便喊：「母妃啊，求您給兒媳留兩分體面吧，您對兒媳哪裡不滿，兒媳改。」

月桂和荷花在後頭追著勸。「夫人您別傷心，您看開點，王妃肯定不是故意的。」聲音高得半個王府都能聽見。

沈薇才不怕丟臉，反正她是小輩，人家要非議也是先說當長輩的。父慈子孝，誰在前誰在後，一目瞭然。

晉王妃老遠就聽到沈薇的哭聲，忍不住就扶額。「快去瞧瞧這是怎麼了？」

丫鬟還沒走出屋子呢，沈薇就到了，她猛撲過去抱住晉王妃的腿，揚起的小臉上梨花帶雨。「母妃，您要給兒媳作主啊，兒媳沒臉活了。」

「怎麼就哭成這樣?今兒不是回門的日子嗎?跟佑哥兒拌嘴了?乖孩子,快別哭了,瞧這眼睛都哭腫了,不哭不哭,母妃罰佑哥兒替妳作主。」晉王妃忍著拔腿的衝動。

「不是大公子,是回門禮。」沈薇低頭把眼淚往晉王妃的衣裳上抹了抹。「母妃,您怎麼能這樣對兒媳?兒媳是笨了點,但兒媳聽話呀,兒媳是真心實意把您當親娘孝敬的,您這樣做太讓兒媳心寒了。」

晉王妃眼角一跳,一臉疑惑地問:「佑哥兒媳婦把話說清楚,回門禮怎麼了?母妃讓人準備的可都是上好的東西呀!」

沈薇邊哭邊說:「東西是上好的,可人家回門禮都是成雙成對的,母妃給的回門禮卻都是單個的,這不是咒兒媳嗎?兒媳還年輕,大好的日子還沒享受夠,既不想死也不想做寡婦呀!這回門禮一帶回去,侯府還不得把兒媳跟大公子打出來?」又悄悄地朝她身上抹了一把眼淚。

「還有這事?」晉王妃一副震驚不信的樣子。「施嬤嬤,大公子的回門禮是誰經手的?怎麼出了這麼大的紕漏?趕緊給我查去,看我不揭了她的皮!」

「母妃就不要哄兒媳了,沒您的吩咐,滿王府的下人哪個敢給大公子添堵?」沈薇繼續哭著。「母妃,您到底不喜歡兒媳哪一點?您直說,可您不能這般打兒媳的臉,兒媳好歹也是聖上親封的郡主,又是聖上賜婚,兒媳沒臉便是聖上沒臉,聖上沒臉,您和父王就沒臉,您這是打自個兒跟父王的臉啊!」

晉王妃試圖要說話，但沈薇根本不給她機會，她哭得可響亮了，整個院子都聽得清清楚楚的。「自兒媳進門就對您恭敬有加，您是不是因為大公子不是您親生的，就瞧兒媳不順眼？可兒媳和大公子都很孝順您呀！人家老話說得還真不錯，不是親生的就是不一樣，兒媳的命怎麼這麼苦呢？聖上啊，您怎就給臣女賜了這門親事啊……」

匆匆而來的晉王爺一進院子就聽到了這麼一句控訴，腳下一滑，差點摔倒在地。

第一百零二章

晉王爺真心塞，自從這個長子去年從山上回來，府裡就沒安生過，今天更是過分，直接使人把車子堵在他書房門口，陰惻惻地道：「瞧瞧你的好王妃做的好事。」

晉王爺怒罵。「你這個孽障又生什麼事？為了你的婚事，王妃忙裡忙外，前前後後辛苦了好幾個月，你還有什麼不滿?!」

徐佑面帶譏誚。「兒子沒什麼不滿，您瞧瞧王妃給兒子準備的回門禮，然後再來問兒子有什麼不滿。」

晉王爺狐疑不定，上前翻看起車上的禮品，越看越生氣，指著徐佑的鼻子大罵。「這不都是上好的東西嗎？你還想怎麼樣？」

「東西是上好的沒錯，可回門禮是這樣準備的嗎？父王不懂，不妨問問身邊的下人，他們肯定是懂的。」徐佑陰沈的目光看向站在晉王身後的長隨。

在這父子倆的注視下，長隨不得不站出來。「回王爺話，回門的禮物都是雙數，寓意著成雙成對——」剩下的話便說不出來了，心中暗道：無怪大公子氣成這樣，這回門禮送到忠武侯府不是結仇嗎？

「父王這回明白了吧？您的好王妃盼著兒子跟岳家結仇呢，她這是逼沈老侯爺去找聖上哭訴晉王府以勢欺人，到時您的臉面就好瞧了。」徐佑語帶諷刺。

晉王爺臉色一僵，眉頭皺了起來。「王妃怎麼會犯這樣的錯誤？定是下頭的奴才偷奸耍滑疏忽了。」

徐佑真想轉身就走。「王妃管王府也有二十年了，的確很少出錯，她也就只在兒子的事情上出過錯，父王您說這多有意思呀！」他的目光更冷了。「父王要是看兒子不順眼，那兒子明天就搬去郡王府，省得不識趣戳了您的心。」

「你這個不孝的東西！」晉王爺當著滿院下人的面罵起兒子。「走，去王妃院子！」

剛進王妃的院子，就聽到沈氏那高昂的哭聲，他的臉色頓時拉下來了。佑哥兒這媳婦怎麼跟潑婦似的，不由回頭看了長子一眼。

徐佑回了他一個冷冷的眼神。「受了委屈還不能說嗎？父王這心未免太偏了吧？」

晉王爺又被他氣得冷哼一聲，朝屋裡走。

晉王妃和沈薇聽到外頭奴才請安的聲音，都大大鬆了一口氣。晉王妃是因為靠山來了，沈薇是因為哭累了，想歇會兒了。

「王爺！」晉王妃美目流轉，眸中帶著幾分委屈，瞧得晉王爺心中一緊，不由快走了兩步。

「父王，您可要為兒媳作主呀！」沈薇哪會容晉王妃得逞，攔在晉王爺面前，哀戚說道：「父王，您幫兒媳跟母妃求求情好不好？給兒媳留兩分體面吧，若是母妃實在不滿意兒媳，兒媳便自請下堂。侯府到底生養兒媳一場，兒媳不能打娘家的臉。」

「這……佑哥兒媳婦妳先起來。」晉王爺可尷尬了，他一個做公爹的，能罵能打兒子，但對兒媳是一點辦法都沒有。

沈薇才不起來呢，一口一個「求父王作主」，把晉王爺鬧得肝火上升，看向王妃的目光都不耐煩起來。都是王妃沒有管好下人，才連帶著自己跟著受累，插手後院這亂七八糟的事。

晉王妃一瞧晉王爺的臉色便知道要糟，也顧不上什麼儀態，親自上前去攙沈薇。「佑哥兒媳婦快起來，這事母妃定會給妳一個交代。」她本以為回門禮都裝上車，沈氏該不會細看的，即便看出來又怎樣？依沈氏那膽小的性子，頂多自個兒另外再準備，誰知道沈氏這個蠢貨居然大張旗鼓地鬧出來，那個賤種還招來了王爺。

「真的？那兒媳先謝過父王、母妃了。」沈薇見好就收，還得回門呢，不然非得鬧上一整天不可。

沈薇抽抽噎噎地在一旁坐下，眼睛紅得跟兔子一樣，可憐極了。晉王爺瞧了，先前的不滿也散了三分。到底是年紀小，受了這麼大的委屈也只知道哭，罷了，他堂堂一個王爺跟個小輩計較什麼？

「王妃，佑哥兒的回門禮是哪個準備的？」晉王爺板著臉問道。

晉王妃的臉色不大好，但仍目光柔和又坦然地回望著晉王爺。「王爺，這事是妾身親自張羅的。妾身想著佑哥兒是咱們王府的嫡長子，還特意交代回門禮要備得厚厚的，哪知——」晉王妃說著聲音便低了下去，帕子在眼角按了按，緩了一口氣才又道：「王爺，這事不怪佑哥兒媳婦，是妾身監管不善。」

承認自己監管不善，這對要強的晉王妃來說是一件多麼難堪的事情，她的臉色便有些不好。

晉王爺瞧了她一眼，心中雖有不滿，面上卻不好表露出來，便又問：「是哪個奴才經手的？」

「回王爺，是張毅管事。」施嬤嬤趕忙答道。

晉王爺的眉頭皺得更緊了。「他怎麼會出這樣的紕漏？」張毅是王府的老人，辦事能力一直挺可靠，這回是怎麼了？

晉王妃的臉色就更不好看了。張毅雖是府裡的外管事，實則是她的人呀！

沈薇垂著的眸子一閃。這是要推出替罪羊了？

「張毅呢？傳他過來。」晉王爺自然沒把奴才當一回事。

「奴才給王爺、王妃、大公子、大夫人請安，敢問主子們喚奴才過來所為何事？」張毅是個一臉憨厚的中年漢子，可從他偶爾微閃的眼神中可以看出此人的精明。

回門禮事件都鬧得闔府皆知，他這個經手人還在這裡裝無辜，呵呵，也是個人才。

「大公子和大夫人的回門禮是你操辦的？怎麼都是單數？你也是府裡的老人了，怎麼出了這樣的紕漏？這不是陷王妃於不義嗎？」晉王爺斥道。

張毅心中一跳，飛快地朝王妃看了一眼，見她面無表情地沈著一張臉，便知容不得自己推脫了。「竟有這樣的事？」張毅一副也很驚訝的樣子，一拍腦門，懊惱地道：「奴才該死，這幾日奴才家中小兒病重，奴才於差事上頭便有些不經心，求王爺、王妃開恩，奴才不是有意的。」跪在地上不住磕頭。

「你！讓本王說你什麼好呢？」晉王爺氣得一甩袖子，想到這一早鬧得雞飛狗跳的就腦疼，擺擺手道：「既然做錯了事情就得罰，王妃說怎麼罰？」

晉王妃見王爺依舊願意向著自己，鬆了一口氣，抿了抿唇，道：「你這奴才也是可惡，辦砸了差事，害得本王妃被大夫人誤解，要是不嚴懲你，本王妃難出胸中惡氣。但念你心有家中病兒，其情可憫，就革去你身上的管事職務，去大門上當差吧。」

張毅大大鬆一口氣，不住地磕頭謝恩。「謝王爺、王妃開恩。」

晉王爺點點頭，也覺得這個處置很合理。

沈薇卻不樂意了，帕子捂著臉就嚶嚶地哭起來。「母妃待奴才都比兒媳好，出了這麼大的錯只是革職、罰去大門上，誰不知在大門上的差事是個肥的？母妃，您就這般不待見兒媳嗎？」

徐佑也陰沈著臉起身。「哭什麼？人家既然不待見就少在這裡礙眼，回院子收拾收拾，今兒回過門後直接去郡王府。」抬腳就往外走，沈薇也捂住臉追上去。

晉王爺慌了。「站住！你個不孝子給我站住！」他是很想把這個不討喜的大兒子分出府去，可皇兄還瞧著呢，這個孽子前腳搬出去，皇兄後腳就得訓斥他。

晉王妃也著了慌。她是想給這賤種添點堵，卻沒想著現在讓他們出府，要出府也得等他們一無所有、名聲盡毀地趕出去。

「佑哥兒媳婦等等！」晉王妃忙吩咐人去攔。「有話好好說，瞧把你們父王給氣得，既然佑哥兒媳婦覺得母妃處置不妥，那妳覺得怎樣處置才妥當？」

沈薇猶猶豫豫地停住腳步，好似下了多大決心似的，道：「若是擱在我們忠武侯府，犯了這麼大的錯誤肯定是要先打二十板子，然後全家發賣出去的。」

「這會不會太嚴苛了點？」晉王妃眼皮子跳了一下，跪在地上的張毅更是嚇得面如土色，朝王妃投去哀求的目光。

晉王爺也面露不贊同。這又是打板子又是發賣的，未免也太毒辣了吧？這不是沒出事嗎？小小年紀手段便那麼惡毒。

「父王也覺得嚴苛嗎？這個奴才既得母妃的信重，卻陷母妃於不義，由此可見是個不知恩義的，這樣的人還留在府裡，想想就讓人覺得害怕。今兒能不留心弄錯了兒媳的回門禮，明兒就能不留心延誤了請大夫。母妃，三弟妹肚子裡可是還懷著胎兒，若是因此有個閃失，那可就後悔莫及了。」沈薇振振有詞。「今兒你其情可憫，明兒他也情有可原，日子還過不過了？就因為母妃您心慈，奴才才蹬鼻子上臉，忘了尊卑。」

晉王妃被沈薇又是大夫、又是胎兒的說得心驚肉跳，好似胡氏的肚子真出事了似的。一旁的晉王爺則不耐煩地擺手。「行了、行了，就依佑哥兒媳婦吧，板子就不用打了，全家都發賣出去吧！」

張毅一下子癱在了地上。全家發賣別說沒了前程，能不能保住性命都是問題。他爬到晉王爺跟前。「王爺饒命！奴才再也不敢了，王妃救救奴才啊，奴才也不過是——唔唔唔——」一張帕子適時地堵住他的嘴，兩個小廝進來架起他就拖了出去，晉王妃提起的心也放了下來。

「謝父王替兒媳作主，兒媳今兒還要回門，就不多打擾了，兒媳告退。」沈薇趕忙行禮，走了兩步又回頭，怯怯地道：「母妃，回門禮還得麻煩您給補齊。」不要白不要，吵過鬧過添堵過了，但也不能和東西過不去，那可都是銀子。

晉王妃自然是滿口答應。

徐佑和沈薇出去了，晉王爺轉頭看向王妃，眉頭又皺了起來。「妳若是精力不濟，可以讓沈氏和吳氏幫著分擔一些。胡氏不是有了身孕嗎？妳多照看她一些。」他對胡氏這一胎也很上心，他有五個兒子，可沒一個給他生下嫡孫，別說嫡孫了，就是庶孫子也沒見一個。

晉王妃的心一沈。這可是王爺頭一回對自己表示不滿，吳氏也就罷了，可沈氏，她是絕對不會讓她插手王府的中饋。

於是她扶了扶額頭，道：「妾身聽王爺的。」又嘆道：「妾身這些日子許是累著了，總覺得精神頭不如往日。吳氏倒是能幹，一直幫我打理中饋。沈氏是不是年歲小了些？貿然插手府中事務是不是不太妥當？而且他們才新婚，正是如膠似漆的時候，等過上三個月再讓沈氏跟在妾身身邊學吧。」

晉王爺想想這段日子王妃也確實辛苦，便沒有再苛責。「這事王妃看著辦吧，只是再不許出這樣的紕漏。」

晉王爺離開後，晉王妃趕忙招來施嬤嬤。「嬤嬤快去，打聽一下張毅一家賣哪兒去了？悄悄把他們買下來，先安置在我京郊的那個莊子上。」這些年張毅可替她辦了不少事，就這麼發賣出去，她不放心。

同時，沈薇也在吩咐月桂。「找人把張毅一家給買了。」這個張毅應該還有點用處。這一次雖沒能把晉王妃怎麼樣，只憑這點事也不能把她怎麼樣，但並不是沒有一點收穫的，至少砍掉了她的一個得力臂膀。

忠武侯府眾人早已望眼欲穿，沈霜、沈櫻和沈雪也都攜著夫君早早回了侯府。她們姊妹就數沈薇嫁得好，這位四姑爺不僅是晉王府的大公子，還是得寵的郡王，沈霜等人的夫家都巴不得自個兒兒子能和這位郡王爺處好關係，就連清高的永寧侯都教導兒子說：「你們是連襟，要多多親近。」

「來了，四小姐和四姑爺馬上就到門口了！」小廝歡喜地嚷嚷。

老侯爺一下子就站起來，臉上閃過驚喜，剛要往外走，然後反應過來，便佯作整理衣裳，輕咳一聲吩咐。「玨哥兒又跑哪兒去了？還不快去迎他姊姊？」

一旁的老親兵低頭忍著笑意。「老侯爺放心，五少爺早就去迎四小姐了，嗯，還有四姑爺。」

老侯爺眼一瞪，意思很明白：提那小子做什麼？要說老侯爺看誰最不順眼，無疑就是叼走他乖孫女的這匹惡狼了。

「姊姊！」遠遠看到馬車，沈玨就一溜煙跑過去，歡喜地喊道。

「玨哥兒。」沈薇看到弟弟也十分高興，索性下了馬車。

徐佑也跟著下來，沈玨甜甜喊了一聲。「姊夫。」

本來還有些吃味的徐佑聽到「姊夫」二字立刻眉梢揚了起來。「玨哥兒今天沒去學堂？」

「沒有，今兒姊姊回門，我跟夫子請假了。」沈玨老實地答道，瞧了瞧姊姊的臉色又補充了一句。「落下的功課，我晚上會補上的。」

沈薇笑了，拍拍他的肩。「也不用把自己逼得太緊。」

忠武侯府中門大開，大門兩邊高懸著大紅燈籠，震天的爆竹聲響了起來，大門兩側齊刷刷地站著整齊的下人。「給四小姐和四姑爺請安！」聲音整齊又歡喜。

沈弘文哥仨也迎了出來，按理說他們都是長輩，安心在書房等著就是了，奈何徐佑身分高，沈弘文又是謹慎的性子，思忖半天還是決定出來迎迎。

徐佑陪著沈薇先去松鶴院給老太君請安，便被小廝引著去了外院。

女眷們聚在老太君的屋子裡說話，一番見禮之後，許氏打量沈薇的氣色穿戴。「薇姊兒還好吧？」

沈薇笑著點頭。「挺好的，就是想家。」

許氏臉上的笑容就更濃了。「哪個初嫁的閨女不想家？妳問問妳二姊她們，慢慢習慣就好了。」

「那是，才拜完堂我就恨不得回家來。」沈霜笑道，上下打量了沈薇一番，打趣道：「瞧四妹這氣色就知道在晉王府過得挺好，四妹夫待妳挺好的吧？」

她眉眼彎彎就回敬道：「說得好像二姊夫對姊姊不好似的。剛才我都看到了，二姊夫還扶二姊走路，是不是……」她的眼睛瞄向沈霜的肚子。

沈霜的臉一下子紅了。「妳這促狹鬼，壞丫頭。」目光柔和地注視著自己的小腹，卻是沒有否認。

老太君和許氏均是一臉驚喜。「霜姊兒這是有了？多久了？妳這丫頭也真是的，還瞞著不說？琥珀，快去拿個靠背過來給二姑奶奶靠著。」

沈霜眉眼含笑。「祖母，才一個多月，月分小著呢。」

老太君卻是把臉一虎。「頭三個月是最嬌氣的，妳這孩子膽子怎這麼大？有了身子還到處亂跑，今兒妳哪裡都不要去，就在祖母屋裡歇著。」
許氏也道：「對對，聽妳祖母的準沒錯。妳這孩子，嶸哥兒也真是，就這般縱著妳。」
「恭喜二姊，咱們侯府今兒可是雙喜臨門呢。」沈薇揚著笑容道，伸出手輕輕摸了一下沈霜的肚子。「二姊可要好好養著，給我生個大胖外甥。」
一句話引得大家都笑起來，唯獨沈雪目光陰沈沈的，輕輕哼了一聲。
沈薇自然聽到了，忍不住在心中翻個白眼，但今兒心情好，懶得跟她計較。

第一百零三章

老侯爺瞧見徐佑一個人過來，臉上便帶出幾分失望。誰要見這個臭小子，他想見的是乖乖小孫女好嗎？

老侯爺板著臉受了禮，瞧著一向冷情的徐大公子破天荒地談笑自如，話雖不多，卻隱隱牽制全場。

其他的孫女婿也就罷了，年輕、閱歷少，可他那三個在官場上混了小半輩子的傻兒子居然也被這臭小子牽著鼻子走，還一臉讚賞地直點頭。這讓老侯爺無比心塞，瞧瞧人家那兒子，再瞧瞧自己這些兒子，真恨不得把他們都塞回娘胎裡！

於是老侯爺更瞧不上自個兒的兒子了，看徐佑也更不順眼了。闔府就一個順眼的小四，還被留在後院見不著，不行，他得去找他家的乖孫女說話，一群臭小子有什麼好瞧的？

老侯爺就出了院子，招來管家詢問薇姊兒在哪兒？片刻之後管家來報。「回老侯爺，四姑奶奶回風華院歇著了。」

老侯爺不高興了。「什麼四姑奶奶，難聽死了，還和以前一樣稱四小姐。」

管家面上恭敬地應了，心中卻腹誹：老侯爺這樣偏心真的好嗎？您嫌四姑奶奶這稱呼難聽，考慮過二姑奶奶她們的感受嗎？

沈薇回到風華院，瞧哪裡都異常順眼。說起來，她回侯府還不到一年，住在府裡的日子也有限，但她還是覺得風華院親切，連院子裡那張缺了一角的石桌都比別處的好看。

聽到丫鬟稟報說老侯爺過來了，她有些意外，待瞧見祖父是一個人過來的更加意外了。

「看什麼？能看出朵花來？」老侯爺望著朝他身後不住張望的孫女，十分不滿地道。這才分開多大會兒就找人了？她都嫁出去好幾天，也沒見她多想念自己這個祖父。老侯爺心裡可酸了。

沈薇瞧著祖父那張能醃蘿蔔乾的臉，祖父這是吃醋了？於是她過去親熱地扶著他的胳膊道：「祖父您來了啊！孫女可想您了。」

老侯爺傲嬌地哼了一聲。「想我？想我不知道去看我呀？還得我老人家一把老骨頭過來看妳，妳這是不孝。」

「孫女正準備過去呀，這不是被祖父搶先了嗎？這說明什麼？說明咱們祖孫倆心有靈犀一點通唄。嘿嘿，還是祖父最疼我。」沈薇小意奉承著。

「妳就哄我吧！妳這丫頭也就這張嘴巴能唬唬人了。」老侯爺吹鬍子瞪眼，可眼底分明帶著濃濃的笑意。還是小四好，待他親親熱熱的，比親兒子還貼心。

沈薇露出委屈。「孫女說的全是真心話呀，祖父要實在捨不得孫女，孫女今兒就不回去了，留在侯府多陪您幾天。」她眼睛亮亮地提議，越想越覺得這個主意好，拐著徐佑那個妖孽一起在侯府住下，最好氣死晉王妃那個老妖婆。

老侯爺斜睨著沈薇。「妳夫婿呢？」

「讓他滾蛋唄。」沈薇雙手一攤，說得可瀟灑了。

「不像話。」老侯爺被孫女逗笑了。「留什麼留，留府裡氣我呢！趕緊跟著妳夫婿滾蛋，說不準祖父我還能多活兩年。」

什麼叫口是心非，就是她祖父這樣的。沈薇今兒可算是見識到，明明是想她了，想就想唄，她又不會笑話他，還非做出一臉嫌棄的樣子，忒矯情了！她心中腹誹。

「孫女是真的想祖父了。」沈薇嘟著嘴輕聲說道。這府裡她最想念的就是祖父和弟弟，至於她爹，說句不孝的話，還是讓他哪兒涼快哪兒待著去吧。

老侯爺瞧著嬌花一般的孫女，心裡可暖和了。他的兒孫乃至其他孫女對自己都是敬畏有餘，親近不足，唯獨薇姊兒把他當成尋常人家的祖父，在他跟前該哭就哭、該笑就笑，有什麼說什麼，哪怕伸手要東西都是理直氣壯，遇到難題闖了禍都知道找祖父。

「在晉王府過得可還好？」老侯爺坐在藤椅上跟沈薇說話。

沈薇一副慵懶的姿態，一隻腳踩著前面的凳子，一點女兒家的樣子都沒有。

「還成吧！也就那樣了，晉王爺是個傻的，晉王妃是面甜心苦，吳氏是精明又自傲，胡氏自詡聰明，可小鼻子小眼不大夠瞧；四公子是真紈袴，五公子是務實的，世子和三公子目前就見了一面，不大能看出來。」她支著下巴一一點評。

「大公子呢？」老侯爺看了孫女一眼。

「大公子麼……」沈薇眼睛一閃，道：「大公子是長得好看的。」至少是目前為止自己見過最好看的男人，她覺得就衝著那張臉，也能過完下半輩子了。

老侯爺一口茶差點噴出來。「妳這丫頭！」

沈薇卻撇撇嘴。古代就這點不好，難得她說句實話都沒人相信。

「妳夫婿有沒有說什麼時候搬去郡王府？青園不是早就修葺好了嗎？」老侯爺又問。晉王府的後院可不大太平，他孫女是天上翱翔的鷹，在後院窩久了，難免會影響眼界，老侯爺可不希望孫女折了翅膀變成家雀。

沈薇道：「他是說了一回，說等新婚月過完就搬過去。不過我估計約莫搬不成，晉王妃可不會那麼輕易放人。」晉王妃怎麼會容他們出去過自在日子？

「那妳有何打算？」老侯爺的眉皺了起來，他對薇姊兒這樁婚事不滿就在這裡，若是給薇姊兒找個家世簡單的，或乾脆就找個父母雙亡的，日子就省心許多。

「兵來將擋、水來土掩唄。祖父放心，反正我是吃不了虧。」沈薇滿不在乎地道。這幾次交鋒自己可是一點損失都沒有，反倒是晉王妃搬起石頭砸了自己的腳，讓她暗爽不已。

老侯爺可不像沈薇這般樂觀。「妳也別大意了，後院婦人的手段比妳想像的還要陰毒，只有妳想不到，沒有她們做不到的，比沙場上還凶險，妳可別著了人家的道。」老侯爺越說越不放心。「她是妳婆婆，占著名分大義，又掌著王府中饋，闔府都是她的人，她若是想對妳做些什麼，妳是防不勝防啊！既然你們一時半會兒不能搬去郡王府，妳今兒回去就多帶些人手，尤其是入口的東西，可要小心了。」他雖是男子，但閱歷擺在那裡，光是冷眼旁觀的陰私事就不少。

他見孫女不大把自己的話放在心上，不由鄭重道：「妳身邊只有一個柳大夫是不行的，他畢竟是外男，也不能時時跟在身旁，得有個懂醫的丫鬟才行。妳問問妳夫婿，他手底下有沒有這樣的人，若是沒有，祖父幫妳尋一個。妳別不當一回事，妳身邊那個蘇先生就是個例子，若不然，依他的才學能力至少也是個翰林院掌院。」

沈薇心裡感動，祖父一個帶兵打仗的漢子諄諄教導她內宅陰私，怎能不讓她心生感激？再聽到祖父提起蘇遠之，沈薇頓時來了興趣。「祖父，您認識蘇先生呀？他到底是什麼來歷，給孫女說說唄！」她打第一眼見蘇遠之就覺得他來歷不凡，這感覺到京城之後更加濃烈。還有蘇遠之那一身氣度，不是普通人家能培養出來的。

老侯爺眼睛一閃。「蘇先生沒跟妳說嗎？都是些陳年舊事了，不提也罷。」他擺擺手，一副不願多提的樣子。

沈薇見祖父不願意說，哪肯干休？纏著他道：「蘇先生只說讓我給他養老，壓根兒就沒提過自己的事。之前我也問過，他就拿什麼閒雲野鶴、斷腸人在天涯之類的話糊弄我。好祖父，您就跟孫女說說唄，瞧您話裡的意思，他定是吃過後院婦人的大虧，而且出身不凡，說不準哪天孫女就能碰上。您給孫女多說說，孫女也能提前做好防備呀。」

老侯爺想了想，道：「知道內閣之首房閣老吧？蘇先生就是他的長子，外頭都說他是庶長子，其實他是嫡出，根苗皆正的嫡長子，不過由於他生母出身低微，爭不過後頭這個罷了。」

「天啊，房閣老！」沈薇捂著嘴巴驚呼了一聲。她雖然不關心朝堂，卻知道房閣老此人，實在是這人太厲害了，跟祖父一樣起於微末，也不是什麼驚才絕豔的人物，因為家貧，二十五、六歲才中了進士，但他竟能從底層一路混進內閣，門生遍布天下。

「咦，不對呀，蘇先生姓蘇不姓房呀，而且房閣老的三個兒子都不甚出眾，若蘇先生是他的長子，怎麼會任他流落在外？不是該好生培養嗎？」沈薇詫異。

老侯爺嗤笑一聲。「這便是姓房的報應了，三個兒子比妳爹、妳伯父還不如，這一個最有出息的卻被除了名字、趕出家門，就該他後繼無人，誰讓他貶妻為妾，活該遭此報應！

「蘇先生的事說起來也差不多過去二十多年了，那還是先帝在位時，他那時還是年輕有為的狀元郎，學問、氣度、涵養，現在的什麼京城佳公子到他跟前壓根兒就不夠瞧。但忽有一日就鬧出了他逼姦父妾的事，還是在眾目睽睽之下，當時整個京城都震驚了，房閣老震怒之下，動手把他打個半死，又開了祠堂把他出族除名，之後就再也沒有人見過他了。」老侯爺不勝唏噓。「當初在沈家莊看到他時，祖父就覺得他有幾分眼熟，前些日子在宮裡碰到房閣老，才想起他是誰，他的相貌跟房閣老年輕時有些相像。」

「祖父，蘇先生那樣品性高潔的人怎麼會逼姦父妾？肯定是被人陷害的。堂堂一內閣大臣居然連這點把戲都看不出來？難道他還不相信自己的兒子嗎？我可不信。」沈薇搖頭，一點都不信。若房閣老真是這般糊塗的人，又怎能混入內閣？

「妳不信就當祖父沒說，反正房閣老當時就是那樣處理的。」老侯爺勾起唇角，嘴巴浮上譏誚。「不過後來隱約傳出是房閣老的夫人設局，為的是給親兒子除去心腹大患。不過這只是傳言，相信的人不多，因為房夫人的名聲可好了，不僅每年施粥捨飯救濟窮人，而且蘇先生也是這位房夫人養大的，母子感情好著呢，那事鬧出來之後，她親自對著房閣老下跪，幫著求情。」

「什麼？情同親母子？」沈薇這下傻眼了。

老侯爺瞧著孫女那難得的傻樣，語重心長地道：「妳瞧見了吧？蘇先生明明是被人陷害，卻落得個身敗名裂，只能隱姓埋名遠走他鄉；而害人的呢，卻被世人尊敬安享富貴榮華。所以說，妳可不要掉以輕心，別覺得自己有武藝傍身就天不怕地不怕，很多時候殺人哪裡用得著刀？」

頓了頓，老侯爺又道：「不過蘇先生倒是豁達，遭受如此重創，換個人早就頹廢了，他卻活得這般瀟灑，可見是個通透的人。妳有什麼不解的事情盡可以詢問他，他的本事大著呢。」

沈薇點點頭，想著非找個機會把蘇遠之的事情弄清楚不可。

在外院書房說話的幾人也是其樂融融，氣氛特好。一開始大家顧忌徐佑是郡王，還有些拘束，但慢慢他們發現這位新姑爺話雖不多，卻是謙遜有禮，一點不擺皇室的架子，不僅沈弘軒的虛榮心得到極大滿足，就是沈弘文和沈弘武也不住地點頭稱讚，覺得薇姊兒嫁了一個好夫婿。

許嶸、文韜和衛瑾瑜也漸漸放開，他們同是年輕人，自然更有話題。三人都是讀書人，便談起詩書文章來，然後驚喜地發現這位傳聞中身子不好的四妹夫在學問上並不差，無論他們談論什麼，他都插得上嘴，還能提出自己的見解。

許嶸和文韜好似尋到知交好友，談興更濃了，學問最好的衛瑾瑜卻是心情複雜。

今日回門的沈薇曾是自己的未婚妻，可陰差陽錯，他們沒有緣分成為夫妻，他最終娶了她的妹妹，成了她的妹夫，而她也嫁給另一人。

今日是她回門的日子，望著她和她的夫婿並肩走來的身影，他覺得自己的心好似缺了一角。本以為嫁個病秧子非她所願，可眼見她臉上嬌羞的笑容，他卻怎麼也騙不了自己。

而這位四姊夫也遠不是他以為的一無是處，如玉面容、挺拔身姿，單是學問一途上就不比自己差，這怎能不讓他心生嫉妒？

用完午宴，徐佑跟著沈薇去風華院歇息。翻了無數次牆頭，這回終於可以光明正大地逛一逛了，沈薇看著他連一株草都感興趣的樣子，嗤笑了一聲。

第一百零四章

直到申時無法再拖延了，沈薇才依依不捨地跟著徐佑離開。沈珏跟在馬車後追出老遠，她掀開簾子往後看，心情不覺就低落下來，好似心裡被塞了什麼東西，不舒服極了。

徐佑見她不高興，便安慰道：「離得又不遠，我身上也沒差事，妳什麼時候想回我都陪妳回來。」見慣這丫頭活蹦亂跳的樣子，瞧她這般黯然不樂，徐佑覺得心疼。

沈薇聽了，心裡很受用，嘴上卻道：「就你家繼母那個不省心的，會放咱們出府才怪。」

「放心，她還管不了這麼多。」徐佑雲淡風輕地說，絲毫沒把晉王妃放在眼裡。

沈薇的眼睛一下子就亮了。這是要改走霸道總裁的路線了？

「那咱們可說好了，你要經常帶我出府去玩。」她拽著徐佑的袖子急急地道。

徐佑星眸一轉，意味深長地說道：「只要薇薇能讓為夫滿意，為夫自然也會讓薇薇滿意。」

沈薇起先沒明白，待迎上徐佑那邪肆的目光，頓時氣不打一處來。什麼霸道總裁，分明就是個不要臉的色痞！

回到晉王府，沈薇先去了晉王妃那裡。作為兒媳，這是必要的禮節，她可不想被人抓了把柄。

晉王妃親切地詢問一番，當得知沈薇二姊有了身孕，臉上的笑容就更濃了。「那可真是有福氣，佑哥兒媳婦也要多用心，早日替佑哥兒生下子嗣。」

才剛成親呢，晉王妃就提到子嗣，是不是太急了一些？這念頭在她心中一閃而過，她紅著臉忍著羞意。「母妃快別打趣兒媳了。」

那副恨不得鑽到地縫裡的模樣惹得晉王妃大笑起來，拉著沈薇的手道：「瞧把佑哥兒媳婦給羞的，傳宗接代乃是大事，有什麼好羞的？佑哥兒媳婦可要加把勁，早日讓母妃抱上大孫子。」

「母妃，您還說。」沈薇跺腳嬌嗔著不依，又惹得晉王妃大笑起來，邊笑邊安撫。「好好，母妃不說了，不說了。」

晉王妃留沈薇在她院子裡用晚飯，沈薇拒絕了。別說用晚飯，她連晉王妃這裡的茶水都不敢沾，像祖父說的那般，還是小心為上。

她回了院子，留守的桃枝過來稟報。「夫人，今兒一切都正常，就是您跟大公子走後，三夫人院子裡的鶯歌過來找奴婢說話，說是向奴婢請教針線活，可話裡話外都是打聽夫人的事情，似乎對您的嫁妝很感興趣，被奴婢用話岔過去了。她沒打聽到什麼，走的時候似有幾分不樂。」

沈薇點了下頭，眼底若有所思。鶯歌是胡氏身邊的大丫鬟，是她院子中手最巧的，做得一手好針線活，來找桃枝請教針線？恐怕是另有他意吧？

胡氏打聽她的嫁妝做什麼？她出身懷鄉侯府，雖比不上她的十里紅妝，但也不錯呀，晉王妃可不會給自個兒的親兒子尋個沒有助力的岳家，無論是世子夫人吳氏出身的吳國公府，還是胡氏出身的懷鄉侯府，在京城都是數一數二的富貴，胡氏不該這麼眼皮子淺。

「管她樂不樂意，咱們又不會一直住在王府，不用怕得罪她們。再說，大公子才是府裡的嫡長子，咱們不用怕她們。回頭妳跟大家都說一說，只管把底氣擺得足足的，任何時候夫人我都不會看著妳們吃虧的。」沈薇十分硬氣地吩咐。

桃枝心中鬆了一口氣。「是，夫人，奴婢明白了。」

沈薇不知道對嫁妝感興趣的不止胡氏一個，晉王妃對她的嫁妝也很有興趣。

「都說佑哥兒媳婦的嫁妝在京中屬這個，妳去瞧了沒有？」晉王妃伸出拇指比了一下。

施嬤嬤正小心翼翼地幫她染指甲，聞言道：「沒呢，大夫人嫁妝抬進府的那天老奴忙著，不過聽底下的丫頭、小子議論，說是挺豐厚的。不過老奴思忖，這該是底下的奴才誇大其辭，再豐厚能豐厚到哪裡去？比得上世子夫人和三夫人嗎？畢竟忠武侯府是這些年才起來，比吳國公府和懷鄉侯府可差遠了，能有什麼好東西？」

晉王妃打了個呵欠，道：「嬤嬤這回可說錯了，佑哥兒媳婦的嫁妝單子，王爺給我瞧過一眼，不僅咱們王府的聘禮全都如數陪送回來，光是京郊千畝地以上的莊子就七、八個，全是捧著銀子都尋不到的好莊子，更別說什麼珍奇寶貝了。看來忠武侯府是起來了，不然也不能幾十萬兩銀子嫁個閨女。」那份嫁妝比吳氏和胡氏的加起來都多。

「不會吧？」施嬤嬤不大相信，即便是忠武侯府豪富，但哪家捨得花幾十萬兩銀子陪嫁閨女？不是該留給兒子嗎？大夫人可是還有個同胞弟弟的。

「怎麼不會呢？嬤嬤可別忘了，當初阮氏亦是十里紅妝嫁入忠武侯府的，阮氏不在了，那位繼室夫人專心禮佛不問俗事，阮氏的嫁妝還不是落在佑哥兒媳婦手裡？」晉王妃漫不經心地說著。

「那也不可能呀，大夫人不是還有個同胞弟弟嗎？阮氏的嫁妝能全給她一人獨占？」施嬤嬤還是覺得不可能。

就聽晉王妃嗤笑一聲。「那位小舅爺才多大？東西握在佑哥兒媳婦手裡，還不是她說了算？」這一點，佑哥兒媳婦倒是個精明的。

施嬤嬤一想也是，若是她有這麼多好東西，可捨不得分給別人，別說兄弟了，就是爹娘也不行。爹娘再親哪有銀子親？

「那大夫人就做得不對了。」施嬤嬤眉頭一蹙，正色說道：「若是手裡沒有便罷了，大夫人的嫁妝那麼豐厚，手裡的珍奇寶貝那麼多，居然都沒想著孝敬王妃您一、兩件，怎麼說您也是她的婆婆呀。」

晉王妃眼一閃，擺擺手道：「佑哥兒媳婦嫁妝豐厚，我也替他們小倆口高興呢。我做婆婆的，哪能跟小輩要東西？傳出去笑死人了。妳這老貨快住嘴，我還沒那麼眼皮子淺。」

「王妃此言差矣，晚輩孝敬長輩不是應該的嗎？王妃不要，那是王妃慈愛，大夫人沒表示，那就是她的不對了。世子夫人和三夫人初嫁過來，不也孝敬了王妃幾樣好東西？」施嬤嬤振振有詞地道。

一旁的華雲也附和道：「嬤嬤說得有理。要奴婢瞧，大夫人哪比得上世子夫人和三夫人有貴女風範？忠武侯府還是太粗鄙了。」

敬茶那天，她被沈薇當眾打臉，心裡正懷恨，現在瞅著了機會還不使勁地上眼藥？

晉王妃繼續擺手。「行了，知道妳們是為我著想，我還缺那兩件東西嗎？只要佑哥兒兩口子能過得好，孝不孝敬我東西都是次要的，妳們都少說兩句，把嘴閉緊了，若是漏出什麼一言半語我可是不依的。」

施嬤嬤和華雲便奉承起來，什麼王妃是個最厚道的，能得王妃做婆婆是她上輩子修好的福分之類的。

晉王妃雖然嘴上說著不要，其實心裡也在盤算。那麼大手筆的嫁妝，容不得她不動心。

「嬤嬤可還記得那幅月下垂釣的古畫？」晉王妃忽然轉移話題。

施嬤嬤皺著眉頭，想了半天才道：「王妃說的可是前朝名家張道子的大作？」

「對，就是那個。」晉王妃高興地道：「我記得那幅月下垂釣的仿本都炒到五千兩銀子了，真跡更是有人開到十萬兩銀子。對了，我彷彿記得真跡在誰手裡來著……」她扶著頭努力回想。

施嬤嬤眼睛一閃，輕聲說道：「這事老奴記得，那真跡在阮大將軍府，是大將軍夫人的陪嫁，後來做了嫁妝陪送給女兒。當初送嫁妝時還引起過轟動，多少文人騷客慕名去忠武侯府拜訪，就想要一睹真跡呢。」

「嗯，我想起來了，確實是有這麼回事，咱家王爺也登過忠武侯府的大門，回來後讚不絕口，大半夜的不睡覺在書房臨摹，跟魔怔了似的。」晉王妃回憶著說。

施嬤嬤窺了一下晉王妃的臉色，道：「王妃，聽說前些日子秦相府的二管事還在外頭尋這幅畫的仿本，說是秦相爺吩咐的。王妃，咱們若是能把這幅畫的真跡送給秦相爺，那四公子的婚事就十拿九穩了。」

晉王妃眸中飛快地閃過一道精光，嘆氣道：「誰說不是呢？為了祖哥兒，我這頭髮都不知白了多少根。祖哥兒不如他兩個哥哥上進，我更得替他尋個有助力的岳家了，秦相府的那位小姐雖不是秦相爺這一房的，但也是淑妃娘娘的親堂妹，祖哥兒若是娶了她，二皇子好歹也能拉拔他一把。」

「王妃真是一片慈母心腸啊！」施嬤嬤小意拍著馬屁。

晉王妃給小兒子徐祖相看親事，挑來挑去就挑到了秦相府。雖遺憾秦相爺沒有適齡的閨女，但能娶淑妃娘娘的親堂妹也好，她託人透消息過去了，結果卻不大如人意。

晉王妃氣了一回，仍不願放棄。淑妃所出的二皇子可是最受寵愛，搭上這層關係，不僅小兒子前程有著落，就是燁哥兒、炎哥兒也會跟著沾光。

「若是能請動秦相爺說句話，昶哥兒這門婚事便成了，只是我一個婦道人家，唉！」晉王妃重重地嘆一口氣。

施嬤嬤人老成精，哪會不明白晉王妃的意思？「王妃，眼下不是有個好機會嗎？秦相爺尋月下垂釣圖，咱們送給他便是了，這麼大的人情還不夠嗎？」

「可咱們手裡也沒那幅畫呀！」晉王妃苦惱道。

「咱們沒有，可大夫人那裡有呀，阮氏的陪嫁不都在她那兒嗎？」施嬤嬤老神在在地道。

晉王妃眼睛亮了一下，隨即又蹙起眉頭。「這不好吧？那畢竟是佑哥兒媳婦的陪嫁，又值忒多銀子，佑哥兒媳婦會樂意嗎？」

「這有什麼不樂意的？這可都是為了咱們四公子的前程，四公子跟大公子是親兄弟，幫兄弟一把不是應該的嗎？」施嬤嬤勸道。

晉王妃沈默了許久，才輕點下頭，道：「明兒我問問佑哥兒媳婦。」

「給母妃請安。母妃在做什麼呀？」沈薇揚著一臉甜笑，瞧見晉王妃手裡捏著針線，不由好奇地湊過去問。

「佑哥兒媳婦來啦。」晉王妃抬起頭，隨手把正做著的衣裳放到一邊。「這不閒著沒事給王爺做身衣裳。」

「父王母妃的恩愛真讓人羨慕。」沈薇的臉上都是羨慕，伸手拿起衣裳瞧了瞧。「這衣裳做得真仔細，母妃的手藝真好，兒媳要是有您一半的功底，大公子也不會嫌棄兒媳愚笨了。」

晉王妃啞然失笑。「妳這個實誠孩子，大公子跟妳開玩笑呢，他哪裡嫌棄妳了？你們父王性子挑剔，不愛穿針線房做的衣裳，我也只好抽空每季給他做兩套，再多也沒精力了。」

沈薇真是大開眼界了。如何讓男人死心塌地對妳好？今兒又學到一招。要不回去也給徐佑做身衣裳？不過以她的速度估計得做上三個月吧，也不知徐佑能不能等。

「佑哥兒媳婦啊，今兒母妃請妳過來也沒別的事，就是母妃遇到了一樁難事，想請妳幫幫忙。」晉王妃和顏悅色地說道。

這是又想算計她什麼？沈薇受寵若驚地道：「母妃快別寒磣兒媳了，您有事直接吩咐一聲就是了。」

晉王妃看沈薇的目光更加和悅。「事情是這樣的，我給昶哥兒瞧了門婚事，那姑娘的家世和相貌都跟昶哥兒般配。」

說到這兒，她頓了頓，沈薇趕忙知趣地接過話頭。「母妃的眼光還能有差的嗎？瞧瞧二弟妹和三弟妹就知道了。母妃瞧中的是哪家府上的小姐呀？」

晉王妃臉上的笑更濃了。「說來也不是外人，那位小姐是秦相爺府上的，三房的七小姐。」

秦相府三房的七小姐？那不就是秦穎穎嗎？那可是她的冤家對頭。沈薇心底升起怪異的感覺，能說晉王妃眼光毒辣嗎？

「母妃說的是那位閨名穎穎的七小姐吧？母妃真有眼光，秦七小姐長得如花似玉，性格又爽利，跟咱們四公子簡直就是天生一對。」沈薇嘴上讚著，心中卻腹誹，嘴巴那麼毒，又是個沒理都不饒人的，可不是性格爽利嗎？

「喔？佑哥兒媳婦跟她相熟？這真是太好了，姊妹變妯娌也是一段佳話。」晉王妃高興地道。

沈薇卻忸怩起來。「不瞞母妃，兒媳跟秦七小姐只是見過，要說相熟還真不算，因為一點誤會，我倆還拌過嘴呢。」她半真半假地說。

晉王妃一怔，隨即又笑。「我還當多大的事呢？不就是拌兩句嘴嗎？年輕小姊妹在一起哪有不拌嘴的？母妃年輕時也跟好姊妹吵過，吵的時候都恨不得老死不相往來，可過沒兩天又好得跟一個人似的了。」

沈薇不好接話，只抿著嘴笑。

晉王妃又接著道：「尋了妥貼的人登門說合，人家不大樂意，嫌棄昶哥兒身上沒有正經差事。」這還真是晉王妃硬往徐昶臉上貼金，人家是嫌棄徐昶鬥雞走狗、尋花問柳，誰樂意把閨女往火坑裡推？

沈薇立刻義憤填膺地反駁。「咱們家是宗室，就是不尋差事也能富貴一輩子，何必跟那些辛苦掙命的讀書人相爭呢？我們大公子身上不也沒有差事嗎？」

晉王妃拍拍沈薇的手。「可不是嗎？昶哥兒又不是沒能耐，只是愛玩了些，性子還沒定下來。咱們家有燁哥兒跟炎哥兒在朝中當差就夠了，佑哥兒身子弱，昶哥兒愛玩，我哪裡捨得勉強他們？」

話鋒一轉，又道：「可外人不知道呀，一個個的還當昶哥兒是個不長進的紈袴。說句自大的話，他們哥兒幾個我自小就管束得嚴格，哪裡就能成了紈袴？」

「母妃說得對，咱們晉王府家風這般純正，您跟父王又都不是溺愛孩子的人，四公子不過是愛結交朋友，怎麼就跟紈袴扯上關係了？全是外頭的人胡說八道。」

「還是佑哥兒媳婦看得明白。」晉王妃讚了沈薇一句。「咱們是厚道人家，也不好一一找人解釋，可這門婚事是頂頂好的，所以我就想著再託人說合一番。兒女都是債，為了昶哥兒，我也只能豁出這張臉面去了。」

欸，來了！

第一百零五章

果然，也不用沈薇開口詢問，晉王妃自個兒就說了。「我尋思著，別的人說話也沒什麼分量，倒是秦相爺的話他們還信服。我聽說秦相爺酷愛書畫，恰巧他正使人尋前朝張道子的名作『月下垂釣』，咱們若是能把這幅畫送給他，再請他說合不就容易多了嗎？佑哥兒媳婦說呢？」她緊盯著沈薇的眼睛。

哦，這是要打她嫁妝的主意了。沈薇心中明白，面上卻裝作不懂。「可咱們到哪裡去幫他尋這幅畫？」

沈薇這句話一說出口，晉王妃臉上的笑容便褪了幾分。「別人不知道，佑哥兒媳婦還不知道嗎？那幅『月下垂釣』圖曾經是妳娘親的陪嫁。」

「母妃是說這幅畫現在在兒媳手中？」沈薇一臉驚訝，不像作偽。「母妃勿惱，兒媳是真不知道。您也知道，兒媳在鄉下長大，詩書上頭實在不懂，更不懂什麼字呀畫的。兒媳這就回去找找，若真有這幅畫，兒媳就給您送來。這畫在兒媳手裡也沒啥用，就當是兒媳孝敬母妃您的禮物了。」沈薇誠懇地道。

「我就說妳是個好的。」晉王妃看沈薇的目光又柔和起來。

沈薇羞澀道：「母妃不嫌棄，兒媳就知足了。」那懂事的模樣讓晉王妃對她的滿意又多了三分。

回到院子裡，徐佑剛巧出去了，沈薇問了他身邊伺候的人，說是去宮裡。沈薇蹙眉，這是朝中又出什麼事？這些日子，她也逐漸明白徐佑私底下的身分，說白了就是個特務，幫聖上處理一些見不得光的暗事，難怪他手底下總有那麼多高來高去的人。

她帶人去放嫁妝的屋子，找到盛字畫孤本的箱子，翻了老半天才把那幅「月下垂釣」找到。她握著畫軸緩緩打開，一輪圓月高高地懸掛在天，浩淼的煙波上泊著一艘小船，船上，一位老者正端坐著垂釣。

沈薇左看右看也沒看出這幅畫怎麼價值連城，難道是她眼光不行？想了想，她把畫又重新捲好，招來月桂道：「把這幅畫送到郡王府交給蘇先生，讓他給臨摹一幅。」

徐佑直到傍晚才回來，他進屋時，沈薇正拉著莫嬤嬤和梨花等人一起選布料，要給徐佑做一身衣裳。她這個打算一說出來，就得到莫嬤嬤她們一致贊同，尤其是梨花，瞧她臉上那欣慰的表情，分明是在說：夫人終於懂事了。

沈薇撇撇嘴。她一個當主子的，跟針線房的奴婢搶活兒幹真的好嗎？

徐佑雖然瘦了點，卻是標準的衣架子，穿什麼顏色都好看，沈薇挑了半天最終選定那疋青色布料。他穿青色繡翠竹紋樣的衣裳可是溫潤如玉了。

「回來啦？聖上找你何事？」抬頭看到徐佑，沈薇低聲吩咐梨花把滿桌的布料都拿下去，獨獨留了那疋青色的。「喏，你喜不喜歡這顏色？」

徐佑目光一閃。「這是？」他的眸子帶著些許期待，又有幾分不敢置信。薇薇不是要給他做衣裳吧？

沈薇不自在地別開視線，輕描淡寫地道：「閒來無事，就幫你做身衣裳吧。可憐見的，娶了個光會舞槍弄棒的媳婦，我手藝差，速度又慢，可能要做很久，你別著急。」

「不著急，妳慢慢做，可別累著了。」徐佑柔聲說道，喜悅布滿整張臉。「只要是薇薇親手做的，為夫都喜歡。」

瞧別人穿著家中媳婦親手做的衣裳在那裡炫耀，他其實很羨慕。從小到大，除了小時候茹婆婆幫他做過衣裳，他的衣裳全是針線房做的。本以為這輩子都穿不上沈薇給自己做的衣裳了，他雖遺憾卻不苛責，畢竟人無完人，他不能奢望她什麼都會，沒想到今兒薇薇給了他這麼大的驚喜。

瞧著徐佑那欣喜若狂的傻樣，沈薇暗自撇了撇嘴。不就是一件衣裳嗎？好像她多虧待他似的。

「對了，你還沒告訴我聖上找你有什麼事？」她想起剛才的問題。

「喝茶，下棋。」徐佑答道。

沈薇才不信呢，斜睨著他。「聖上這麼悠閒？」皇帝不都是起五更睡半夜、日日案牘勞形嗎？在她看來，皇帝是天底下最辛苦的差事，沒有之一，真不明白就那麼一把破椅子，還爭破了頭使盡了手段。

「真是喝茶下棋。」其實除了喝茶下棋，聖上還跟他說了青落山私兵的一些事，不過這事有些複雜，不是一、兩句話就能解釋清楚，索性便不說了吧。

「妳呢？王妃找妳是為了什麼事情？」徐佑轉移了話題。

沈薇哼了一聲，才道：「她能有什麼事？算計我的嫁妝唄。」便把事情的始末說了一遍，最後道：「想要我的東西？成，要麼拿銀子來，要麼拿等價的東西換。所以我就讓月桂把畫拿給蘇先生仿畫去了。」她的眼裡露出狐狸般的狡黠。

徐佑扯了扯唇角。「妳高興就好。」

話語中的縱容讓沈薇的興致又高了一籌。「你繼母瞧中了秦相府，想把秦相爺的姪女聘給徐昶做媳婦。知道是誰不？秦穎穎。那妞兒是個真跋扈的，你四弟有福嘍！嘿嘿，王妃這是要提前站隊了，你父王知道不？」

堂堂親王的兒子娶個五品小官的女兒，虧她還能昧著良心說般配，徐燁和徐炎的媳婦一個是國公爺之女，一個是侯爺之女，給徐昶娶秦穎穎，不過是瞧中她是淑妃的堂妹罷了。

淑妃娘娘所出的二皇子最近辦了幾件亮眼的差事，雍宣帝誇了好幾回，鋒頭早就蓋過了太子。外有相府助力，內有淑妃娘娘得寵，自身又有本事，幹掉太子取而代之這不是十分輕鬆的事？晉王妃這是提前下注……

「隨她折騰去。」徐佑眉梢揚了揚，低頭喝茶。

沈薇一想也是，天塌下來還有高個兒頂著，她操那麼多心幹麼？

晉王妃等呀等，一連等了好幾天也沒見沈薇主動把畫送過來，心中不樂起來，尋思著這是沈氏反悔了？哼，真以為她不主動拿過來自己就沒辦法了嗎？

這一日清晨，沈薇去給晉王妃請安，就見晉王爺也在。她心中閃過了然，仍是恭恭敬敬地請安。

沈薇剛在繡墩上坐下，晉王妃就開口了。「佑哥兒媳婦，前些日子跟妳提的那幅畫找到了吧？怎麼一直沒有拿過來呢？」

此話一出，旁邊的晉王爺臉色便不大好看。「不過是一幅畫，有什麼捨不得的？況且還是為兄弟的婚事。」這個沈氏就是小鼻子小眼，一點貴女的大氣都沒有。

「不、不是的，父王、母妃，聽兒媳說，是、是……」沈薇趕忙從繡墩上站起來，怯生生的，支支吾吾了半天也沒說出個頭緒來，一張俏臉卻急得紅通通。

沈薇著急得都快要哭出來，晉王爺更不耐煩了，晉王妃卻十分和藹。「別急，慢慢說，不願意也沒關係，母妃再想其他法子。佑哥兒媳婦快穩穩神，一會兒佑哥兒瞧見了，該對我跟王爺不滿了。」她打趣了一句。

本想開口說什麼的晉王爺聽了這句話，冷哼一聲，卻沒再說什麼。

「父王、母妃，那幅畫是贗品。」支吾了半天的沈薇終於憋出一句話，臉色脹得通紅，好似下一刻就要哭出來了。

「怎麼會是贗品？那幅畫本王當年可是也觀賞過的。」晉王爺眼底閃著疑問。

晉王妃直接道：「佑哥兒媳婦，妳不願意直說便是，可不能說這樣的瞎話呀！」連這樣的藉口都找得出來，蠢貨。

沈薇更急了。「真的是贗品！兒媳怎敢欺瞞父王和母妃？那日回去後，兒媳就去庫房找那幅月下垂釣圖，又怕弄錯了，就拿出去找人鑑別了一番，誰知這幅畫居然是贗品。」沈薇傷心極了，大顆的眼淚也滾下來。

「兒媳手裡沒有真跡，又怕母妃怪罪，所以就、就……」

晉王爺和晉王妃對視一眼，面面相覷，滿京城都知道前朝張道子的「月下垂釣」真跡在阮氏手裡，怎麼突然就變成贗品了？可瞧沈氏的模樣又不像作偽，到底是怎麼回事？

晉王妃試探地道：「佑哥兒媳婦別怕，那幅畫母妃不要了，妳自個兒好生收著吧。」

沈薇頓時慌了，扯著晉王妃的袖子道：「母妃，真沒騙您，兒媳又不懂字畫，拿著它有何用？您若是不信，兒媳現在就把畫拿來給您看。」轉頭急急吩咐月桂。「妳走得快，去我屋裡把那幅畫拿過來。」

晉王爺和晉王妃的臉色這才好了一些。

沈薇低著頭抽抽噎噎，斂下的眸子中卻滿是嘲諷。哼，想要她的東西？真跡沒有，贗品倒是要多少有多少，只要敢接，她就敢往外頭傳話。

晉王爺被沈薇的抽泣弄得心煩意亂，往晉王妃的臉上掃了一眼，晉王妃忙道：「好孩子，快別哭了，話說清楚就行了。華煙，快扶大夫人下去擦把臉。」

「謝母妃。」沈薇捂著臉垂著頭隨華煙下去整理了。當她再次回來時，月桂捧著畫也回來了。

「父王、母妃，請您二老過目。」沈薇雙手把畫捧了過去。

晉王爺接過畫軸，展開，看了半晌也沒發現哪裡不對。眼前這幅畫跟他十多年前在忠武侯府看的那幅一般無二，沈氏怎麼說這一幅是贗品呢？是當初的便是贗品，還是後來被人偷梁換柱了？

「佑哥兒媳婦，妳是找何人鑑別的？」晉王爺詢問，開始懷疑沈氏是不是被人騙了。

「是鑑寶閣的大掌櫃。」沈薇恭謹答道。

晉王爺心中的狐疑就更重了。鑑寶閣以鑑寶著稱，在京城乃至整個天下都聞名遐邇，底蘊深厚。閣中有七位掌櫃，個個都是鑑賞高手，尤以大掌櫃為最，舉凡孤本字畫珍玩，沒有他說不出來歷的，入行幾十年從未看走眼，既然他說這是贗品，那肯定就是贗品無疑了。只是這贗品也仿得未免太像了吧？

晉王爺心中十分遺憾，本想著能再次一睹張道子的名作，沒想到卻是贗品。雖然他瞧不出來，但這可是贗品呀！再像也不是真跡，那價值就大大地打了折扣。

「王爺，這一幅真是贗品？」晉王妃緊張地盯著晉王爺的臉，把他臉上的表情變化瞧得可清楚了。

「既然鑑寶閣的大掌櫃說是贗品，那十有八九便是贗品了。」晉王爺失了興趣，隨手把卷軸遞給身邊的晉王妃。「本王還有事，妳們娘兒倆說話吧。」

晉王爺走後，沈薇可憐兮兮地喚道：「母妃。」

晉王妃端詳著手裡的畫。剛才她可是把王爺的表情瞧得清清楚楚的，看王爺那樣子，分明就沒有看出這是一幅贗品。連見過真跡的王爺都分辨不出來，可見這幅畫仿得有多像，達到以假亂真的地步，估計這畫是被那位繼室夫人給換了吧？

晉王妃還有另外一種猜測，那就是鑑寶閣的大掌櫃看走眼。老虎還有打盹的時候呢，她就不信那位大掌櫃從來不會出錯。或許是那位大掌櫃起了貪婪之心，想要謀了這幅畫，故意說是贗品。

想到這裡，晉王妃忽然心中一動，瞧著手中的卷軸，若有所思。一抬頭，正對上沈氏惶恐的眼眸，不由笑了笑，道：「妳是個實誠孩子，這事妳應該早跟我說，母妃還會逼著妳拿出真跡不成？贗品便贗品吧，母妃再想別的辦法，只是這幅畫——」晉王妃望向沈薇。

「母妃若是喜歡就送給母妃賞玩吧，兒媳留著也沒用。」沈薇大鬆一口氣，一副終於把燙手山芋送出去的樣子。

晉王妃笑了，心情很好的樣子。「那母妃就謝謝妳了。」

出了晉王妃的院子，沈薇臉上的表情立刻消失得乾乾淨淨。

她雙眼望天，壓下心頭的煩躁。這日子真不是人過的，偶爾逗逗晉王妃是調劑，可這一齣接一齣的真煩人，看來還是得想個法子儘快搬出去才是。

沈薇把蘇先生臨摹的贗品成功地送到晉王妃手裡，自然會關心事情的進展。晉王妃的陪房宋管事前腳剛出王府大門，沈薇就知道了。跟著他的人回來稟報，那個宋管事果然去了秦相府。

沈薇沒有瞞著徐佑這事，下人稟事也是當著他的面，她甚至主動交代道：「我給你那繼母挖了個坑，就看她是選擇繞過去，還是跳進去了。」

「坑挖得深否？要不要為夫再多加兩把？」徐佑一本正經地問道，然後又一臉深情地說：「為夫慚愧，這樣的小事還得薇薇出手，真是勞累薇薇了。」

沈薇頭一揚，腿就伸了過去。「誰讓你長了一張討我喜歡的臉呢，我呀對著美人，心總是會軟的。」

此刻徐佑卻是隱隱自豪，慶幸自己生了這麼一張好看的臉。他伸手在沈薇腿上按捏著。

「那以後為夫就全賴薇薇護著了。」

被女人護著，他非但不覺得屈辱，反倒還十分理直氣壯。

沈薇被徐佑逗得咯咯直笑。

第一百零六章

自從宋管事去過秦相府之後，晉王妃非常高興，尤以今兒為最，還張羅著要去西山寺上香。

沈薇眼珠子一轉便明白了，上香是假，去瞧秦穎穎才是真。

果然，晉王妃從西山寺回來，心情特別好，當晚還給沈薇這邊的院子添了兩道菜。

這是兩家的婚事成了？那可不成，若是婚事成了，那她豈不是白花力氣挖坑？而且秦穎穎跟她是死對頭，她若嫁進來，自己瞧著肯定堵心，不行，得把這樁婚事攪黃了。

雖然兩家做得隱秘，但京城還是不缺明眼人，大家漸漸便知道晉王府要和秦相府聯姻，再扒拉扒拉兩府的適齡男女，當事人就浮出了檯面。

有那聰明人心中便嘀咕，晉王府這是要靠上二皇子了？

皇后得知此事，氣得肝都疼了。「這個宋氏！」不過是使了見不得人的手段上位的賤人罷了，居然敢明目張膽地跟自己作對，真是太氣人了。

「娘娘息怒，為那樣的人氣壞身子可不值得。」桂姑姑趕忙相勸。「不過是結一門親事罷了，也未必就代表晉王爺的意思。要奴婢看，四公子可比不上大公子。」

皇后娘娘若有所思，半晌點點頭，臉上的怒容斂得一乾二淨。「妳說得對，是本宮太急切了。」整個晉王府最得聖寵的是那位大公子，就連晉王爺也得往後退一退。若是大公子站在太子這邊，那她還怕什麼？

「太子呢？去瞧瞧太子在幹什麼，若是閒著，不妨去晉王府走動一二。都是一個祖宗的親骨肉，莫要疏遠了才是。」皇后娘娘吩咐道，想了想又加了一句。「去把太子妃請過來。」

「娘娘英明。」桂姑姑讚了一句，提醒道：「娘娘，還有嘉慧郡主。」

皇后娘娘點點頭。「就煩勞桂姑姑替本宮跑一趟了。」

至於秦淑妃那邊卻很高興。「一晃眼，穎姊兒都長成荳蔻少女了。當初母妃進宮時，三叔都還沒成親呢，御兒，你明兒若是差事不忙，就去相府瞧瞧你外祖父去，多跟你外祖父說說話，還有你的舅舅們。你雖貴為皇子，但這都是實在的親戚，亦是你的助力。」

「母妃，兒子明白，兒子也有一段日子沒跟外祖父好生聊聊了，還真有些想他老人家。還有舅舅，前天父皇還讚了舅舅，說他學問扎實，心思通透。」二皇子徐御笑道。

「真的？那真是太好了。」秦淑妃臉上的笑容更濃了。「你舅舅打小就是個不愛說話的，母妃都擔心他長大了是個書呆子，現在可算是放心了。」老父位高權重，兄弟也爭氣，為此，聖上都高看她一眼，她能不高興嗎？

二皇子亦十分高興。他是有大志向的人，外家有權有勢，在父皇那裡還說得上話，於自己的幫助可是極大的。

「母妃，若是這門婚事成了，昶堂弟可就長了兒子一輩。」二皇子突然說道。

秦淑妃一想還真是，穎姊兒是自己的堂妹，雖比兒子小，但兒子得喊她小姨。若兩家真成功聯姻了，昶哥兒可不就成了兒子的小姨父嗎？

「你們各論各的唄，嚴格說起來，京城哪家不是親戚扯著親戚？」秦淑妃不以為然地道。

「倒也是。」二皇子點頭，又道：「母妃，您是不是該接小姨到宮裡陪您幾天？」

兩家聯姻若是成了，晉王府可就站在自己這一邊。晉王雖不大關心朝政，但父皇待他還是很好，燁堂兄、炎堂兄都頗為能幹，在宗室子弟中是少有的上進，連父皇都誇。

喔，還有佑堂兄，聖寵比他們這些皇子還濃，若不是他身子不好，一年有大半在山上養病，連他都要忍不住多想了。

秦淑妃斜睨了兒子一眼，嗔道：「這還用你教？你來之前母妃已經打發人去相府了。」

二皇子便笑。「兒子也不過白說一句罷了，母妃行事向來是最穩妥的，有空您多教教藍氏。」

藍氏便是二皇子妃，出身藍國公府，是秦淑妃為兒子千挑萬選出來的皇子妃，精明能幹，對二皇子也上心，唯獨一點不好，就是善嫉，容不得二皇子親近別的女人。

秦淑妃瞧著玉樹臨風的兒子，心中滿是自豪，便語重心長地道：「御兒，你現在什麼都不缺，唯獨缺兒子，尤其是嫡子。你父皇最看重的就是這個，咱們是皇家，頂頂重要的就是子嗣傳承。藍氏醋性是大了些，但你想想她父親藍國公，這份助力是你後院別的女人能給的嗎？你還是趕緊讓藍氏生下嫡子才是正經。」

二皇子也知道這事要緊，正色道：「母妃放心，兒子心裡記著呢。」

秦淑妃拍拍兒子的手，很欣慰的樣子。

這陣子，京中忽然起了流言，說秦相爺新得了前朝書畫名家張道子的月下垂釣圖，高興得把自己關在書房賞看了一整天。

就有人問了，那幅畫不是被阮大將軍當嫁妝陪送給女兒了嗎？怎麼落到秦相爺的手裡？

自然是有人送的唄。

誰送的？除了畫的主人還會有誰？

眾人一想畫的主人，立刻就想起前些日子嫁到晉王府的忠武侯府四小姐嘉慧郡主，她是阮大將軍的外孫女，阮氏的嫁妝可不都留給了她？

再一聯想晉王府和秦相府要聯姻的事情，眾人你看看我、我看看你，都覺得自己窺到了真相，原來是這麼一回事呀！

於是流言就變了，從秦相爺得了張道子的月下垂釣變成晉王府謀奪繼子媳婦的嫁妝為親兒謀親事。

這流言一出，不過一上午的工夫，各家各府、酒樓楚館全知道了。人們對被奪了嫁妝的嘉慧郡主和體弱多病的晉王府大公子可同情了。沈氏雖是郡主，也是做兒媳婦的，被婆婆拿捏還不是輕而易舉？

還有大公子，明明是晉王府的嫡長子，卻病得直到二十幾才娶上媳婦，連世子之位都被人搶了，若不是聖上垂憐給他封個郡王的爵位，還不知道日子怎麼過。

有那好事的，甚至把二十多年前晉王妃宋氏的往事也翻了出來，雖不好放在明面上大聲議論，但私底下是暗自議論紛紛。

又過了幾日，流言又變了，因為鑑寶閣的大掌櫃忽然曝出秦相爺手上那幅月下垂釣是贗品，大家都震驚了。

天哪，太無恥了，奪了兒媳的嫁妝也就罷了，拿著兒媳的嫁妝替親兒謀婚事也就罷了，居然把真跡自個兒留著，臨摹的贗品送給秦相爺，這眼皮子也太淺了吧？

也有人懷疑，晉王妃怎麼有膽子拿贗品糊弄秦相爺？別是晉王爺見獵心喜，截留了那幅真跡吧？

立刻就有人跳出來反對。晉王爺好歹也是個王爺，不大會做出這樣的事，估計還是晉王妃出的么蛾子，想想她是怎麼成為晉王妃，人家連先帝、連皇室都敢算計，還怕一個秦相爺嗎？

總之這流言是一天一個樣，全是關於晉王府的。

沈薇可奇怪了，自己還沒來得及動手，怎麼流言就出來了？但她瞧著在軟榻上愜意地蹺著二郎腿的徐佑，頓時明白了。

還挺有手段的嘛！既然事情都做了，那姊就在一旁看戲吧！這年頭做個吃瓜群眾是最快樂的事了。

沈薇看戲看得開心，晉王妃可氣壞了，把梳妝檯都砸了。「查！給我查！」這分明是衝著晉王府來的，確切地說是衝著她來的。

晉王妃深吸一口氣，竭力抑制心中的怒火。那些自己幾乎要忘卻的過往，卻在二十多年後被人再次曝出，還說得有鼻子有眼的，怎不讓她心驚又懷疑？

是誰要跟她過不去？若是讓她找出這個人，她定要把此人千刀萬剮才能平息心頭之恨。

施嬤嬤和華煙卻面帶難色地立在原地。流言都傳了好多天，範圍又那麼廣，她們從何查起呀？

兩人對視一眼，還是施嬤嬤上前一步，道：「王妃，是從外頭查還是在府內查。」

晉王妃的指甲幾乎都要掐進掌心，咬牙道：「在府內查。」她還沒有失去理智，流言都傳遍街頭巷尾了，定是查不出什麼。倒是府裡可以查查，看是哪個最先傳出流言，順藤摸瓜便能查出點什麼。

其實晉王妃心中頭一個懷疑的便是繼子，畢竟整個王府跟她不對盤的也就是他了，那幅畫又是他媳婦的嫁妝。

但隨即她又否定了這懷疑。畢竟家醜不可外揚，晉王府沒臉，他這個王府大公子臉上能有光？

晉王妃倒是沒有懷疑沈薇。在她眼裡，沈薇就是個膽小怕事愚蠢的，她那樣能把自個兒院子理清楚就不錯了，還使壞傳流言？真是高看她了。

施嬤嬤和華煙都大鬆一口氣。在府內查比府外查可容易多了。

晉王爺怒氣沖沖地進來，晉王妃剛揚起笑臉，就被王爺臉上的怒容嚇了一大跳。「王爺這是怎麼了？」

晉王爺卻一把拂開她的手，指著晉王妃，面色複雜地道：「王妃不是心知肚明嗎？」

晉王妃滿臉疑惑又帶著委屈。「瞧王爺說的，難不成是妾身惹了王爺不快？」

晉王爺直直望著晉王妃，看得她差點撐不下去才冷哼一聲。「妳敢說那幅月下垂釣圖不是妳讓人送給秦相爺的？妳明知道那是贗品還往秦相爺那兒送，妳、妳！」晉王爺氣得一甩袖子，別開了臉。

前幾天就覺得別人看自己的眼神不大對勁，今兒跟朋友在酒樓吃酒，正巧碰到了恭王，他上來跟自己打招呼，還樂呵呵地問能否到府中觀賞月下垂釣的真跡。

他就納悶了，自己哪有什麼月下垂釣的真跡，大兒媳那裡倒是有一幅，可惜是贗品。

他這般說了，恭王卻不信，還說了一些他藏私之類莫名其妙的話，臨走時，那意味深長的笑更讓他摸不著頭腦。他覺得不對勁，招來長隨一問，長隨支支吾吾地說了流言的事情，這才明白為何恭王有這般舉止，敢情是以為真跡落在他手裡？

晉王爺氣得鼻子都歪了。這個宋氏！能和秦相府聯姻他是樂見其成，可他沒想到宋氏膽子那麼大，她當秦相爺是好糊弄的嗎？

再想想流言的內容，說真跡被他截留了？他堂堂一個王爺是那等眼皮子淺的人嗎？他再是喜歡張道子的畫也知道輕重呀！

都是宋氏，看來這些年他是太寵她了，以至於忘記了規矩和分寸。

果然是為了這事！晉王妃心中反倒鬆了一口氣，深吸一口氣，做出哀婉的樣子。「王爺，妾身跟您過了這麼多年，您還不了解妾身的為人嗎？但凡有別的法子，妾身能行這樣的事嗎？還不都是為了昶哥兒？」

說到這裡，晉王妃的聲音顫抖了。「昶哥兒不如他幾位兄長爭氣，可那也是妾身身上掉下來的肉，妾身能不為他的將來多想一想嗎？秦家七小姐是淑妃娘娘的堂妹，將來有二皇子照拂著，妾身也能放心了。王爺，妾身可都是為了咱們的昶哥兒呀！」

晉王爺聽了王妃提到昶哥兒，心中起了一絲不自在。昶哥兒是早產，比太醫預定的日子提前了二十天，至於原由？也和自己有關，若不是他一時沒有把持住，王妃挺著大肚子服侍他，也不至於動了胎氣，導致昶哥兒早產，王妃也差點把命賠了進去，所以對這個兒子也是多了幾分縱容。想到這裡，他臉上的怒氣消了一些。

晉王妃窺得晉王爺表情的變化，繼續道：「妾身也沒有說那是真跡呀，只說得了一幅張道子的畫作，不知真假，送與秦相爺賞玩。那也不是妾身謀奪的，是佑哥兒媳婦主動孝敬給妾身的，不過是一幅畫，怎麼就起了這麼多的流言？要妾身說，這定是哪個不懷好意的針對咱們晉王府使手段，嫉妒咱們和秦相府成了親家，想要把這樁婚事攪黃了。王爺，咱們可不要上了歹人的當啊！」

晉王爺心中一凜。對呀，他怎麼沒想到這一點？他身上雖沒職務，但到底是男子，常在外頭走動，在見識上自然要比關在後院的晉王妃強多了。

晉王妃一提到有人故意針對晉王府，他就想到了皇兄的幾位皇子，難道是有人覺得他站到了二皇子一邊？呵，跟秦相府聯姻不過是給昶哥兒找個得力的岳家，他是當今聖上的同胞親弟弟，是眾位皇子的親叔叔，無論誰登上那個位置只有敬著他的分兒，他何必去蹚這渾水？

「王爺，您可得好好查查，這關係到咱們整個晉王府呢。」晉王妃殷殷望著晉王爺，眼角閃著亮光。

晉王爺哼了一聲，查是要查，不過宋氏這回行事太欠妥當，還是要給些教訓。他一抬眼，瞥見站在一旁的兩個大丫鬟，隨手一指道：「我的外書房還缺兩個伺候筆墨的丫鬟，就她們兩個吧。」

兩個大丫鬟聞言，不敢置信地抬起頭，眸子滿是驚喜，赫然便是上回沒送出去的華露和華裳。

華露和華裳是晉王妃特意挑出來要送到繼子的院子，相貌和身段自然都是上佳的，上回沒能送出去，華露和華裳心中便有些打鼓，生怕被王妃遷怒，沒想到今兒王爺居然指她們去外書房服侍，這簡直是天上掉餡餅了。

說是伺候筆墨的丫鬟，但哪個不知道伺候筆墨是其次，伺候王爺才是真的。若是得了王爺的歡心，能生個一兒半女的，以後的榮華富貴還少得了嗎？

第一百零七章

晉王妃一怔，隨即臉色難看起來，她沒想到王爺會這般打自己的臉。「王爺……」她望過來，眸中帶著乞求，大顆的淚珠在她美目中滾動，卻倔強得不肯掉下來。

晉王爺差點就心軟了，但一想起恭王兄那似笑非笑的眼神，又硬下心腸。「怎麼，王妃捨不得嗎？」

華露和華裳也反應過來，懼怕地朝著王妃的方向窺了一眼。她們是王妃身邊的丫鬟，自然清楚王妃對後院姬妾的手段，可懼怕到底比不上榮華富貴，兩人垂著頭跪到了晉王妃的跟前。

晉王妃的臉色就更難看了。這兩個吃裡扒外的小賤人！她們以為去了外書房就一步登天了嗎？休想！

「既然王爺瞧上了妳倆，這是妳倆的福分，到了外書房好生伺候王爺，莫丟了本妃的臉。」晉王妃沈著臉說。

「奴婢謹記王妃教誨。」兩人連連表忠心，眼底的喜色卻怎麼也壓抑不住。

這讓晉王妃更加厭惡，真想立刻就把這兩個小蹄子打殺了。「記住妳們今兒說過的話。還跪著做什麼？回去收拾收拾，隨王爺去外書房當差吧。」

待晉王爺走後，晉王妃又發了一場脾氣。

流言的動靜鬧得這般大，忠武侯府自然不能無動於衷，這不，人家登門替閨女撐腰來了。

來的不是侯夫人許氏，而是沈薇的祖父沈老侯爺，也不找晉王妃，直接把拜帖送到晉王爺的手中，張嘴就問：「王爺，是不是王府的用度不大夠啊！」把晉王爺臊得恨不得找個地縫鑽進去。

沈老侯爺的態度可好了，臉上始終帶著和藹的笑，可說出的話卻能噎死人，什麼「我們家四丫頭就是個不懂事的，怎能讓婆婆開口要呢，該主動奉上才是孝道」，不然就是「王爺，咱們都是親家了，王府若真遇了難處您也別不好意思開口，我那兒還有聖上賞賜的兩箱金子沒動」，晉王爺恨不得給沈老侯爺跪下，只求他別說了。

送走了沈老侯爺，晉王爺又到王妃的院子裡狠狠發了一頓脾氣，當晚就收了華露、華裳兩個，得了消息的晉王妃又免不了氣一場。

但施嬤嬤和華煙辦事挺厲害，很快就查明流言是從大廚房先起，是個姓李的婆子最先說的。

李婆子被拿到晉王妃面前，覺得可冤枉了。「王妃饒命啊！沒有人指使奴婢，奴婢不過是出府採買聽到了幾句，便當閒話說給大夥兒聽聽，都是奴婢這張臭嘴！王妃，奴婢再也不敢了，您饒過奴婢這一回吧！」她痛哭流涕地使勁打自己的嘴。

晉王妃沈著臉，眼底閃過不明的光，手一揮。「拉下去，這般長舌的奴才還留著做什麼？賣了吧。」

晉王妃只覺得可糟心了，不由想是不是自己跟沈氏的八字不合，不然怎麼自從她進門就沒一天順心的？嗯，得找個高僧看看。她心中暗自盤算著，其實最擔心的還是跟秦相府的這樁婚事。

流言出來之前，兩家大致算是說定了，今兒本該是交換庚帖的日子，秦相府卻使人來說要緩一緩，也不知是真的緩一緩，還是直接就把婚事緩黃了……

二皇子徐御冷著臉坐在秦相爺的書房裡。「外祖父，您說這流言的幕後主使人是誰？」本來外家和晉王府聯姻，他是挺高興的，沒想到突然間關於晉王府的流言就滿天飛了，雖是沒有直接提到他，但那些隱晦的眼神仍讓他如芒在背。

秦相爺瞧了二皇子一眼，徐徐說道：「查出來是誰主使又有何意義？二皇子應該把目光再放長遠。」壓根兒沒把流言當一回事。「防民之口，甚於防川，隨他們說去，說夠了說厭了，自然就不會再說了。」

「可是三人成虎，積毀銷骨呀！」二皇子還是有些不放心。

秦相爺撚鬚一笑。「跟咱們有何關係？名聲壞掉的是晉王府，說不定這對穎姊兒嫁過去倒是好事呢。」

二皇子微驚。「這樁婚事還要繼續？」

「自然，兩家都已經說定了，為何不繼續？相府可不是言而無信的人家。」秦相爺挑了挑眉。「晉王府可不辱沒穎姊兒。」他意味深長地道。

二皇子沈思了一會兒，也笑了，由衷地對秦相爺道：「還是外祖父您老人家行事周全，難怪母妃讓我多跟您學學。」

秦相爺又笑了，面容慈祥。「二皇子在這般年歲已經很不錯了，比你舅舅都強些呢。」

他望著這個芝蘭玉樹般的外孫，暗想：定要不惜一切把他送上那個高位，秦家也能再富貴幾十年。

送走了二皇子，秦相爺垂眸冷笑。別人不知流言是怎麼回事，他卻是清楚。那個死丫頭可是一點虧都不吃，晉王妃拿了她的嫁妝，她不回敬一二才怪。

不過她想攪黃這門婚事，自己是怎麼也不會讓她如願。

流言一起，皇后娘娘可高興了。看吧，瞧宋氏不順眼的可不止她一個，她不用出手便有人搶著代勞了。

託流言的福，沈薇已經被皇后娘娘召進宮兩回，頭一回桂姑姑過來，她還摸不著頭腦。不是才謝過恩嗎？對於皇后娘娘想念自己的說詞，她是壓根兒不信，還是徐佑老神在在地對她說：「妳只管去就是了。」

徐佑說的話，她還是很信服的。

到了坤寧宮，皇后娘娘很熱情，把她從頭到腳誇了一遍，弄得沈薇這個厚臉皮的都不好意思了。

而後皇后娘娘話鋒一轉，滿目憐惜地望著她，問起她在王府的日子，暗示她若是受了什麼委屈，會幫她作主。

沈薇趕忙受寵若驚地站起來，表示自己在王府一切都好，公婆慈愛，妯娌友愛，夫君敬重，下頭的奴才也都守規矩，感謝聖上賜給她這麼一門好婚事。

那忐忑的小媳婦模樣瞧得皇后娘娘不忍，心道：這就是個沒心眼的實誠人。

既然暗示不管用，那就明示吧。皇后娘娘接著說起京中的流言，問她那幅月下垂釣是怎麼回事。

沈薇自然是實話實說。她說那幅畫是自己主動孝敬給婆婆，而且那幅畫確實是贗品。

皇后娘娘卻不相信。當年誰不知道前朝張道子的那幅名作被阮大將軍當作嫁妝陪送了女兒，也是鑑寶閣的大掌櫃親眼鑑定的真跡，怎麼忽然就變成贗品了？這傻孩子，被人家糊弄都不知道。

皇后娘娘在心裡把晉王妃唾棄了一番，更覺得嘉慧郡主是個實誠的性子，看她的目光更柔和了，臨走時還大手筆地賞賜了一番。

沈薇帶著皇后娘娘的賞賜回了晉王府，府裡的下人看她的目光頓時不一樣了。看來這位大夫人是入了皇后娘娘的眼，以後誰敢怠慢？

就是吳氏和胡氏心裡也酸酸的。她倆是先進門的，也沒見皇后娘娘召見過一次，更別談賞賜了。

第二回皇后娘娘再召見，沈薇就有經驗了，反正她只要做出小媳婦的樣子，皇后娘娘問啥，她老實回答就成了。若是皇后娘娘問起晉王妃，她只管微笑就行，實在躲不過去就說婆婆的好話。

皇后娘娘雖心中不爽快，卻也不會遷怒到沈薇身上，只當是宋氏手段高明矇騙了嘉慧郡主。這樣也好，這般性子才好籠絡。

沈薇再次帶皇后娘娘的厚賞歸府，心中已經確定皇后娘娘跟晉王妃不和，本著敵人的敵人就是朋友的原則，皇后娘娘這個靠山還是需要繼續敷衍，哪怕是看在賞賜的分上。

沈薇被皇后娘娘召見了兩回，且都得了不少賞賜，讓本就心煩的晉王妃更加不痛快了。都什麼時候了，這個沈氏還跟著亂？就不能安生待在府裡嗎？

待再聽到府裡的下人羨慕地談起大夫人得了皇后娘娘的青眼，得了多少多少賞賜，晉王妃心底的怒氣再也按捺不住，出了個昏招，直接把繼子院子的分例給減了。

沈薇瞧著送上來的寡淡飯菜，笑了，去取飯菜的桃枝卻快氣炸了。「夫人您還笑得出來，她們太欺負人了。滿府的主子唯獨咱們院子分例削減，這擺明了是欺負您，奴婢忍不下這口氣。」桃枝氣哼哼的。

沈薇不由朝徐佑望去。「你繼母這又是發哪門子瘋？最近我好像沒惹她吧？」隨後像突然想起似的道：「難道皇后娘娘召我入宮也礙了她的眼？」

見徐佑點頭，她不由扶額。「這也太小肚雞腸了吧！」

徐佑冷著臉，拎著食盒就要往外走，沈薇趕忙喊住他。「你這是要去哪兒？」

徐佑停住腳步，卻沒有回頭。「把這菜孝敬給父王享用。」他覺得臉上火辣辣的，才說過要讓薇薇過安生日子，今兒就被打了臉。

「回來。」沈薇一臉無奈。「瞧你這急性子，得改。」

徐佑沒動，她只好上前把他扯回來，奪過他手中的食盒放在桌上。「你老找父王吵架是不行的，孝敬可不止這一種方式。陳嫂子呢？讓她帶兩個人出府採買食材；莫嬤嬤，妳親自去酒樓訂四桌上好的席面，若有人問起，就說晉王府削減用度，我心憂長輩，憐惜稚嫩的姪女和懷了身孕的三弟妹，自個兒掏銀子貼補。」她揚聲吩咐。

徐佑明白她的用意，眉頭便皺了起來。「怎麼不多訂一桌？」他瞥了一眼桌上的食盒，臉上滿是嫌棄。

沈薇道：「你不會以為我就吃這東西吧？不是訂了四桌席面嗎？剛好夠咱們院子用，至於其他院子，揀兩樣菜送過去做做樣子就行了。」

徐佑板著的臉抽了一下。是了，他怎麼忘了這丫頭是最不肯吃虧的。就聽沈薇繼續說道：「大公子，我初回侯府之時也遇到過一次這樣的事，知道我是怎麼處理的不？」她的眼睛裡滿是狡黠，像隻要做壞事的小狐狸。「我把大廚房給砸了，那天午時，忠武侯府所有的主子都沒能按時吃飯。不過這一回我不準備砸大廚房了，我覺得還是王妃親自處置比較合我的心意。」

徐佑看著笑盈盈的沈薇，煩躁的心一下子靜了下來，無比歉意地道：「委屈妳了。」

沈薇不介意地擺擺手。「好說，我有準備。不過大公子呀，今兒也有你的活。」她朝著外面高聲喊道：「江白，進來。拎著這食盒，你們主子要去陪王爺用飯，順便培養一下父子感情。」

江白腳下一個趔趄，差點摔倒。夫人可真敢說，公子跟王爺之間哪有什麼父子感情？

沈薇假意惡狠狠地瞪了江白一眼。「就因為大公子跟王爺不那麼熟稔，才需要加深感情不是？」

轉頭又吩咐徐佑。「到了外院，把你這張死人臉收一收。你就說成家了、懂事了，感念父王的養育之恩。會哭的孩子才有糖吃，那是你親爹，他還會打死你不成？你就說，王府用度吃緊你能理解，若是需要，媳婦我手裡還有幾個陪嫁莊子，實在不行就賣兩個周濟周濟，然後再說怕父王午飯用不好，特意把自個兒的分例拎來孝敬——」

沈薇一句一句教著，但對著徐佑那張面無表情的臉，頓時沒了說下去的慾望。「算了，不指望你說軟話。江白，到時你替你們主子說，什麼大公子可關心王爺啦，就是面嫩不好意思表達之類的，你自由發揮，哪句能打動王爺就說哪句。」

江白的臉一下子就垮下來了。「夫人！」讓他一個大男人說這麼噁心巴拉的話，他說不出口呀！

沈薇眼一瞪。「你平時不是挺能說的嗎？怎麼關鍵時候就不行了？」

江白頓時挺直脊梁。「夫人，奴才保證完成任務！」

沈薇這才滿意地點頭。「去吧，好好幹。你不是還沒娶媳婦嗎？表現得好了夫人給你說個好媳婦。」

江白的眼睛頓時亮了，拍著胸脯保證。「夫人，奴才肯定把差事給您辦好。」他瞄了瞄夫人身邊站著的幾個大丫鬟，心想，哪怕把大前天的飯都吐出來也得把差事辦好。

第一百零八章

徐佑拎著食盒到外院時，正趕上晉王爺用午飯，聽了下人的通報，他習慣性地皺了下眉頭。這個逆子又有何事？

徐佑進來時，晉王爺更詫異了，冷淡慣了的大兒子居然拎著一個食盒？

不等晉王爺出聲，徐佑就先開口。「別當是我想來，還不是那沈氏，硬逼著我來陪你用飯，說什麼樹欲靜而風不止，子欲養而親不待。兒子瞧你身子骨強健，說不定比我活得還長久。」

硬邦邦的幾句話立刻勾起了晉王爺的怒氣。這個混蛋小子，敢情是來氣他的？

江白趕緊描補。「王爺、王爺您別生氣，大公子就是嘴笨不會說話，其實大公子可關心您了。」心中卻埋怨，大公子欸，不是讓您不要開口的嗎？

晉王爺雖狐疑，卻也沒那麼生氣了，冷哼一聲，道：「可不敢指望你關心，少氣我兩回就行了。」

徐佑也哼了一聲。「誰關心你？都是那個沈氏多事纏得我心煩，我可不是關心你。」

晉王爺降下去的火氣騰地又升上來了，指著徐佑剛要罵，就見徐佑遞來一疊東西，冷冰冰地道：「給你的。」

「這是什麼？」晉王爺皺著眉沒接。

徐佑直接扔在桌上。「銀票，皇伯父才賞兒子的。」

晉王爺拿過一看，還真是銀票，厚厚一疊足有好幾千兩，更加狐疑了。「你皇伯父賞你的，你自個兒收著便是，給我做什麼？你老子我還不缺這點銀子。」他可不承認心底有些高興來著。

徐佑冷哼了一聲。「你就不要打腫臉充胖子了，我又不會笑話你。王府不是用度緊張嗎？這些銀票你拿去用吧。都是那個沈氏，說要賣了陪嫁的莊子貼補府裡的用度，笑話，兒子堂堂一個大男人，怎能用媳婦的陪嫁？」

「你媳婦要賣陪嫁莊子補貼府裡？誰跟你說府裡用度緊張的？」晉王爺發覺事情不對勁了。

「不是王妃說的嗎？各個院子的分例不都減了嗎？你那好兒媳怕你心裡難受，還特意打發我過來陪你用飯，不過瞧你這氣色神情，還真是多此一舉。對了，沈氏還自掏腰包去外頭酒樓訂了席面，估計一會兒也該送來了。」徐佑眼一斜，就在晉王爺對面坐下來。

「王妃減了你們院子的分例用度？」晉王爺仍不大相信。

徐佑嗤笑一聲。「不只是我們院子，說全府都是如此。行了父王，你就別掩飾了，明兒我就進宮找皇伯父要些鋪子莊子。堂堂王府弄得削減用度，傳出去不大好聽。江白，還不快把菜端出來，我陪著父王喝兩杯。」

江白趕忙打開食盒，把裡頭的菜端出來擺在桌上，心裡對他們公子的敬佩猶如濤濤江水，誰說公子不會說話來著？瞧瞧公子這話說的，把王爺噎得要死卻還沒發脾氣。不過這樣一來，公子搶了他的差事，也不知夫人還會不會給他說媳婦？

晉王爺瞪著擺出來的四樣菜，好半天才說出話來。「你跟你媳婦就吃這個？」

「是啊！」徐佑理所當然地回答。「今兒是頭一頓，也是沒法子的事，大家都能吃，兒子有什麼理由挑剔？」

晉王爺的臉色頓時難看起來，想要發火卻又按捺住了。徐佑才不管他，已經拿起筷子吃起來，也不知是他故意還是怎地，明明是下人的飯菜卻吃得很香，一絲嫌棄都沒有，這讓晉王爺的臉色更加陰沈了。

吃到一半，酒樓訂的席面送到了，是四道精緻的大菜，徐佑就著菜又吃了一碗米飯，其間還給晉王爺挾了兩筷子。

相對於兒子大口吃飯，晉王爺端著碗卻是難以下嚥。好不容易徐佑吃完飯走了，晉王爺立刻招來長隨輕聲吩咐了幾句，長隨點點頭出去了。他坐在書房裡，心情卻是久久不能平靜。

兩刻鐘後，長隨回來了。「王爺。」

「如何？」晉王爺問道。

那長隨垂下頭低聲說道：「只有大公子的院子用度削減。大夫人也確實使人在外頭訂了席面，都往各位主子的院子送了，自個兒院子卻只採買了些尋常食材。」越說，聲音越低。

「王爺，這也許是下頭的奴才出的么蛾子——」

話還沒說完，晉王爺就騰地站起來，袖子一掃，把案桌上的東西全都拂落在地。

「奴才？奴才有這麼大的膽子嗎？」晉王爺怒氣沖沖地吼道。

宋氏，好妳個宋氏！上回那幅月下垂釣說是佑哥兒媳婦主動孝敬的，沒想到轉過頭她就能苛待佑哥兒。

是，他是不大待見佑哥兒，因為每一次看到他，就會想起被自己推倒、早產的段氏。可他再不待見也是他的兒子，他的嫡長子，他能嫌棄，別人卻不能苛待。

「去給我到大廚房查查，本王倒要瞧瞧是哪個不長眼的奴才。」晉王爺咬牙切齒地道。

晉王妃見繼子的院子沒有動靜，那個沈氏還傻傻地訂席面孝敬她，心中就更加得意了。

沒兩天，京城裡就傳出晉王府跟秦相府換庚帖放定的消息。

瞧著手中秦相府七小姐的庚帖，晉王妃的一顆心總算落了下來，跟施嬤嬤道：「不愧是淑妃娘娘的娘家，就是比別家有見識，秦七小姐出身這樣的家庭定也差不到哪裡去。」

施嬤嬤湊趣道：「王妃這回可放心了吧？您就等著喝媳婦茶吧！」

忽然就見晉王爺背著手走進來，晉王妃心中一驚。怎麼沒人通報？隨後便笑著迎向前去。「妾身這裡正有樁大喜事要跟王爺說呢，咱們昶哥兒跟秦七小姐的婚事定下來啦！」

晉王爺瞧著眼底眉梢都帶著笑意的王妃，心情可複雜了，不期然就想起大兒子賜婚的情景，王妃雖也是笑，但似乎沒有現在這般高興。

此時他不得不承認，自己一直信任有加又寵了二十多年的王妃，待佑哥兒似乎沒有她所說的那樣上心。這一發現，讓他憤怒、愧疚，卻也無奈。

「王爺，您不高興嗎？是不是聖上又說了什麼？」晉王妃說了半天，見王爺一句話都沒說，不由詫異，還以為是聖上又訓斥了他什麼。「王爺，於公，聖上是君，您是臣；於私，聖上是兄，您是弟，聖上說什麼也是為了您好。」她柔聲勸著。

晉王爺看向王妃的目光更加複雜了，晉王妃自然也察覺到了，有些摸不著頭腦地道：「王爺，您這般看著妾身做什麼？怪嚇人的。」

「是妳吩咐削減佑哥兒院子的用度？」晉王爺開門見山地問。

晉王妃一怔，隨即便明白過來。好呀，原來是小賤種去告狀了。她的心中閃過厲色，臉上卻是委屈。「王爺，可是有人到您跟前嚼舌根了？這也怪妾身沒有跟佑哥兒媳婦說清楚，咱們王府才辦過婚事，府裡的用度便有些緊張了，妾身便作主減了各院子的用度。佑哥兒可是不高興了？也怪妾身思慮不周，忘了他身子骨弱，回頭妾身從私房裡把他院子的用度補上。」

若是以前，宋氏說這番話，他肯定會相信的，可現在他想起親自審問大廚房馬婆子得到的口供，卻是一點都不敢相信了。「怎麼據本王所知，闔府也只有佑哥兒院子的用度減了，其他各院子還是照舊？」晉王爺淡淡地說。

「還有此事？」晉王妃吃驚不已的樣子。「不可能呀，妾身親自交代闔府都減用度的。除了王爺那裡，就是妾身這裡也是減了的。」

「是嗎？」晉王爺卻沒有看她，而是對垂著頭的長隨道：「小泉，把這三天王妃、世子和三公子院子的菜色單子報給王妃聽聽。」

長隨硬著頭皮上前，清晰地把三個院子的菜色單子報了一遍。

「再把大公子院子的單子也報給王妃聽聽。」晉王爺淡淡地吩咐。

那長隨也如實報了。

晉王妃此時明白王爺就是來興師問罪的。沒想到向來不關心後院瑣事的王爺會把事情查得這般清楚，她心中不由得把馬婆子罵個狗血噴頭。太不會辦事了！

「王妃來告訴本王，同是削減用度，為何燁哥兒和炎哥兒院子裡山珍海味地吃著，佑哥兒跟他媳婦吃的卻是連有頭臉的下人都不如？莫非佑哥兒這個嫡長子還不如他兩個弟弟尊貴？妳是不是忘了他倆一個是聖上親封的郡王，一個是郡主呢？」晉王爺的臉越發冷凝。

若只是苛待繼子也就罷了，可這事都傳到府外去了，說晉王府的王妃不慈不賢，逼得兒媳自個兒掏嫁妝銀子出府採買食材。堂堂郡主、郡王連口飯都吃不上，這得是受了多大的搓磨？

而且流言還傳到皇兄的耳裡，這回把他召過去劈頭蓋臉就罵了一頓，當著滿屋太監大臣的面就往他身上摔東西，若不是他躲得快，肯定會被砸個頭破血流。最後，皇兄指著他的鼻子道：「這個兒子你若是不想要就給朕送來，朕不嫌棄兒子多。堂堂一個王爺，被個婦人蒙蔽，朕都替你丟人！」

晉王爺難堪得恨不得找條地縫鑽進去，尤其是宗室中那些兄弟異樣的目光，看得他實在喘不過氣。

隨著時間的流逝，看著一個個當初比自己不如的兄弟、堂兄弟在朝中都做出了一番功績，唯獨他是個閒散王爺，午夜夢醒，他內心深處也不是不後悔的。

可這是自己釀的苦酒，只能咬牙往肚子裡灌了。唯一欣慰的是他有個善解人意、溫柔賢淑的王妃，知他，懂他，敬他，愛他，還給他生了三個兒子，他也覺得不那麼後悔了。

可當這份美好露出真面目的時候，他真的憤怒得想毀掉一切。

晉王妃慌了。她了解晉王爺，若是他衝著自己大發雷霆，她倒還不怕，因為王爺發過脾氣就表示這事過去了。可現在王爺那麼冷靜，甚至沒責罵她一句，她知道王爺這回是真的生氣了。

「王爺，妾身是真的不知道啊！妾身明明吩咐的是闔府都削減用度的，難道是大廚房的奴才欺上瞞下？馬婆子，把馬婆子傳來問問就知道怎麼回事了。」晉王妃分辯道。她打定主意把大廚房推出去平息王爺的怒氣。

「馬婆子？不用傳她了，她已經被本王用過刑，扔到亂葬崗去了，她已招供是王妃指使她這麼做的。」晉王爺眼底滿是寒冰。「王妃說府裡用度緊張？本王記得上個月才給了一萬兩銀子，這才幾天就花完了？妳若是管不好王府，本王不介意找個人替妳分擔。」

馬婆子被打死了？她怎麼一點消息都沒收到？晉王妃心中咯噔一下，隨即喊起冤來。「王爺，妾身怎麼會做出這樣的事情呢？您要相信妾身呀！二十多年了，您還不知道妾身是怎樣待佑哥兒的嗎？他打小身子不好，是妾身挺著大肚子徹夜照顧他的呀！有什麼好東西，妾身都是先緊著他，就是妾身親生的三個都得退一射之地。妾身待大公子比親生的還親，怎麼會做出這樣的事情？王爺，妾身是冤枉的……」晉王妃哭訴著。

還有王爺那句話是什麼意思？找個人替她分擔，能替她分擔的也只能是側妃了，難道王爺要納側妃，還是想要抬舉後院的哪位？

其實她還真的挺冤枉的，她只是看不過沈薇被皇后娘娘看重，想要拿捏她一把，她說的削減分例也只是稍稍地減上一些，大的動作也是不敢的。誰知道大廚房那個馬婆子自作聰明，以為王妃厭棄了大公子、大夫人，為了討好王妃，就使勁作踐他們。

晉王爺冷眼瞧著，見她哭得傷心，心裡不由軟了一下。想起佑哥兒小時候，王妃確實待他很好，有一回佑哥兒發高燒，是王妃挺著肚子守了他兩天一夜，為此還動了胎氣；也是為了照顧生病的佑哥兒，王妃才忽略了燁哥兒和炎哥兒。

這一樁樁一件件事打他眼前閃過，晉王爺動搖了，可想到皇兄的警告，他的心又硬了下來，也不敢完全相信宋氏了。

「以後佑哥兒兩口子院子裡的事，妳就不用管了。」晉王爺說出了決定。一邊是妻，一邊是子，他也很為難啊！

晉王妃的心一沈，卻聽到晉王爺繼續說道：「至於大廚房，既然妳管不好，那就讓佑哥兒媳婦管吧，沒事妳就不用出院子了。」說罷，大踏步離開了。

晉王妃一下子跌坐在地上。王爺這是禁她的足？這對一個當家主母來說是多大的屈辱啊！她還有什麼臉面對兒媳和府裡的下人？

「王爺，你的心怎麼這麼狠呢？」晉王妃呵呵笑了起來，眼底滿是嘲諷。什麼恩愛兩不疑，騙人的，全是騙人的！

看著魔怔似的王妃，下人們可嚇壞了，還是施嬤嬤和華煙、華雲大著膽子上前攙扶。「王妃，您別傷心，王爺定是受了奸人的蒙蔽。您別洩氣，等過幾天王爺消了氣，您再跟他分說明白。」

晉王妃卻只是呵呵笑著，好似沒有聽到。她搖晃著身子站起來，剛走了一步，就一頭撲倒在地上，昏死過去。

施嬤嬤等人大駭。「王妃、王妃，您怎麼了？快，快請大夫啊！」整個院子都雞飛狗跳起來。

第一百零九章

回到外院的晉王爺心裡也不好受，他本就不是殺伐決斷的人，今日懲罰了王妃，心裡可沈重了。那畢竟是自己的王妃，三個兒子的母親，他情竇初開便喜歡上的人，他們一起相守了二十多年，二十多年啊！

一時間，王妃那張梨花帶雨的臉，以及那幾樣清湯寡水的飯菜輪流出現在眼前，攪得他的心一刻不得安寧。他甚至想，佑哥兒為何要回來，他若不回來，王妃還是那個賢良的王妃，他也不會有這麼多煩心事。

晉王妃暈倒的消息報到晉王爺的院子，下人自然不敢怠慢，立刻就往裡面通傳。晉王爺一聽，站起來就往外走，走了兩步又停住腳步，沒好氣地道：「暈倒了就傳太醫，找本王有何用？」

屋內的奴才都縮著肩，不敢去觸王爺的霉頭。

太醫來得很快，給晉王妃診了脈又扎了針，晉王妃才徐徐醒過來。圍著她的下人們鬆了一口氣，尤其是施嬤嬤，高興得都落了淚。「菩薩保佑，王妃您可醒了，可把老奴給嚇壞了。」

晉王妃想要坐起來，卻連抬手的力氣都沒有。她側了側頭往外看。「王爺呢？」

看著王妃眼底的希冀，施嬤嬤和華煙都忍不住撇過頭去。「王爺出府了。」施嬤嬤撒了一個善意的謊言。「王妃您別急，已經打發人去找了，您還是顧好自己的身子吧。好端端的怎麼就暈倒了？可把奴婢們嚇壞了。」

華煙也道：「大夫都說了您是憂思過重，現在四公子的婚事都已經定下來，您就少操心一點吧。」大夫還說了一句急火攻心，但作為晉王妃身邊最倚重的大丫鬟，趨利避害已成為華煙的本能。

晉王妃本就是精明的人，如何聽不出施嬤嬤和華煙的敷衍。「我知道王爺這是怪著我呢……」她的臉上滿是失望，強撐的一口氣也洩了下來，只覺得腦子裡嗡嗡作響，心裡也堵得滿滿的。

施嬤嬤待要再開口，被晉王妃搖頭止住了。她閉上眼睛，只覺得好累、好絕望。

這不是晉王爺第一次對她發火，卻是第一次王爺得知她暈倒，卻沒過來看她。以往她但凡有個咳嗽頭疼，王爺都緊張得不得了，看來這回王爺是真的生她的氣了……呵，她陪在他身邊二十多年，為他生兒育女打理王府，為他做了那麼多，最終還是抵不上那個賤種。

施嬤嬤等人只看到一滴眼淚順著晉王妃的眼角滑下，卻面面相覷，不敢再勸說什麼。

晉王妃暈倒和得到大廚房的兩個消息同時傳到沈薇耳中，她很不厚道地笑了。不過晉王爺對王妃可真好，把大廚房撥給她也不過是為了安撫。她是要隨徐佑搬去郡王府，得了大廚房又能管多久？最後大廚房還不是要回到晉王妃手裡？晉王爺此舉可都是為王妃著想，就不知王妃明不明白王爺的一番苦心？估計是不明白吧，不然怎麼就氣暈了？

無論是大廚房，甚至是晉王府的中饋，沈薇都沒瞧在眼裡。她跟徐佑早晚是要搬去郡王府的，即便拿到晉王府的中饋又怎樣？她能管幾天？勞心勞力地為他人作嫁衣裳的蠢事，她才不幹呢。不過既然晉王爺都發話了，她也不會傻乎乎地往外推，掌了大廚房，至少她能吃得舒心一些。

只是晉王妃暈倒了，身為兒媳的沈薇自然要去侍疾，不然便是大不孝。

到晉王妃的院子，吳氏和胡氏已經在那兒了，正圍著晉王妃嘘寒問暖。

「二弟妹、三弟妹來得這般快呀，母妃您這是怎麼了？好端端的怎麼就暈倒了？」沈薇面帶關切地道。

一聽到沈薇的聲音，晉王妃沒來由地眼皮子跳一下，擠出一個虛弱的笑容道：「沒事，估計是太累了，昨晚又沒歇好，起來得猛些，靜養些日子就好了。」

吳氏蹙著眉頭。「瞧母妃的臉色蒼白，哪會沒事？母妃可得聽太醫的好生養著。」她管著府裡的部分事情，隱約知道婆婆暈倒之前好像跟王爺有過爭吵。

沈薇也皺著小臉，點頭附和。「對呀，二弟妹說得對，母妃您可別逞強，不把自個兒身子當一回事，等出了事可就後悔莫及了。」

唯獨在院子裡養胎的胡氏啥也不知道，還真當婆婆是累著了，不好意思地道：「都怪兒媳身子骨不爭氣，無法替母妃分憂，反倒累得母妃暈倒。」

胡氏正懷著身孕，而且胎象也不大穩當，自孩子上身到現在快三個月了，都見了兩回紅，還好是有驚無險。晉王妃對她這一胎抱著極大希望，自然是勒令她在屋裡養著，啥都不讓她操心，就連每日的請安都免了。

「妳們有心了，我這一病估計得靜養些日子，府裡其他的事有燁哥兒媳婦操持，我不擔心，唯獨大廚房我放心不下。佑哥兒媳婦妳是聰慧的，這大廚房的事妳就多費費心吧。」晉王妃試探道。

大嫂管大廚房？吳氏和胡氏的心均一跳。

沈薇心中嗤笑。明明是王爺吩咐她管大廚房，怎麼就成王妃拜託她了？可真會往自個兒臉上貼金。

「兒媳哪裡管過事？但為了讓母妃能安心養病，兒媳也只好硬著頭皮接了這差事。兒媳什麼都不懂，還得母妃多指點呢。」沈薇停了下，又道：「馬婆子做了錯事被父王發落，兒媳就提了二管事補上她的缺。大廚房的一應事務還跟母妃您管著時一樣，哪處出了紕漏，我只管找負責的那個人。對了，兒媳還把身邊的陳嫂子派過去，她在兒媳身邊服侍好幾年了，知道兒媳的口味，兒媳便讓她專門管兒媳和大公子的飲食。」

晉王妃的眼皮子又是一跳。怎麼老覺得沈氏話中有話？難道這個沈氏是在扮豬吃老虎？

還是真如施嬤嬤說的那樣，沈氏的八字跟她有些妨礙？

晉王妃覺得應該是後者，對，是沈氏的八字不好剋了她。當初賜婚時不就傳出沈氏命硬嗎？她想到這裡，心中便有了主意。

當施嬤嬤委婉地跟沈薇表示，讓她晚間給王妃侍疾的時候，沈薇已經有準備了。施嬤嬤還一個勁兒地解釋。「世子夫人身邊還養著兩位小姐，實在脫不開身。三夫人又有了身孕，不宜勞累，便只能辛苦大夫人留下來幫王妃端個茶遞個東西了。」

沈薇滿不在乎地擺手，正色道：「瞧施嬤嬤說的，為母妃侍疾是兒媳應盡的孝道，什麼辛苦不辛苦的，不都是應該的嗎？我是長媳，可不得帶個頭？梨花，妳回咱們院子一趟，跟大公子說今晚我不回院子了，要留在這裡給母妃侍疾。妳也不用再過來了，我這裡有月桂就行了。」

晚飯是在晉王妃的院子用的，晉王妃躺在床上起不來，整個院子便只有沈薇一個正經主子，她用陳嫂子親自送過來的飯菜，可開心了。

沈薇用罷晚飯就轉進內室。晉王妃正靠在床頭，旁邊的桌上放了一碗瘦肉粥，不等晉王妃開口，沈薇便先聲奪人。「華煙姑娘還磨蹭什麼？都什麼時辰了？還不快伺候母妃用飯？」

一旁立著的華煙剛要端起碗，被晉王妃的眼神止住了，知她心意的施嬤嬤趕忙道：「大夫人，還是您辛苦一下服侍王妃用飯吧，這樣方顯您的孝心。」

「好呀！」沈薇笑著睨了施嬤嬤一眼，爽快地答應了，但也提醒道：「母妃，其實兒媳可想服侍您用飯了，只是兒媳沒做過伺候人的活兒，若是哪裡做得不好您可別介意。」

晉王妃自然表示不介意，嘴上說著勞累佑哥兒媳婦，心裡可得意了。

可是，晉王妃的得意只維持了一會兒，為何呢？一碗瘦肉粥只餵了一小半就廢了她身上的衣裳和被子。

晉王妃的面色黑得跟鍋底似的。這個沈氏是故意的吧？她瞧得很清楚，那勺子是往她的嘴而來，怎麼偏偏倒在她的衣裳和被子上？這還算好，有兩勺還戳到她的鼻子上，弄得她臉上都黏糊糊的。

「行了，妳擱下吧，華煙過來伺候。」晉王妃一把推開沈薇，語氣也變得惡劣。

沈薇十分委屈。「母妃，兒媳早說了不會伺候人，沒經驗，是您自個兒說了不介意的。」

晉王妃看著沈薇那隨時都要哭出來的表情，心裡跟塞了一大塊鉛似的，別提多堵心了。「好了，我又沒有怪妳，一邊坐著歇著吧，華煙、華雲過來伺候。」

沈薇如釋重負地在椅子上坐下。其實她是想坐在榻上，畢竟榻柔軟，坐著舒服，可她瞧了半天，原本放置軟榻的地方空空如也，她頓時就明白了晉王妃的打算。

連軟榻都搬出去了，這是想要逼她整夜不睡了？

沈薇在月桂耳邊低聲吩咐了幾句，月桂點點頭便退出去了。

華煙和華雲，連帶施嬤嬤一起扶著晉王妃洗了臉，換了衣裳，又換了一條錦被。這一番折騰下來，那碗瘦肉粥早就涼透了，只好吩咐大廚房再送一碗過來。

等第二碗瘦肉粥送上來的時候，晉王妃已經餓得飢腸轆轆。

晉王妃用完了一碗瘦肉粥，意猶未盡，剛開口再要，坐在一旁的沈薇道：「母妃，您還病著呢，晚上可不能貪多積了食。」

施嬤嬤也勸。「大夫人說得對，王妃若是愛吃這粥，明早再讓大廚房做就是了。」

晉王妃可鬱悶了，還餓著呢，怎就積食了？她非鬧著要再吃一碗。

沈薇耐著性子勸。「母妃，您可別把自個兒身子不當一回事，您已經吃了一碗，一會兒還得喝藥，可不能再吃了。若是您實在想吃，過兩個時辰行嗎？」

施嬤嬤等人也以為王妃生病，心情不好使性子，便苦口婆心地勸著，把晉王妃氣得臉都綠了。

如此一來，晉王妃看沈薇更加不順眼了。

「佑哥兒媳婦，母妃想更衣，妳過來伺候母妃吧。」晉王妃不懷好意地道。餵飯不會，總不能連扶個人都不會吧？喔，所謂的更衣就是上廁所唄！

「兒媳來扶您，您小心一點啊！」沈薇乖巧地過來，攙著晉王妃就下了床。

晉王妃的腳一沾到地上，便把整個身子全壓在沈薇身上。沈薇眼底閃過狡黠的光芒，腿一軟，腳下一個趔趄，整個人就勢往一旁倒去。以她的身手能摔著才怪，是以施嬤嬤等人看見她摔倒在地上，實則她只是輕輕和地面接觸了一下，反倒是被她扶著的晉王妃被扯得重重摔在地上。

「唉唷，華煙、華雲，還杵著做什麼？還不快過來幫忙把王妃扶起來？本夫人一個人可扶不動。」沈薇飛快地從地上爬起來去拉晉王妃，那個力度扯得晉王妃的胳膊都要斷了。「母妃，您沒事吧？」

晉王妃疼得說不出話，好半天才緩過氣，狠狠瞪了沈薇一眼，也不敢再讓她扶了。

沈薇摸摸鼻子也不生氣，好脾氣地繼續回椅子上坐著，還跟月桂說：「王妃生病心情不好，我這個做晚輩的哪能跟她計較？」

晉王妃更衣出來正好聽到這句話，差點沒再次摔倒。

晉王妃出盡了么蛾子，一會兒要喝水、一會兒要更衣，一會兒又嫌腰疼——反正把能想到的手段都使出來了。沈薇老神在在地坐在椅子上紋絲不動，只把施嬤嬤、華煙和華雲支使得團團轉。

晉王妃點她過去服侍，她也不惱，樂呵呵地過去，只是總會出些狀況，不是把茶水灑在她身上，就是把她捏得唉唉直叫。

兩次之後，晉王妃再也不敢讓她服侍了，可又不甘心，便想著既然不會服侍，那就別睡覺好了。

她這想法還沒起，就見兩個粗使婆子抬著一張軟榻進來了。「大夫人，您瞧瞧放在什麼位置？」

沈薇手一指。「喏，就那裡吧。」她指的位置正好是原來軟榻放置的地方。

「母妃，兒媳趕緊瞇一會兒，攢點精神，晚間好服侍您，有事您叫兒媳。」說罷就歡喜地爬上軟榻，月桂扯過涼被給她蓋上，不一會兒，均勻的呼吸聲就響了起來。

晉王妃氣得狠狠地在被子上捶兩下，更加不甘心了。

這一夜，晉王妃是不到半個時辰就折騰沈薇一回。可沈薇還怕晉王妃折騰？她被喊醒也不起來，支著頭躺在軟榻上直接吩咐華煙、華雲幹活；至於月桂，她壓根兒就沒捨得使喚。

第二天清晨，沈薇神清氣爽地從軟榻上下來，裝模作樣地捶捶腰，懊惱地道：「伺候了母妃一夜，可真是累死了。」

一副萎靡不振的晉王妃聽了這話，差點一口氣喘不上來，滿臉憔悴的華煙和華雲也一副撞鬼的模樣。

至於施嬤嬤，她年紀大了撐不住，半夜就尋了個藉口出去瞇著了，把伺候王妃的活兒丟給華煙、華雲兩個。一夜折騰下來，兩個水靈靈的大姑娘跟缺了水的花兒似的，無精打采。

晉王妃此時睏得眼皮子都睜不開，也沒精力繼續折騰沈薇了，讓立在一旁的華煙、華雲鬆了一口氣。

第一百一十章

瞧晉王妃臉上的皺紋都出來，眼底烏青，一下子老了十歲都不止，沈薇的心情可好了，恭敬又親熱地道：「母妃，兒媳扶您洗漱去吧。您是要先喝點茶，還是想先去更衣？」

晉王妃強打起精神，恨不得能把眼前這張礙眼的笑臉撕了。折騰了一夜，她也是筋疲力盡，算是瞧清楚了，這個沈氏哪裡是個軟弱好拿捏的？分明就是個奸猾有心計的！居然連她都被騙過了，難怪能入了那個小賤種的眼。王爺還當她是個好的呢，哼，看她不揭了她的假面皮！

晉王妃氣得說不出話來，沈薇更痛快了，還想再刺激她幾句，華煙提著心趕忙說道：「哪裡需要大夫人親自動手，有奴婢們在呢。」大夫人趕緊走吧，走了，王妃就消停了，奴婢們才能安生呀！

若是真讓大夫人動手，不定會出什麼狀況，最後遭罪辛苦的還是她們這些做奴婢的。華煙比華雲要聰明，為了免遭池魚之殃，她哪敢再讓大夫人動手。

晉王妃也強撐著開口，聲音沙啞晦澀。「妳歇著吧，有華煙、華雲。」她可不敢再讓沈氏伺候，昨晚摔的那一下，她背部到現在還疼呢。

沈薇輕扯嘴角。「既然母妃這般體恤兒媳，那兒媳就領了母妃的情。」

恰在此時，吳氏過來請安。沈薇眼一閃，順勢說道：「二弟妹來啦，白天就由妳給母妃侍疾吧，我實在撐不住了，回去歇會兒，等晚間我再來替妳。」

吳氏見大嫂揉著眼睛打呵欠，一副快要跌倒的模樣，忙道：「大嫂放心回去歇著吧，母妃這裡有我呢。」

吳氏一進內室，看到婆婆臉上的憔悴，頓時嚇了一大跳。「母妃您這是……可是昨夜病情又加重了？快去給世子爺遞個消息，讓他從宮中請個太醫。」

晉王妃急忙擺手，這個動作大了點，只覺得眼冒金星，眼前一黑，身子一軟就倒在枕頭上。

吳氏更急了，瞪著立著沒動的華煙、華雲。「還杵在那兒做什麼？沒聽到主子的話？」一邊去扶婆婆。若是婆婆有個什麼好歹可怎麼辦？想了想，她又道：「去，給王爺也遞個消息。」

「不許去。」晉王妃頭疼欲裂，緊緊拽著吳氏的袖子，費力吐出這幾個字。

吳氏趕緊轉身勸她。「母妃，現在可不是跟父王置氣的時候，您都病成這樣了，就別那麼執拗了。」

「不許去。」晉王妃依舊拽著吳氏的袖子，態度十分強硬，並以目示意華煙、華雲。

兩人沒法，只好硬著頭皮上前道：「世子夫人，王妃沒啥大礙，就是昨夜沒睡好，現在精神不濟，讓奴婢伺候王妃好生睡上一覺便好了。」

吳氏狐疑。「真的？」一群奴才伺候著怎麼會睡不好？不過瞧婆婆眼底重重的青色，還真像是沒睡好的樣子。

待她看清華煙、華雲的臉色，又是一驚。

要知道能被選上做晉王妃身邊的大丫鬟，不說多貌美，至少也得是個長相清秀的吧？華煙和華雲也都是美人。

可兩人卻是臉色蠟黃，憔悴得不像樣，這是怎麼一回事？

華煙、華雲哪會沒看見世子夫人眼裡的疑惑，但她們能說什麼？婆婆跟兒媳鬥法，婆婆還輸了，當著王妃的面這話怎能說出口？

沈薇回到院子，徐佑已經坐在飯桌旁等了，瞧了瞧她的臉色還好，才放下心來。昨兒他一聽說晉王妃留她夜間侍疾，當下就炸了，二弟妹、三弟妹都不侍疾，獨獨留了他媳婦，他娶個可心的媳婦可不是讓人作踐的。

還是梨花及時傳達沈薇的意思，說夫人讓他安心在院子裡等，她自有打算。

徐佑硬生生地停住了腳步，雖然捨不得沈薇辛苦，但也知道那小丫頭的性子，她既然這麼說，肯定是有所籌謀，自個兒若是一意孤行壞了那丫頭的事，她又要衝自己生氣了。

徐佑這才沒去晉王妃的院子。躺在那張兩個人的婚床上，怎麼也睡不著，鼻端明明全都是她醉人的馨香，卻覺得一室冷清。身邊少了一個人，心裡卻好似缺了一大塊。

「唉呀，這麼多好吃的，真是餓死我了。大公子，你對我可真好，妾身好感動啊！」沈薇看到一桌子都是自己愛吃的，拿起筷子挾了一個水晶蝦餃扔到嘴裡，眉開眼笑。「人生最幸福的事就是每天早晨能吃到水晶蝦餃，人生最最幸福的事是每天早晨不僅能吃到水晶蝦餃，還有美男陪伴。」她一本正經地調戲著，瞅著徐佑，深情款款的樣子。

徐佑瞧著她耍寶，焦急冷寂的心一下子就熱起來。「快去洗漱吧，我等著妳用飯。」

沈薇嘟囔著。「等等、等等，再讓我吃一個。」她又挾了一個蝦餃塞進嘴裡才朝內室走去。

用罷早飯，沈薇眉飛色舞地講述了昨夜是怎樣和晉王妃鬥智鬥勇。「你沒瞧見王妃那張臉，憔悴得跟昨日黃花似的，王爺見了她估計都認不出來。」

吐嘈了一遍，又轉頭不要臉地表揚自己。「欸，上哪兒找我這麼孝順的兒媳去？誰家兒媳能給婆婆整夜侍疾？我覺得這種行為值得宣揚提倡，你覺得呢？」沈薇虎視眈眈地盯著徐佑，好似只要他敢說一個不就立刻掐死他。

對上她凶巴巴的小眼神，徐佑清咳一聲，正色道：「為夫亦覺得夫人堪為京中賢婦典範。江白，沒聽到主子的話嗎？還不快辦差去！」

「是，奴才這就去辦。」不就是往外頭傳幾句小話嗎？這差事他現在做得可熟練啦！

晉王妃睡了一整天，連飯都是在床上用的，黃昏時分終於有了精神，對丫鬟吩咐。「去瞧瞧大夫人來了沒有，讓她趕緊過來給本王妃侍疾。」語氣中帶著隱隱的興奮。

丫鬟還沒出屋子，沈薇的聲音就響了起來。「母妃，兒媳給您侍疾來啦！您可感覺好點了嗎？」

晉王妃看著緩步進來的沈薇，宛如立刻進入備戰狀態，從牙縫裡擠出兩個字。「不好。」

沈薇善解人意地問：「母妃，您哪兒不舒服呀？」

「我全身都不舒服，頭暈、腰疼，腿也疼，沈氏還不快來給我搥搥腿。」晉王妃也不再做表面功夫了，直接稱呼沈氏。

沈薇心想，好好的人睡上一整天都腰痠背痛，妳不好那就對了。

「母妃確定要兒媳幫您搥腿？兒媳沒伺候過人，手底下沒輕沒重的，您可千萬得多擔待。」她好心提醒道。

「一回生二回熟，多練幾回就會了。放心，母妃不會嫌棄妳的。」晉王妃咬牙說道，她真不甘心放過折辱沈薇的機會。

「母妃言之有理，兒媳就多練練吧，等練好了，伺候我們家大公子去。」沈薇巧笑嫣然的樣子。

望著漸漸走近的沈薇，晉王妃沒來由地心中恐慌。「算了，不用妳搥了，省得大公子又怪我不體恤妳。華煙，妳來。」

沈薇卻不想放棄。「母妃，還是兒媳幫您吧，兒媳雖然沒經驗，可心是誠的。」

「不用。」晉王妃沒好氣地推開她伸過來的手。「還是讓華煙來吧。」

「那就多謝母妃體恤了。」沈薇面上表情可遺憾了，還小聲地嘀咕了一句。「還以為能練練，回去討好大公子呢。」雖是小聲，可室內的眾人全都聽見了。

晉王妃放在身側的手猛地握緊了。夜還長著呢，有妳好受的！她覺得自己睡了一天，攢足了精神，就沒想過人家沈薇也是養足了精神來應戰。

「這個丫鬟瞧著有些眼生，妳怎麼沒帶月桂過來。」晉王妃一眼瞧見沈薇身後立著一個從沒見過的丫鬟，十三、四歲的樣子，穿一身杏紅色的衣裳，眉眼也生得精緻，待大上兩、三歲也不比她身邊的華煙差。

沈薇道：「回母妃話，月桂昨兒跟著熬了一夜，兒媳便讓她歇著去了。下人也是人，咱們做主子的總不好太苛刻吧？這個丫鬟叫落梅，是兒媳跟前的二等丫鬟。」落梅有個優點，那就是精神好、能熬夜。

這話噎得晉王妃難受，也讓華煙、華雲心裡堵得慌，不由生了埋怨。

大夫人都知道體恤下人，王妃倒好，拿她們姊倆當鐵人使喚。她倆昨晚熬了一夜，白天又忙了一日，到現在王妃都沒發話讓她們下去歇息。

至於施嬤嬤，哼，那個老貨今兒一早就報了病，說是染了風寒，怕過了病氣給王妃，就不過來了，以為誰不知道她是裝病？兩人忿忿不平。

晉王妃想折騰沈薇，可她哪是沈薇的對手？這不，晉王妃又搬起石頭砸自己的腳上了，沒折磨到沈薇，反倒把自己折騰得憔悴不堪。同樣憔悴不堪的還有華煙和華雲，兩人眼裡布滿血絲，身形搖晃，一副馬上就要站不住的虛弱模樣，瞧得沈薇可同情她們了。

再看看自己的丫鬟落梅，除了人顯得疲憊一點，精神比華煙、華雲強上一百倍。就是這樣沈薇也心疼，落梅這丫頭看著個子高，其實還差兩個月才滿十三，還是個孩子，正需要充足睡眠長身體。

「累著妳了，好丫頭，回去就給妳放假漲月錢。」沈薇拍著落梅的肩許諾。

落梅卻傻傻地笑了，眼裡透著歡喜。「夫人，奴婢一點都不累。」

「傻丫頭。」沈薇摸著落梅的腦袋笑道。

接連三晚，晉王妃都沒能如願，可她似乎跟沈薇槓上了，屢敗屢戰，這不，又使丫鬟來請她去侍疾了。

沈薇倒是無所謂，她不過是換個地方睡覺，不介意多折騰晉王妃幾回，可是又擔心晉王妃若是不禁折騰，一命嗚呼了怎麼辦？身為繼子好像也是要守孝的吧？一想到要給那老妖婆守孝，她心裡就無比膈應。

徐佑早就不耐煩了，他娶了媳婦卻還要獨守空房是什麼意思？那個老妖婆是成心給他添堵，若不是沈薇死命攔著，他早衝到晉王妃的院子裡打砸了。

這一天清晨，再次把自己折騰了一夜的晉王妃忍不住了，抄起床上的玉枕就朝沈薇砸去，臉上滿是怒容。「沈氏，妳這個黑了心肝的！妳這是侍疾還是要氣死我?!」

沈薇沒想到晉王妃會突然發難，身體的反應快過大腦，迅速往旁邊一閃，玉枕重重地砸到牆上。待她看清砸過來的是個玉枕，眼底鋒芒閃過。這是想要她的命呢，好在是她，換成一般的閨秀，這玉枕砸在頭上，不死也得去了半條命。

迎上沈薇冷冽的目光，晉王妃眸中瞳孔一縮，卻仍梗著脖子。「怎麼？我有說錯妳了嗎？丟下生病的婆婆不管，自個兒舒服地睡覺，妳沈氏就是這樣給我侍疾的嗎？」

沈薇冷笑一聲，隨即臉上便浮現憤怒和悲傷。「原來母妃這般厭惡兒媳呀！母妃您終於說出心裡話，不再矇騙兒媳了嗎？您都有力氣砸兒媳，看來這病也是裝的吧？虧兒媳還巴巴地跑來給您侍疾，熬了一夜又一夜，您還有什麼不滿的？母妃是要冤枉死兒媳嗎？您不喜兒媳可以明說呀，兒媳保證不過來礙您的眼，可您這般搓磨兒媳是為哪般？好歹兒媳也是聖上親封的郡主，您讓兒媳還有何臉面活著？」沈薇朗聲說著，捂著嘴巴往外走。

剛走出遊廊，迎面就碰到了晉王爺，沈薇眼珠子一轉，眼淚嘩啦啦地流了滿臉，哽咽著道：「父王，兒媳給母妃侍疾，整整熬了五夜，哪知母妃竟然是裝病，只為了折騰兒媳……她、她剛才不僅罵了兒媳，還拿玉枕砸了兒媳，這分明是要逼死兒媳呀！兒媳沒臉活了……」說罷，用帕子掩面，小跑著奔了出去。

月桂在後頭追。「夫人，您別傷心，王妃不是故意砸您的。」

晉王爺臉色一變。「小泉，快去瞧瞧大夫人，可別讓她尋了短見。」

長隨慌忙追了過去，晉王爺眉頭緊鎖，一轉身，朝院子裡走去。

要說晉王爺怎麼來了，這還得從吳氏說起。晉王妃每天清晨都一副萎靡不振、憔悴不堪的模樣，一晚睡不好還說得過去，哪能天天晚上都睡不好？吳氏就生了疑，把華煙、華雲叫過來一審問，華煙和華雲眼看著瞞不過去，只好支支吾吾地把實情說了。吳氏一聽，頓時驚訝得張大嘴巴，隨後是深深的鄙夷。

她這個婆婆當初也是名門貴女，怎麼手段越來越不堪？尤其是想折騰別人反倒把自個兒填進坑裡，這讓出身吳國公府的吳氏怎能看得起？

可是王妃是她的婆婆，她雖有想法卻也不能表露出來，只好語焉不詳地在世子爺徐燁跟前提了提。「母妃都病了好幾日，大前兒大夫都說沒啥大礙了，妾身想著母妃這是跟父王置氣呢。要妾身說，夫妻之間哪有隔夜仇？母妃許是拉不下臉來，妾身是兒媳也不好多勸，夫君您身為兒子，不妨去跟父王說說，母妃這般病著全家都跟著揪心，大嫂已經連著侍疾五晚，大伯該有意見了。」

徐燁想了想，看過王妃後就去外院尋他爹說話。也不知他是怎麼跟晉王爺說的，反正晉王爺第二日一早就過來看晉王妃了。

第一百一十一章

晉王爺進到屋子裡時，正兵荒馬亂著。誰也沒想到王妃會突然發了脾氣，還用玉枕砸大夫人。等她們從震驚中回過神來，大夫人已經跑出去了，想去追也遲了，或者說她們壓根兒不敢去追。沒見王妃跟大夫人都撕破臉了嗎？她們是王妃的丫鬟，若是去追大夫人，落入王妃的眼裡豈不就是吃裡扒外了？

晉王妃也是氣得夠嗆，狠狠拍著被子大聲咒罵。

晉王爺首先看到的便是躺在地上的碎玉枕，想起剛才沈氏的話，臉色越發難看了。他朝床上望去，華煙、華雲正圍著王妃勸說。

「王爺！」還是華雲發現了晉王爺，驚呼了一聲，趕忙請安。「奴婢給王爺請安。」

晉王妃看到背著手站在門口的晉王爺，也是一驚，隨即各種滋味湧上心頭。「王爺，您終於來瞧妾身了嗎？」

那哀怨的語氣讓晉王爺滿心的不豫消散了些，想到已經冷落了她好幾日，不由嘆了一口氣。「病了就好好養著，瞎折騰什麼？」

晉王妃一聽這話，委屈就上來了。「王爺還記得妾身是病了？妾身還以為王爺惱了妾身，再也不願意見妾身了。」

晉王爺又嘆了一口氣。宋氏向來要強，打做姑娘時自尊心就很強，何時見過她這般模樣？不由想起往昔的恩愛，抬步走了過來。

「王妃這是怎麼了？」晉王爺看清王妃的面容，頓時大吃一驚。不過短短幾日沒見，雍容高貴的王妃怎就老了這麼多？跟個年過半百的婆子似的。

轉頭便喝斥丫鬟。「妳們是怎麼伺候王妃的？王妃病得這般重，怎麼不報予本王知曉？傳太醫了沒有？」

華煙、華雲等丫鬟立刻跪地請罪。「奴婢該死，都是奴婢的錯。」

還是華煙大著膽子道：「回王爺話，請的是千金堂的王老大夫。」她偷偷瞧了一眼王爺的臉色，沒敢說王老大夫的診斷。

晉王爺的臉立刻拉下來。「怎麼沒請太醫？」

華煙咬著唇不敢說話，也不敢去看王妃。她能說是王妃不讓嗎？只把頭垂得低低的。

室內跪著的下人大氣不敢出，晉王爺更加來氣了。「妳們就是這樣伺候主子的？全都該死！」

這時，晉王妃幽幽地開口了。「王爺要怪就怪妾身吧，不關她們的事，是妾身不讓她們去請的。」

晉王爺抬起的手一下子頓在半空，好半天才徐徐落下，面色複雜地望著晉王妃，苦澀說道：「妳這是何苦呢？再怎麼著也不能拿自個兒的身子折騰，妳……唉！」

晉王妃的眼淚一下子就流了下來，她撇過頭去。「王爺惱了妾身，妾身活著還有什麼意思？還不如死了乾淨。」

晉王爺一聽這話，加上晉王妃一臉病容，立刻就心疼了，坐在床邊把王妃攬在懷裡。「什麼死呀活的，少胡說！都一把年紀了氣性還這麼大，我這不是來看妳了嗎？」

晉王妃臉上的淚流得更凶了，顫抖著聲音道：「妾身就是這個脾氣，王爺還不知道嗎？」她順勢倚在晉王爺的懷裡，臉貼在他的肩窩。

晉王爺只覺得脖子上濕漉漉的，一陣滾燙，心中更加不是滋味了。打從初識宋氏，除了一開始的那段波折，他們相濡以沫了二十多年，從沒爭吵過，連臉都沒紅過。這二十多年來，宋氏把王府和他的生活打理得井井有條，從未讓他操過心。

「好了，算是本王錯了成了吧？妳也真是的，跟個孩子一樣，還賭上氣了，都是抱孫子的人了，也不怕被人笑話。」晉王爺的語氣軟了下來，想了想又道：「我剛才看到沈氏哭著跑出去了，妳訓斥她了？她初為新婦，有不對的地方妳好生教她便是，那麼嚴厲做什麼？」

一聽晉王爺提起沈氏，晉王妃頓時火氣上來了。「王爺，妾身哪敢訓斥她呀？今兒妾身可瞧清她的真實面目了，來給我侍疾不情不願的，只顧自個兒睡覺，妾身想喝口水，她都不伸手，這哪是來給我侍疾，專門來氣我的吧？說她一句都不行了？難不成妾身要把她當祖宗供著？」說著說著，她的情緒激動起來，劇烈地咳起來。

「有話好好說，妳那麼激動幹什麼？」晉王爺趕忙幫她拍後背，接過華煙遞過來的茶杯送到她嘴邊。「來，喝口茶順順。」

等晉王妃的咳嗽平息下來，晉王爺才道：「那妳也不能拿玉枕砸她呀！她是新婦，還是聖上親封的郡主，祖父又是太子太傅，妳總得給她留幾分面子吧？」

「這不是沒砸到嗎？」晉王妃嘴硬地嘀咕一聲，其實她心裡也虛著，暗自慶幸那玉枕沒砸到沈氏身上，不然這事可就不能善終了。此時她倒是想起沈氏是郡主，出身忠武侯府，她雖然貴為王妃，可心裡清楚聖上對自己不待見，若是沈氏或沈老侯爺告到聖上御前，那她肯定是要受申飭的，臉可就丟大了。

晉王爺何嘗沒聽出王妃底氣不足，無奈地搖頭。「妳呀，若實在不喜沈氏就不見她唄，何至於跟個小輩計較？她到底是佑哥兒媳婦，妳多擔待些吧。」

「王爺只覺得沈氏受了委屈，難道就沒想過妾身受的委屈嗎？怎麼說妾身也是做婆婆的，難道要妾身去討好她這個做兒媳的嗎？」晉王妃滿心的不滿。整整五晚，她是一點便宜都沒占到，還把自個兒折騰成這樣，這讓她如何甘心？

晉王爺還真沒覺得王妃受了委屈，沈氏看著就是個性子軟的，哪是敢頂撞婆婆的人？不過想著王妃此時還在病中，晉王爺也不敢再刺激她，便道：「她小孩子家家不懂事，妳莫要和她計較。」

晉王妃仍是氣呼呼的，正在此時，小廝慌慌張張地跑進來。「王爺，不好啦！大公子要、要帶大夫人搬出王府去！」

「什麼？」晉王爺頓時驚得站起來。「小泉呢？到底怎麼回事？」

那小廝使勁嚥了嚥口水，才道：「小泉管事在大公子院子勸著呢！大夫人哭著回了院子，就鬧著要撞牆，大公子得知大夫人在王妃這裡受了大委屈，當下就吩咐下人套車，說、說既然王妃看他們不順眼，他們就搬出去，省得留在府裡礙眼遭人嫌棄。」

「大公子要搬出王府？這還沒出新婚月呢，這不是讓外人戳妾身的脊梁骨嗎？王爺啊，妾身就說那沈氏不是個好的，您還不相信，現在可信了吧？」晉王妃的臉又浮上怒色。

晉王爺的眉頭皺了皺，看了王妃一眼，道：「行了，妳先歇著吧，我去佑哥兒院子瞧瞧。」說罷就大步離開了。

氣得晉王妃又使勁地捶床。

「讓開！」徐佑瞪著攔在面前的小泉管事，冷冷說道。

小泉管事陪著笑臉，急得滿腦門子都是汗。「大公子，有事好商量，您要搬出府，怎麼也得跟王爺道別再走。」

「讓開。」徐佑的眼神可冷了。晉王妃那個老不死的今天居然拿玉枕砸他媳婦，這讓他如何能忍？「你再不讓開就別怪本公子不講情面了。」示意江黑把人拎一邊去。

晉王爺趕到的時候，正瞧見這對峙的場面。「住手！」他大聲喝道：「還不快放開小泉！」

邊。

江黑聞言，嘴角一扯，立刻把手裡拎著的小泉管事摜在地上，面無表情地走回主子身邊。

「唉唷！」小泉管事疼得齜牙咧嘴了半天才爬起來。

晉王爺的臉色難看，瞪著徐佑道：「你這是要幹什麼？」

「父王不是看見了嗎？兒子要搬出王府。兒子有自個兒的府邸，何必留在這裡受窩囊氣？」徐佑不甘示弱地道。

「胡鬧！趕緊給我回去！」晉王爺大聲訓斥。「什麼窩囊氣？你是本王的兒子，本王還在這裡住著，你要搬到哪裡去？」

雖說聖上賜了郡王府，可佑哥兒要搬過去，怎麼也得是一年半載之後，若是連新婚月都沒過完就搬去郡王府，不說外頭說閒話，就是聖上那裡也交代不過去呀！

徐佑臉上露出譏誚。「父王這是從王妃院子來的吧？受什麼窩囊氣，您不是心知肚明嗎？當著滿屋下人的面就打罵熬夜侍疾的兒媳，這不就是瞧兒子不順眼，想把兒子趕出王府嗎？兒子如她所願，惹不起還躲不起嗎？」他是一刻都不想待在王府。

面對兒子的指責，晉王爺啞口無言，張了張嘴，半天才道：「這都是誤會，王妃身體不適，情緒難免不好，你們做小輩的多擔待一些怎麼了？」

徐佑臉上的嘲諷更濃了。「父王都知道偏袒王妃，難道兒子就不知道疼媳婦嗎？兒子二十多了才娶上個媳婦，婚床還沒睡熱就得給王妃侍疾，晉王妃的兒媳只有沈氏一個嗎？二弟妹、三弟妹都是死的？不就是捨不得自己的親兒媳？滿屋的奴才伺候著，還非讓兒媳去給她守夜，有這麼折騰人的嗎？還一連守了五夜，父王您滿京城打聽打聽，誰家的婆婆有這麼不慈？」

晉王爺面紅耳赤，恨不得能一把掐死這個不孝的長子。他也知是王妃理虧，可那畢竟是他的王妃，再有錯也是長輩，佑哥兒做晚輩的就不能擔待擔待？尤其是沈氏，也不知道勸一勸，晉王爺頓時覺得沈氏不是個通情達理的了。「沈氏妳說呢？」

沈薇站在徐佑身後，一直垂著頭，被晉王爺點名，聲音裡帶著哭腔。「兒媳、兒媳不敢說……母妃拿玉枕砸兒媳，若不是月桂拉了兒媳一把，兒媳現在估計都躺床上不能動了。兒媳害怕，兒媳不敢住王府了，兒媳聽大公子的。」沈薇也不想留在王府了，是以又加了一把火。

這把火將徐佑的憤怒燒得更旺盛了，瞧瞧把小四給嚇得，這晉王府不能住了，立刻馬上得搬走！

「父王，兒子已經給您留了面子，按兒子的脾氣，沒去王妃院子鬧已經是看在您的面子上。您瞧在兒子孝順的分上就別攔著兒子，讓兒子搬走吧，省得今兒這事、明兒那事，出不盡的么蛾子。」徐佑又道。

晉王爺惱羞成怒了。「本王說不能搬就是不能搬，新婚月還沒過完，你這孽子是想讓外頭看笑話！本王是你老子，你必須聽本王的。」

徐佑冷笑。「都這個時候了，您心中想的還是您的好王妃，您把兒子置於何地？您這心也偏到胳肢窩去了，今天兒子是鐵了心要走。」

「本王說不行就是不行！」晉王爺的臉氣得通紅。「你要搬至少也得過完新婚月。說吧，只要你不搬，條件任你提。」實在無法，晉王爺只好退了一步。

「不行，必須——」徐佑現在一門心思就是搬出晉王府，身後的沈薇卻扯了扯他的衣袖，他頓時改了主意。既然媳婦有話要說，那就先聽聽他媳婦怎麼說吧。

沈薇怯生生地道：「父王，大公子也不是非要搬，他是氣得狠了。誰不知道大樹底下好乘涼，可是……」她哽咽了一聲，繼續道：「可是，兒媳好害怕，兒媳害怕母妃，不敢、不敢……」

徐佑立刻會意，接過口道：「沈氏這般害怕王妃，那就免了她的請安吧，也省得王妃看見她心情不好，不利於養病，到時這盆髒水又往沈氏頭上潑。王妃馬上就要有第三個親兒媳了，也夠她擺婆婆的譜，就放沈氏過幾天安生日子吧。」

「行！」晉王爺從牙縫裡擠出這兩個字，一張老臉青了紫、紫了黑，可難看了。

「那兒子就過完新婚月再搬吧。父王可別忘了跟王妃說，免得她又到處宣揚沈氏不孝。」徐佑壓根兒不把親爹的怒火當一回事，扶著沈薇轉身回了院子，身後的奴才也跟著呼啦啦地回去了。

走了兩步，他又停住腳步，十分有氣勢地道：「什麼大公子、大夫人？難聽死了！改口，以後全稱郡王和郡主。」

晉王爺看著隨後關上的院門，恨不得能去踹上兩腳。這個不孝子！他氣得急喘著氣。「小泉，你去跟王妃說一聲，讓她免了沈氏的請安。」至於他自己，還是回外院吧！

小泉心中暗暗叫苦，偏還不能不去，只好硬著頭皮往王妃院子走去，已經做好被王妃砸得頭破血流的準備。

晉王妃聽了小泉轉達的話，一下子栽倒在床上。這一回她是真的病了，嘴歪眼斜，小中風，幸虧太醫來得及時，給她扎了針才搶救過來，就是這樣她也養上幾日才能再開口說話。

幸虧晉王妃在養病，沒有聽到外頭的流言，不然非得氣死。

許多人暗自猜測晉王府是不是流年不利，這段日子全是關於王府的流言，繼晉王妃謀奪兒媳嫁妝，王妃削減繼子院內用度之後又出了新事：晉王妃讓繼子媳婦整夜侍疾，搓磨兒媳。

尤其是最後一則流言讓人們津津樂道，有的說：「這個沈氏八成是個運道不好的，怎麼她一進晉王府，晉王府就出了這麼多事？」

「晉王妃的偽善面孔露出來了吧？她的臉面可真大，堂堂郡主都得給她守夜侍疾，稍不順心非打即罵，真是讓人開了眼界。」

「給長輩侍疾不是應該的嗎？一個巴掌拍不響，沈氏能逼得晉王妃動手打人，也是個不省心的。」

眾說紛紜，有同情沈薇的，也有幫晉王妃說話的，總之整個京城因為晉王府而再次熱鬧起來。

第一百一十二章

待嫁的秦相府七小姐秦穎穎最近一直忐忑不安。對於晉王府的這門親事，她一開始是不大樂意的。誰不知道晉王府的四公子徐昶是個紈袴？哪個懷春少女不希望自己將來的夫婿是個上進有為的？尤其是忠武侯府的沈四嫁給了晉王府的大公子，自己若真嫁過去，豈不是被她壓著一頭？這讓她怎能甘心？

還是娘親看出了她的心思，勸她道：「傻閨女，世人講究低娶媳婦高嫁女，晉王府這門親事是咱們高攀了。那徐四公子可是聖上的親姪子，咱們家雖說是相府，但咱們到底是三房，憑妳爹那個官職妳能嫁入晉王府？人家還不是看在妳大伯和宮中淑妃娘娘的面子？」

見女兒不語，秦母又道：「那晉王府的四公子長得也是一表人才，不過是愛玩了些。男人年輕的時候哪個不是愛玩的？等娶親成了家就慢慢收了心思，而且他是晉王妃的小兒子，妳嫁過去，日子指定好過。」

秦穎穎便有些心動。對晉王府的門第她是滿意的，只是有前頭三位公子對比，她便有些不甘心，比不上世子夫人吳氏和三夫人胡氏也就罷了，難道她還不如在鄉下長大的沈四嗎？那位大公子雖說身子不好，可他占了個嫡長，而且人也長得好看。

秦母對女兒跟忠武侯府四小姐的恩怨也有所耳聞，瞧女兒微蹙的眉頭，不由說道：「妳傻了吧，那位大公子已經封了郡王，是要搬出王府的，能礙著妳什麼事？」

秦穎穎不滿地嘟著。「我就是不甘心嘛，她有什麼好的？竟然能嫁給大公子那樣的人才。」

秦母真是好氣又好笑，戳了女兒一指，道：「妳小孩子家家的，到底想得簡單，只看到大公子長得謫仙，怎麼就忘記他一年有大半年都在山上養病？他那副身子能不能留下子嗣還是兩說，沒有個傳宗接代的，再大的富貴還不是便宜了外人？沈家的那位四小姐現在瞧著是風光，以後還不定怎麼淒涼呢。妳想想，若大公子是個俱全的，聖上會封她一個郡主嗎？穎姊兒，妳聽娘的，娘不會害妳，這門親事對妳來說是最好的選擇了。」

秦穎穎聽了娘親的話，想像著死對頭將來落魄的樣子，這才有了笑容，而秦母也鬆了一口氣。這門親事不僅老爺看重，就是相爺和宮中的淑妃娘娘也看重，可不能讓穎姊兒任性。

秦母好不容易勸下女兒，還沒鬆一口氣，晉王妃搓磨繼子媳婦的流言就傳開來了。女兒的忐忑不安，丫鬟早報到她這裡，她只好放下手中的庶務往女兒院子裡走去。

「娘！」秦穎穎望著娘親，神情中滿是委屈。「那晉王妃這般厲害，女兒嫁過去——」她咬著櫻唇，臉上滿是害怕。她家祖母便是個喜歡搓磨兒媳的，雖說現在上了年歲，不大為難她娘親和大伯母了，可聽說二伯母就是被生生搓磨死的，大冬天挺著大肚子立規矩，動了胎氣，沒挺過生產那關。

秦穎穎到底是未出閣的小姐，想想就覺得毛骨悚然。

秦母看著女兒臉上的害怕，心便先軟下來，攬過女兒道：「流言大抵都是不可信的，妳不用擔心。」

「那若是真的呢？」秦穎穎還是不安。

「穎姊兒，妳要知道，這門親事是晉王妃主動相求的，衝著這一點她也不能待妳差了。再一個，妳的背後可是站著相府和淑妃娘娘呢。而且妳也聽到了，是搓磨繼子媳婦，怎麼不是她那兩個親兒媳？妳放心地嫁過去吧，她若是敢錯待妳，娘就是豁出臉面也會替妳主持公道的。」秦母摸著女兒光滑的小臉，愛憐地道。

秦穎穎望著娘親慈祥的臉龐，不由點點頭。

這一日傍晚，管家蔣伯送進來一封書信。「是個小乞兒送過來的，指明說是給夫人的。」

沈薇一瞧信封上畫了一枝桃花，立刻猜到是誰。在徐佑疑惑的注視下，她坦然接過信並拆開，兩眼掃過信上的內容，若有所思。

徐佑就跟她站在一起，自然也看到了信上的字。信裡寫著瞧見他岳父跟二皇子府的長史張繼一起在太白樓喝酒，而且已不是一次、兩次，看上去兩個人頗有幾分交情。字跡稚嫩而凌亂，不是初學者便是故意掩飾。

「誰送的信？」徐佑直接問道。

沈薇也不瞞他。「翰林院的江辰。」

徐佑很意外。江翰林？不就是迎親那天幫他作詩的那個嗎？沈小四居然跟他認識？「妳跟他有交情？」他不動聲色地問。

沈薇可得意了。「過命的交情呢，我是江辰的救命恩人，若不是我，他墳頭的草都長老高了。」然後巴拉巴拉說起了他們之間的淵源。

一聽到她在人家賭坊贏了一萬兩銀子時，徐佑的嘴角抽了抽。嗯，是沈小四能幹出來的事。

「我幫了他那麼多，他現在當官、有能力了，自然是要幫著我的，好兄弟不都是應該互相幫助嗎？」沈薇總結地道。

徐佑的嘴角再次抽了抽。還好兄弟呢，這是把自個兒當成男子了？

「妳覺得岳父跟這個張繼走得近有問題？」徐佑問道。

沈薇白眼一翻。「當然有問題了。我爹是誰？不過是在禮部擔個官職，又不是什麼要緊的官職，這個張繼可是二皇子府上的長史，八竿子打不到一起的兩個人，能認識就不錯了，還常常一起喝酒聊天，怎麼瞧都是有問題的。」

她祖父可是一條大魚，有心想更上一層樓的皇子們誰不想拉攏？可沈薇知道祖父要做純臣，只忠於聖上，雖說他是太子太傅，可他心中也是以聖上和朝廷為重，對太子也只盡教導之責。

二皇子這是在她祖父那裡無法下手，轉而找上她爹了？

「也許張繼只是單純地仰慕岳父的為人和才學呢？」徐佑昧著良心替岳父大人說了一句好話。

沈薇差點沒被口水嗆著。「你還真會往他臉上貼金。才學他或許有一些，但他就是個迂腐的，遠遠沒到值得張繼仰慕的分上。至於為人，我可以明白地告訴你，他沒那東西，人家跟他交往不過是看他傻、好哄騙罷了。」

沈薇鄙夷，隨後又嘆氣。「我祖父也太不容易了，兒子不爭氣，他都一把年紀了，還得為兒孫的前程殫精竭慮。所以說妻賢夫禍少，一個好媳婦興旺子孫三代，我祖父就是媳婦沒娶好，祖母把我爹、我大伯父全給禍害了。大公子，像我這樣賢慧明理又有能耐的媳婦，滿京城打著燈籠都難找了，你可得好好珍惜。」

徐佑眉眼間全是寵溺。「是是是，為夫一定待薇薇如珠如玉。」

沈薇摸了摸鼻子，也笑了。「最近朝廷是不是發生了什麼大事？不然二皇子也不至於這般急切地拉攏我祖父吧？」她總覺得朝中定是發生了，或是即將發生什麼大事。

徐佑斂目想了想，才道：「四年前，北邊關外曝出安將軍走私馬匹、貪污軍餉的案子，安將軍在押解回京受審的途中便畏罪自殺，現在卻有人秘密告知聖上安將軍是冤枉的，還呈了部分證據。聖上大驚，密旨著周御史去關外查證。這事知道的人不多，滿朝加起來也不過一隻手之數。」

沈薇一點也不意外，哪朝哪代都少不了冤假錯案，只是這事跟二皇子拉攏忠武侯府有關係嗎？應該沒有吧？畢竟四年前二皇子也才十三、四歲。

想了一會兒，她也沒理出什麼頭緒，索性丟在一邊，就聽徐佑問：「岳父這事妳打算怎麼辦？」他知道沈小四不大待見她爹，擔心她一個衝動，跑回娘家跟岳父吵起來。

「我能怎麼辦？」沈薇冷哼一聲，道：「我都已經是潑出去的水了，誰耐煩管那麼多事？自然是告訴祖父，他的兒子他自個兒管去。」

二皇子府。

二皇子徐御和長史張繼正在書房談話。

「張長史跟沈弘軒接觸也有一段時日了，覺得此人如何？」二皇子放下茶杯問道。

張繼年約四十，面白有鬚，給人感覺親切，雙目中偶爾閃過的精光又讓人無法忽視他的精明。

只見他輕搖了下頭，臉上似有很多遺憾。「這位沈大人學問不錯，為人也淳樸正直，只是他對沈老侯爺的事情卻不大清楚。」

談起詩詞歌賦來，這位沈大人是頭頭是道，一旦涉及朝政，這位沈大人比他意料之中還要天真，他試探了很多次，才確定他不是假裝。

二皇子也不失望。老忠武侯若是那麼好拉攏，父皇也不會對他信任有加，委以重任。那可是個老謀深算的狐狸，不然本是武將，卻能坐到文臣之首太子太傅之位，雖說只是虛職沒有實權，但清貴榮耀，擔負教導太子的職責，又能時時和父皇說上話，這樣的人若是站在他這邊，可想而知是多大的助力。

「張長史覺得，那事沈老侯爺會不會插上一腳？」二皇子問道。父皇是密旨派周御史去了北方關外，暗地裡誰知道父皇還有沒有留後手？畢竟沈老侯爺是武將，領了一輩子的兵，在軍中有威望也有人脈。

「這不大好說。」張繼搖頭。聖上的心思和手段哪是那麼輕易被人看透的？

二皇子臉上有幾分失望，想了想道：「既然沈弘軒沒有用，長史就不用再費功夫了。沈老侯爺很精明，若是被他察覺就不好了。」

目前為止，沈老侯爺雖然沒反應，但也沒偏著太子和別的皇子，這樣的老狐狸是不會輕易透露的。

「那也未必，屬下和沈大人以文相交，就是老侯爺知道又能說什麼？」張繼徐徐說道：「有時候失之東隅，收之桑榆，說不準咱們就能在他這裡打開一道缺口呢。」自從確定沈弘軒此人的性情，他就在打算了，哪怕是逼迫，他也要把沈老侯爺逼到二皇子這邊來，就不相信沈老侯爺能眼睜睜地棄親子於不顧？

二皇子眼睛一閃，也不知是想到什麼，臉上露出微笑，望向張繼的目光更加和煦了。

「那就辛苦長史了。」

張繼一拱手，道：「這都是屬下應盡的責任。」頓了一下，半認真半開玩笑地道：「聽說那位周御史已經遇了七、八回刺殺，也不知能不能平安走到關外。」

二皇子臉上的笑意更深了。「誰知道呢？不過周御史這幾年的運道真不大好，滿朝官員就數他遇刺的次數最多，也不知是不是他家祖墳的位置不好？」二皇子一臉的幸災樂禍。

說起來，他對這個周御史一點好感都沒有，都一把年紀了，就老實地在京中待著，為家裡的後輩謀劃前程出路。他倒好，成天參這個參那個，雞蛋裡都能挑出骨頭，滿朝文武都快被他參遍了，好似金鑾殿中都是貪官污吏，就他一個清白似的。

二皇子之所以提起周御史就恨不得咬上兩口，是因為周御史壞了他的大事。三年前，周御史奉旨巡查江南，江南官場為之動盪，很是查出了一些蛀蟲貪官。聖上賜他尚方寶劍，允許他便宜行事，他在江南殺了一批貪官，其中就有他的人。他的錢袋子被周御史連根拔起，雖說他應對及時，沒牽連到自己頭上，卻是斷了進項，一年二十萬兩孝敬銀子生生地就沒了，讓他如何能不氣惱？

別看他雖貴為皇子，外頭人瞧著風光，其實他手頭拮据得很。身為一個有大志向的皇子，要孝敬父皇、母妃和後宮有頭臉的宮妃、太監，還要拉攏官員，要發展私人力量，沒有銀子，別說養死士，就是府兵也養不起。指望著皇子府那點出息是遠遠不夠的，所以他才把手伸向江南，甚至伸向了北方、關外。

這也是張繼這個老謀深算的文士死心塌地效忠他的原因，四年前，二皇子不過十三、四歲，還沒有開府大婚就有如此膽魄，不能不讓鑽營了半輩子的官場老油條張繼欽佩。比起聖上的其他皇子，二皇子無疑是最出色的一個，所以張繼便把自己的身家性命都賭上了，成功了，那便是從龍之功、位居極品——這個誘惑太大了。

至於雍宣帝也在鬧心。自從接了密報，他便怒不可遏。刺殺，又是刺殺！還沒出京城的地界就遇到刺殺，這是把他當死人呢！周御史明明是秘密出京，這麼快就遇上刺殺，是誰走漏了風聲？還是他身邊也不乾淨？

他陰鷙的目光望向廊下站著的太監，身側的拳頭緊了又緊，直把那幾個太監看得脊骨發涼，幾欲站不穩身子。

許久，雍宣帝才收回視線，在屋子裡踱了幾步，轉身吩咐。「宣沈太傅進宮。」

沈老侯爺來得很快。「臣叩見聖上。」

「沈愛卿快快請起。」雍宣帝連忙道，別看沈老侯爺之前一直駐守西疆，不大回京，但雍宣帝對他十分信任。無他，因為雍宣帝能登上皇位，沈老侯爺是出了大力的。

沈老侯爺謝了恩便站起來，雍宣帝不開口，他便恭敬地等著。

雍宣帝朝大太監張全掃了一眼，張全會意，手一揮，殿內站著的太監們便魚貫而出，全都退了出去。張全也退了出去，貼心地站在廊下親自守著，一副低眉順眼的樣子。

「愛卿看看吧。」雍宣帝把才收到的密報遞給沈老侯爺。

沈老侯爺雙手恭敬地接過，看罷，眉頭皺了起來。「聖上，此事不查明，此人不除去，有礙大雍的江山社稷呀！」

這話是說到雍宣帝的心坎裡了。他還沒死呢，就這麼明目張膽地刺殺朝廷重臣，這是沒把自己放在眼裡。是誰有這麼大的膽子？

雍宣帝一開始想的是那位遠遁的並肩王，這個念頭一起便心中發涼，四年前他們便開始布局，為何對安毅安將軍動手？可是安毅阻礙了他們什麼？他們到底想在關外做什麼？這是自己知道的，那些還沒爆出來的是不是還有？再想到青落山上的藏兵，雍宣帝只覺得如芒刺在背，一刻都不能安寧。

「愛卿覺得此事是不是和——有關？」雍宣帝用手做了個動作。

沈老侯爺對當年的事也知情，聞言頓時心中一凜，思索了一會兒，卻道：「聖上，恐怕是您太草木皆兵了，臣覺得這不像那位的手筆。」並肩王程義最重義氣，愛兵如子，絕不會使出構陷誅殺將領這樣的齷齪手段。

為了穩妥起見，他又道：「四年前，臣還在西疆，聽聞此事也是詫異萬分。臣跟安將軍打過幾回交道，他性子耿直，對底下的兵士也十分愛護，不大會做出貪污軍餉的事。」

安將軍的死是沈老侯爺心頭的一個遺憾，他比老侯爺小了近二十歲，在兵事上頗有造詣，老侯爺十分欣賞他。他的事一出，老侯爺本能地覺得是有人栽贓陷害，可他身在西疆，等派人去打探消息，此事已經塵埃落定，連安將軍的一點骨血也沒能保下來。

「是朕想岔了。」雍宣帝想想老侯爺的話，覺得很有道理，也不得不承認那不是並肩王的手筆。

既然不是並肩王所為，只能是朝中的某人。這認知讓雍宣帝更加氣憤。他大把俸祿地養著，他們就是這般回報自己的？「查，給朕一查到底，朕倒要瞧瞧是哪個這般膽大妄為！」

面對雍宣帝的怒火，沈老侯爺不動聲色。調查關外的安將軍一案，前有周御史，後頭還有刑部、大理寺和都察院，他一個太子太傅主要責任是教導太子，聖上又沒有點名，他還是不要蹚這趟渾水的好。

做臣子的最緊要的便是聽話，聽誰的話？誰坐在那個位置上，他就聽誰的話。想到薇姊兒使人傳回來的口信，他是氣憤又無力。不說自己忠於聖上，就說當下的情勢，聖上正值春秋，怎會容忍下頭的臣子早早站隊？

他那個蠢兒子居然跟張繼攪和在一起，也不瞧瞧他是誰的人，忠武侯府屹立不倒憑的是戰功，是忠心聖上，他可沒想著上哪位皇子的船！

第一百一十三章

都傍晚了，沈雪卻回了娘家忠武侯府，陰沈著一張臉，一看就是吵架了。

沈雪進了忠武侯府的大門就直奔松鶴院，老太君瞧見孫女這個時辰回來，嚇了一大跳。

「雪姊兒，這是怎麼了？女婿沒跟妳一起回來？」

老太君的話音剛落，沈雪的眼淚就掉了下來。

「怎麼了雪姊兒，跟女婿吵嘴了？」老太君這下更慌了。

沈雪只是搖頭，一句話都不說。老太君可急壞了，指著跟沈雪回來的丫鬟倚翠道：「妳說，到底發生什麼事了？妳主子這是受了誰的委屈？」

倚翠撲通一跪，氣憤說道：「老太君，實在是永寧侯夫人太欺負人，她不分青紅皂白就、就掌摑了我們小姐。」

「什麼？掌摑？」老太君驚得猛地站起來，拉過孫女仔細瞧她的臉，還真看到一個隱約的巴掌印。這是用了大多的勁啊！這麼難堪的事，難怪雪姊兒不願意說了。

老太君是又驚又怒。好個永寧侯夫人，這哪是掌摑雪姊兒，這分明是打忠武侯府的臉。

「去，把大夫人請來。」她沈著臉吩咐。

「祖母，孫女沒臉活了。」沈雪撲進老太君的懷裡。她是真的傷心啊，婆婆護著那個小賤人也就罷了，連夫君都不替她說一句公道話，怎能不令她傷心？

「傻孩子，說什麼胡話？妳放心，有祖母給妳作主，不會讓妳受了委屈。」老太君拍著懷裡的孫女安慰。

沈雪哽咽著說不出一句完整的話，只是把頭埋進老太君的懷裡，淚水漣漣。

許氏這些日子也是真忙，才把四姪女打發出門，又張羅起自個兒兒子的親事。兒子今年都十九了，京中像他這般大的差不多都做爹了，他還是孤家寡人一個，怎不令許氏憂心？她都打算好了，謙哥兒雖然遠在西疆，但自古婚姻大事就是父母之命、媒妁之言，她瞧好了定下來，兒子只要回來個十天半個月就能把婚事辦了。成了親，她也不要兒媳留在身邊伺候，小夫妻倆一道回西疆才是正經。

她可不是那等沒見識的婆婆，把兒媳留在身邊伺候能給她生孫子？兒子成親已經晚了，子嗣上頭可不能再晚，小夫妻倆和和美美的不比什麼都強？

琥珀過來請她時，她正和心腹嬤嬤討論京中各府待嫁的閨秀。她雖不大待見這個五姪女，但也是十分驚怒。雪姊兒再不好，那也是忠武侯府出去的小姐，永寧侯府這是何意？沒把忠武侯府瞧在眼裡？

再說，滿京城也沒聽說過哪家婆婆掌摑兒媳的，別說高門大戶，就是平頭百姓家稍通情理的也幹不出這樣的事，許氏心中對永寧侯夫人郁氏充滿了鄙夷。

許氏腳步匆匆地趕到松鶴院，沈雪已經重新洗過臉，收拾過一番，但哭過的痕跡仍清晰可見。

「母親，這是怎麼一回事？那郁氏也著實可惡。」許氏瞧著沈雪臉上的巴掌印，眉頭就先皺了起來。

沈雪喊了一聲大伯母，便又哽咽得說不出話。她別過頭去，任眼淚默默地流淌。

「倚翠，妳來說。這才嫁去幾個月，雪姊兒都瘦了一大圈，再這麼下去還不得被搓磨死？」老太君拍著椅背，憤憤地說。

倚翠趕忙回道：「老太君、夫人，自小姐嫁去永寧侯府，姑爺待小姐倒是挺好，事事都跟小姐有商有量的，就是夫人瞧小姐不大順眼。開始還好些，只是說些酸話，小姐都咬牙忍了，也沒敢跟姑爺說。漸漸地，夫人可能覺得小姐好性兒，就變本加厲起來，成日讓小姐去她屋裡立規矩，從早晨一直到半夜才放小姐回院子，而且她還把姑爺身邊的大丫鬟抬為姨娘，小姐不同意，她就鬧，說小姐善嫉，還說咱們侯府沒規矩。小姐不過分說兩句，她就斥責小姐不孝，還在姑爺跟前污衊小姐頂撞她，害得姑爺都誤會了小姐。好在後來誤會解開了，姑爺也誠意跟小姐倒了歉。

「小姐瞧在姑爺的面子上啥都忍了，可是這一回……」倚翠說著便吞吞吐吐起來，好似十分為難。

「妳實話實說便是，這是在咱們府裡，還能有人把妳怎麼了？」許氏也動了怒氣。真是開了眼界，還侯夫人呢，簡直就是那鄉下惡婆婆。

倚翠這才大著膽子繼續往下說。

原來今天的事，居然和郁氏的外甥女趙菲菲有關。

去年，趙菲菲就投奔過來了，為的是謀一樁好姻緣，郁氏待這個外甥女也頗為不錯，只要出門作客就帶著她。趙菲菲人長得好看，瞧著也乖乖巧巧的，自然惹得各家夫人詢問。

一聽說這姑娘是郁氏的外甥女，父親只是個小官，詢問的夫人大多沒了興趣；有興趣的吧，不是家中子弟不成器，就是想聘給沒出息的庶子。

趙菲菲看不上，郁氏更是看不上。在她看來，她這個外甥女聰明伶俐，長得還出挑，做個宗婦都使得，她還盼望這個外甥女嫁入高門成為兒子的助力。

趙菲菲別看年紀小，可精明了，比她姨母能看清楚現實。她知道憑自己的家世想要嫁個貴婿很難，就瞄上了她表哥——永寧侯府的世子衛瑾瑜。

表哥長得一表人才，又有學問，永寧侯府就他一個嫡子，將來這整個永寧侯府都是他的。她跟表哥是親表兄妹，有了這層關係，她肯定能做個貴妾，雖說不能做正室有些遺憾，但永寧侯夫人是她姨母啊，而且姨母擺明了不喜歡表嫂，到時還不是偏著她？只要她能搶在表嫂之前生下兒子，靠著姨母，說不定這永寧侯府還能落她兒子手上。

這麼一想，趙菲菲就付諸行動了。今兒給表哥繡張帕子，明兒給表哥送碗補湯，後兒又拿著詩書去表哥書房請教學問。

可把沈雪給膈應壞了。她是做妻子的，哪裡看不懂趙菲菲的意圖？那個小婊子只差沒到她院中示威了，婆婆那麼不喜歡她，其中就有這個表妹的功勞。

沈雪隱晦地跟夫君提了兩回，衛瑾瑜還笑話她想多了，說菲菲還是個孩子，說他母親正給她相看婚事。

沈雪不由氣結。還是個孩子？都十四的大姑娘了，府裡哪個瞧不出這個表姑娘的心思？也就她婆婆跟夫君兩個是眼瞎的。

今兒下半晌，她好不容易從婆婆那裡脫身，精心燉了補湯，又裝扮了一番，準備去書房給夫君一個驚喜。可她看到了什麼？她看到自己的夫君正執著趙菲菲這個表妹的手，教她寫字，臉上的笑容刺得她眼睛發疼。

進了屋，沈雪自然看趙菲菲不順眼，剛刺了她兩句，那小妖精便哭哭啼啼地說她瞧不起自己，往她身上潑髒水，意欲要壞了她的名聲，連夫君都用不贊同的目光望著她，可把沈雪氣壞了。

她有冤枉她嗎？難道不是這個不要臉的表姑娘往男人書房裡鑽嗎？打著請教學問的幌子，剛才那身子都整個貼進夫君懷裡去了，還閨閣小姐呢，比外頭那些賣笑的還豪放，丟死人了。

沈雪氣得說不出話來，趙菲菲也巴不得她鬧起來，又添油加醋說了好些撩撥的話，沈雪一時沒忍住就推了她一下。

這下可不得了，趙菲菲哭著跑出去了，片刻之後，她那好婆婆郁氏身邊的大丫鬟就來請她了，也不問原由便聽了趙菲菲的一面之詞，說她不賢，連個親戚都容不下，沒把她這個做婆婆的放在眼裡。

沈雪忍不住分辯了兩句，那郁氏不聽不說，還抬手打了她一巴掌。她也是千嬌百寵長大的，哪裡受過這個委屈？而那個始作俑者卻背著人朝她投來挑釁的目光，沈雪當時只聽得嗡的一聲，眼前一黑，就什麼都不知道了。陷入黑暗前，她還聽到婆婆冷嘲熱諷的聲音。「犯了錯，以為裝暈就能逃脫了？休想。」

還有趙菲菲那假惺惺的勸慰。「姨母、表哥，都是菲菲的錯，表嫂若實在容不下菲菲，菲菲還是回家去吧。」

然後是夫君溫言安慰的聲音。

讓沈雪失望的是，當她醒過來的時候，屋子裡只有倚翠、倚紅兩個從娘家帶過來的陪嫁丫鬟，夫君沒來看過她一眼。她詢問，倚翠才支支吾吾地說：「世子爺在夫人院子裡。」還有什麼不明白的呢？

她渾身發軟地倒回床上，眼睛空洞地盯著帳子頂，越想越不甘心。都是趙菲菲，都是這個不要臉的小妖精勾引壞了夫君。

於是她一氣之下便帶著倚翠回了娘家，至於倚紅，自然是留下來看守院子，省得她不在，那對好姨甥倆把她的屋子搬空了。

「豈有此理，真是太不要臉了！」老太君聽罷氣得臉都綠了。「雪姊兒不怕，妳今兒就在府裡住著，永寧侯府若不登門道歉，那就別怪我們，哼！」轉頭又抱怨起自個兒的小兒子。「妳爹也真是的，給妳尋的這是什麼人家？太沒規矩了。」

她壓根兒忘記這樁婚事哪是沈弘軒給沈雪尋的，分明是沈雪使了手段謀奪來的。

沈雪的臉上浮現尷尬，咬著唇不作聲。

侯夫人許氏雖然覺得不能偏聽姪女的一面之詞，但她心底也是氣憤非常。怎麼說呢，實在是表哥、表妹這事犯了她的忌諱。想當初她初嫁到忠武侯府之時，婆婆的娘家也有個表妹上趕著要給夫君做妾，那手段是一齣一齣的，把她膈應得上吊的心思都有了。最終雖把那個噁心的表妹送出府，但心裡留下陰影，最見不得表哥、表妹勾勾搭搭。

「雪姊兒安心地在府裡住著，這事有祖母跟大伯母替妳作主，咱們忠武侯府的姑奶奶也不是那麼好欺負的。」許氏也站起來表態，現在天色已晚，也不好使人上門問責，什麼事也得等明日再說。「雪姊兒還沒用晚飯吧？落霞，快去大廚房通報，整治一桌好菜來招待咱們五姑奶奶。」

沈雪謝過大伯母，在丫鬟的攙扶下回了出嫁前住的院子。坐在住了十多年的屋子裡，她卻覺得物是人非，心頭一片恍惚，此時方才明白，並不是她嫁出了就能切斷和娘家的關係，若沒有個強而有力的娘家，她該何去何從？

衛瑾瑜從母親院子裡回來，卻發現整個院子冷冷清清的。他在屋子裡轉了一圈沒找到沈雪，不由詫異。「夫人呢？」

提著心的倚紅趕忙上前搭話。「回世子爺，夫人回娘家了。」她心中忐忑不安，生怕被世子爺遷怒。

果然，衛瑾瑜聞言眉頭就皺了起來，倒沒有遷怒，只是揮揮手讓倚紅退下去。

他在椅子上坐下來，只覺得整間屋子安靜極了，心裡暗暗埋怨起沈雪。他費了好大的勁才把母親和表妹安撫好，媳婦卻使性子回了娘家。母親打了她一巴掌是有些過分，可她做兒媳的就不能忍忍？沒想過他很為難嗎？真是太不懂事了。

還有今天這事，完全都是他媳婦鬧出來的，表妹一個小姑娘家，不過是去書房向他請教問題，他們光明正大的，哪裡就如媳婦說的那般不堪？

表妹是個小姑娘，臉皮薄，哪裡受得住沈雪的冷嘲熱諷？不過是稍稍分辯了兩句，沈氏就動手推人，別說表妹受不住，就是他這個做夫君的也是臉上火辣辣的。

表嫂對表妹動手，難怪母親那麼生氣，可他能怎麼辦？一邊是母親和表妹，一邊是他的枕邊人，只能選擇先安撫好母親，想著勸好了母親再回來安慰妻子，誰知等他回來的時候，妻子卻任性地跑回娘家去了。

一想到要去忠武侯府接人，衛瑾瑜就十分頭疼。他那個岳父還好，待他和顏悅色的，可老侯爺和他那個小舅子卻讓他很不自在。老侯爺嘴上雖沒說什麼，看似待他和其他幾個孫女婿一樣，但他清楚地感覺到老侯爺不大待見自己。還有他那個小舅子，目光陰沈沈的，總讓他打心底反感。

媳婦生氣回了娘家，讓衛瑾瑜既生氣又覺得沒面子，但這事也不能瞞著。衛瑾瑜又起身去了母親的院子，一路上盤算著怎麼說才適合，卻不知道他母親已經得了消息。

正院裡，郁氏氣得差點沒把桌子都掀了。「這個不要臉的喪門星！她還有臉回娘家，那就在娘家待一輩子得了，我永寧侯府要不起這麼金貴的兒媳！」

趙菲菲一臉的內疚。「姨母，我還是回家去吧。我知道您和表哥都疼我，可表嫂似乎不大喜歡我，別因為我讓您也跟著為難。表嫂挺好的，是菲菲不好，總惹表嫂生氣。」

郁氏的手往桌上一拍。「這個家還輪不到她當家作主，妳姨母我還沒死呢，妳安心住著吧，我看哪個敢趕妳走？」郁氏本來就看沈雪不順眼，現在就更瞧不上她了。不就是仗著娘家得勢嗎？哼，還當和以前一樣？劉氏都進了小佛堂，我就看哪個給妳撐腰。

「姨母，您對菲菲真好！菲菲以後肯定會孝順您的。」趙菲菲巴掌大的小臉上滿是感激。「可就因為姨母您待菲菲好，菲菲心裡才更覺得難受，到底是因為菲菲，表嫂才賭氣回娘家的。」

郁氏攬著趙菲菲安慰。「好孩子，還是妳懂事。妳那表嫂要是有妳一半明理，我也能少氣兩場。」

衛瑾瑜進來時，正聽到母親這句話，不由得臉上訕訕的。「母親，您都知道了？」

第一百一十四章

郁氏斜了兒子一眼，沒好氣地道：「你也不管管你媳婦，瞧把你表妹給委屈的，她還有臉回娘家。」

衛瑾瑜忙陪著笑臉。「沈氏不懂事，母親您多擔待點吧，權當是瞧在兒子的面子上了，回頭兒子讓她給您斟茶賠罪。」

郁氏哼了一聲。「那可不敢，人家是忠武侯府的貴女，哪會把我這個老婆子放在眼裡？再說，她給不給我賠罪都是其次，這回她得罪的可是你表妹，你表妹還是個未出閣的姑娘家，沈氏那般言語不是要毀了她的清譽嗎？心腸也太惡毒了。」

衛瑾瑜的臉更覺得掛不住了。沈氏說的那些話他也有聽到，什麼勾引啊下賤啊、小妖精之類的，粗俗得他這個大男人都恨不得把耳朵堵起來，何況是面嫩的表妹？

「表妹，都是妳表嫂的不是，表哥在此替她給妳賠不是了，妳大人大量，就原諒她這一回吧。」衛瑾瑜對著趙菲菲深深一揖，誠心誠意地賠罪。

趙菲菲趕忙避讓開來，焦急地道：「使不得，菲菲怎能讓表哥賠罪？不怪表嫂，都是菲菲的錯。菲菲只有弟弟，沒有兄長，打小就希望能有個疼愛自己的哥哥，來了永寧侯府後，表哥待菲菲那麼好，菲菲是真的將表哥當親兄長一般看待。許是這樣表嫂才誤會了吧，以後菲菲會儘量不去打擾表哥的。」

她的聲音低低的，一句一句都說到衛瑾瑜心坎上，他覺得比起沈氏，表妹懂事多了。

「不用，以前怎樣，以後就還怎樣。身正不怕影子斜，我也是把表妹當親生妹妹一般看待的。」衛瑾瑜說道。

「你這話說得還像那麼回事。」郁氏讚許地點點頭。「菲菲懂事，自從她來了，日日在我跟前盡孝逗趣，日子過得比以前舒坦多了。也是有菲菲時常勸慰我，不然就憑你媳婦那性子行事，早把我氣死了。」她不滿地數落起來。

衛瑾瑜也知道母親跟媳婦不對盤，聞言就不由有些內疚。「母親放心，兒子會教訓沈氏的。」怎麼說這也是生他養他、為他操碎了心的母親，即便有些地方做得不大妥當，但他們做晚輩的也該尊著敬著。

趙菲菲見姨母慢慢消了氣，眼睛一閃，道：「姨母，表哥明日還是去忠武侯府把表嫂接回來吧！聽說忠武侯府的老侯爺可有能耐了，若是他們因此事遷怒到表哥身上可就不好了。嗯，若是、若是表嫂不願意回來，菲菲願意陪表哥一起登門道歉。」她一副善解人意的樣子。

一番話又成功勾起了郁氏的怒火。「不回來就拉倒，本就是她對不起妳，怎能讓妳去道歉？要我說瑜兒明兒也不要去接，晾她兩天讓她醒醒腦子。忠武侯府再是勢大，也不能不講道理吧？何況咱們永寧侯府亦是侯府，也不比他們家差。」

雖然這話說得自己也覺得心虛，同樣都是侯府，可永寧侯府比起忠武侯府可就差遠了。忠武侯府簡在帝心，老侯爺深得聖上的信重，永寧侯府呢，早就開始走下坡了，若不是出了衛瑾瑜這個在讀書上有天分的，估計早就沈到塵埃裡去了。

郁氏明明說的是氣話，衛瑾瑜卻覺得有道理。少年人愛惜臉面，他衛瑾瑜生來就驕傲，走到哪裡都是眾人仰慕的對象，要他低三下四去給妻子和岳家賠不是，他拉不下那個臉。

趙菲菲見狀，還滿臉擔憂地問：「這樣好嗎？表嫂豈不是更生氣？」垂下的眸子裡卻閃過歡喜。她是巴不得表哥一輩子不要去接表嫂，最好一紙休書把她給休了，那她就有機會做表哥的正室了。

按下永寧侯府中各人心思不提，今兒一早醒來，沈薇就十分高興，為啥？因為又是全新的一天，預示著他們搬去郡王府的日子越來越近了。

用罷早飯，她就帶著丫鬟們去清點嫁妝。她的嫁妝太多，若是一天運走，動靜太大，還是分批送到郡王府的好，她打算從今日就開始運送。

先運送那些粗重的大傢伙，沈薇跟管家蔣伯一一交代著，正說著時，徐佑就使人過來找她，說是玨哥兒來了。

沈薇高興的同時又有些意外。玨哥兒招呼都沒打就上門來，可是侯府出了什麼事？是祖父還是她那個渣爹？一想到這裡，沈薇就再也待不住，抬腳就朝正屋走去。

「姊姊。」沈玨看到姊姊十分高興，起身就竄到她身邊。

「玨哥兒怎麼來了？可是府裡出了什麼事情？」也不怨沈薇擔心，上次回去時，她就跟祖父說過了，在晉王府住滿新婚月就要搬去郡王府，家裡人去郡王府看她比來晉王府方便多了。離新婚滿月只差幾天，沒有要緊的事情，玨哥兒是不會在此時登門的。

「沒事，府裡頭好著呢。」沈玨連忙搖頭否認，至於五姊賭氣回娘家的事壓根兒不算啥。「我就是想姊姊了，過來瞧瞧妳。」

雖然姊姊出閣還不滿一個月，但他覺得姊姊好似離開了很久。之前姊姊還在侯府時，他們姊弟有時也是好幾天才見上一面，但那時他的心是安的，一想到姊姊就在風華院，他只覺得無比安心。可現在他無論做什麼，總覺得心裡空落落的。

沈薇這才放下心來，拉著沈玨的手一起走進屋子。「玨哥兒還沒給王妃請安吧？讓你姊夫帶你過去給她見個禮，免得讓人說咱們侯府沒規矩。」

晚輩過府是要給長輩請安的，這是禮節，沈薇可不想留了把柄讓人說嘴。她今兒心情好，實在不想見那個影響心情的老妖婆，還是讓徐佑領著玨哥兒去吧。

徐佑本來看到媳婦拉著小舅子的手有些不樂，但隨後聽到小舅子親親熱熱地喊姊夫，臉色才又好起來，爽快地領著小舅子去拜見王妃了。

估計徐佑真是領著玨哥兒給王妃見了個禮，因為他們回來得很快，而且徐佑的臉色非常愉悅，沈薇猜測他可能又把晉王妃氣了一頓。

她猜得還真準。徐佑到晉王妃那兒，直接就道：「玨哥兒今兒過來瞧他姊姊，我帶他來給王妃請個安，省得有人又出么蛾子，說我家小舅子不懂禮數不敬長輩。」又對沈珏吩咐。「趕緊給王妃行個禮，你姊姊還等著咱們回去呢。」那一刻都不願多待，好似晉王妃就是洪水猛獸的樣子，晉王妃能高興得起來才怪。

「珏哥兒說吧，到底是什麼事？」沈薇望著沈珏道。

沈珏摸了摸鼻子，十分無辜地道：「姊姊，侯府真沒出事，我就是想來看看妳。」沈薇再三確認，看他的表情不像作偽，這才相信他的話，心中也暗鬆了一口氣，問起他和侯府各人都還好嗎？

姊弟倆開開心心說著話，沈珏遲疑了一下，才說出沈雪被婆婆掌摑賭氣跑回娘家的事，但沈薇一點也不覺得詫異。

那永寧侯夫人郁氏就是個勢利、不講理的人，當初姊妹異嫁也是她提出來的，不過是瞧沈雪是劉氏的親女，能帶過去一大筆嫁妝。結果沈雪的嫁妝沒讓她滿意，可不就露出惡婆婆的嘴臉？

沈雪也不是個省油的燈，有劉氏護著，有老太君偏著，養成了她跋扈的性格，一天兩天她或許能忍，但日子長了，肯定會和郁氏對上。

只是沒想到那郁氏這麼沒氣質，居然掌摑兒媳。

「你是說永寧侯世子沒有來接沈雪，他們府上也無人過府賠禮道歉？」沈薇比較詫異的是這個。

說句大言不慚的話，忠武侯府比永寧侯府強上的可不是一星半點，依郁氏的勢利，不該這樣呀！別說這事沈雪錯處不大，就算全是沈雪的錯，為兒子的前程，郁氏不是該主動上門賠不是嗎？

沈玨點點頭。「嗯，都兩天了，祖母和大伯母十分生氣，聽說五姊又把屋子給砸了。」他臉上露出幸災樂禍的神情。

沈薇見狀，抬起的手在半空頓了頓，道：「那你怎麼看這事？」

沈玨道：「這事明擺著是永寧侯府那邊的錯，這般打咱們的臉，自然不能輕易了結。」他一副理所當然的樣子。雖然他不大喜歡五姊，也樂意看見她倒楣，但這事關係到忠武侯府的臉面，哪怕他不想替五姊撐腰也得將這一巴掌抽回去。

沈薇很欣慰，讚許地衝沈玨點點頭。「你能這般想就對了。咱們跟雪姊兒是不大對盤，但你要記住，無論咱們怎麼吵、怎麼鬧，那都是在府裡，是咱們自個兒的事。但永寧侯夫人苛待雪姊兒就不一樣了，你作為娘家兄弟，若是不給她撐腰，無動於衷，這讓外人怎麼看？外頭還以為咱們忠武侯府軟弱可欺呢，好多世家大族都是從內部敗落的。你回去後不妨尋尋那衛世子，問問他是不是瞧不上咱們侯府，你五姊嫁到他們府上是主子，是世子夫人，不是可以隨意打罵的奴才，問問他是不是想要和離。」

沈玨鄭重地點頭。「姊，我都明白的。」

沈薇笑了一下，拍拍他的肩膀。「你也不小了，說到底這事還是咱們三房的事，咱爹行事不大靠譜，祖父年紀大了，這樣的小事情就別去煩他了，作為咱們三房嫡長子的你可不得出頭嗎？你別跟那些酸儒學，後宅的事有時都能釀成大禍，咱娘不就是活生生的例子嗎？你得知道後宅搓磨人的手段可多了，你多了解一些，將來娶了妻也不易被人蒙蔽。」沈薇語重心長地說道。

沈玨再次點頭。「姊，我都記下了。」他要成為祖父那樣的人，才不是他爹那樣的糊塗蛋。

沈雪發洩過後便只剩下傷心，一雙眼睛腫得跟桃子似的。一日夫妻百日恩，她沒想到夫君能那麼絕情，自己都在娘家住了兩天，夫君居然沒有登門來接，就連派個媳婦子過來也不曾，這讓她的臉往哪兒擱？

不，她不信夫君會這樣對自己，應該是她婆婆攔著夫君不讓過來，對，就是這樣。這麼一想，沈雪的心裡好過了一些，隨即一顆心又提了起來。她不在府裡，府裡那幾個妖妖嬈嬈的豈不是無所顧忌了嗎？

尤其是那個趙菲菲，不就是想給夫君做妾嗎？自己回了娘家，可不就便宜了那個不要臉的小賤人？

沈雪揪著帕子，咬牙切齒。不行，她得儘快回永寧侯府去！可夫君不來接，她怎好灰溜溜地回去？那個不講理的婆婆豈不更看不起她了？此刻她真是左右為難，心裡煎熬得很。

老太君和許氏也是氣得牙癢癢。她們本想著，第二日姑爺就會登門來接人，到時她們這些做長輩的好生說說他，讓他給雪姊兒賠個不是，這事也就過了。

誰知一連等了兩天，五姑爺也沒來，永寧侯府的人連個鬼影子也沒見著。這是什麼意思？是不要這個兒媳婦了？還是瞧不起忠武侯府？

許氏自從進了忠武侯府的門就沒被這般打臉過。「母親，咱不能再等了，明日兒媳就使人去永寧侯府問責，到底咱家雪姊兒是犯了什麼不可饒恕的錯，值得郁夫人張口就罵、抬手就打？若是不能說出個一二三來，就別怪咱仗勢欺人了。」許氏皺著眉和老太君說道。

其實許氏也不是很想管這事，雪姊兒只是她的姪女，又不是她親閨女，可三房的主母不是進了小佛堂嗎？作為侯夫人的她總不能讓外人看忠武侯府的笑話。

「行，明兒讓秦嬤嬤跟著一塊兒去。」老太君也很生氣。就沒見過這樣不要臉沒規矩的人家，瑾瑜是個好孩子，怎麼就攤上這麼個娘呢？

老太君這是和沈雪想到一塊兒去了，都覺得是郁氏攔了衛瑾瑜。

而老侯爺正在外院訓斥兒子。「瞧瞧你給你閨女找的這門親事，就不是個明理的人家，不是我忠武侯府瞧不起人，這個永寧侯府比文家和許家差了不只一星半點。」

沈弘軒臉上訕訕的。「兒子雖然跟永寧侯交好，但這門親事不還是阮氏在時定下的嗎？」

老侯爺更生氣了。「你還有臉說！這本是薇姊兒的婚事，被劉氏動了手腳換給了雪姊兒，你居然就默認了。有你這麼偏心的爹嗎？若嫁過去的是薇姊兒，你看她會哭著跑回娘家嗎？有多大的頭就戴多大的帽子，沒那個能力手段就老實點找個省心的人家嫁了，雪姊兒妄圖別人的東西又拿不住，丟人。」

老侯爺是越說越生氣。兒子蠢就罷了，孫女也這個樣子，這是想要活活氣死他嗎？

「滿京城還能找到這麼糟心的人家嗎？做婆婆的掌摑兒媳婦，你母親那麼不著調也沒有做過這等事情。她打罵雪姊兒的時候，把忠武侯府放在眼裡了嗎？」

沈弘軒的臉色更不好看了，遲疑了一下道：「是不是雪姊兒做了什麼不妥的事情？五姑爺還是挺不錯的。」他試圖為永寧侯府分辯一二。

這下可捅了馬蜂窩，老侯爺恨不得把這個兒子掐死。「白長了一副好模樣，他娘是個沒見識的婦道人家，他作為永寧侯府未來的繼承人，還不知道來給岳家賠禮道歉嗎？別說雪姊兒沒做什麼不妥的事情，就是做了，當婆婆的也不能掌摑兒媳，這是打臉，打雪姊兒的臉，打忠武侯府的臉，打你沈三老爺的臉，更是打我沈平淵的臉！」

老侯爺的語氣愈加嚴厲。「趕緊的，讓永寧侯府把雪姊兒接回去，看著老子就心煩。他們若是不想接那就和離吧，我沈平淵的孫女還不愁嫁。」

「是、是，兒子知道了。」沈弘軒雖覺得這般行事不大妥當，但看親爹氣成這個樣子，滿肚子的話是一句也不敢說了。

第一百一十五章

忠武侯府一出手，永寧侯府可就遭了殃。

先是忠武侯府的嬤嬤上門問責，兩個穿著體面的老嬤嬤倨傲地端著架子，眼底全是不屑，說出的話也句句刺心。「滿京城也找不出第二家婆婆掌摑兒媳的了，我們忠武侯府的小姐又不是嫁不出去，當初若是知道永寧侯府這般沒規矩，主子們說啥也不會同意五姑奶奶嫁過來呀！」

另一個道：「可憐見的，千嬌百媚的侯府小姐才嫁過來幾個月，就被搓磨到瘦得只剩把骨頭了。」

郁氏被氣得手直哆嗦，有心想要說兒媳的不是，卻又無從說起。那沈氏雖說態度上對她不大恭謹，但也確實沒犯什麼大錯，前兒鬧的這一齣又關涉到菲菲的閨譽，她只能嚷嚷著。「這就是你們忠武侯府的規矩嗎？動不動就跑回娘家，沈氏呢？讓她回來，有她這樣做人兒媳的嗎？」

秦嬤嬤下巴一抬。「我們忠武侯府的規矩確實跟永寧侯府不大一樣，我們侯府做婆婆的對兒媳可沒有非打即罵的，即便有了不妥之處，也是好言分說。我們府裡的姑奶奶也沒有受了委屈，逆來順受不吭聲的，那些不吭聲的小媳婦都是娘家勢弱，沒辦法才憋著的。我們老侯爺說了，我們府裡的姑奶奶只管把腰桿子挺直，府裡的爺們在外頭拚死拚活地打拚，為的不就是這些姑奶奶在夫家能過得舒心嗎？」

這般氣焰囂張的話堵得郁氏眼前一黑，幾欲暈倒。扶著她的外甥女趙菲菲十分擔憂，上前溫柔地與忠武侯府的兩個嬤嬤分辯道：「嬤嬤們有禮了，表嫂可還好？貴府可能誤會了，姨母待表嫂好著呢，侯府以後還要交到表嫂手上，姨母哪會苛待了她去？姨母早就想去接表嫂回來了，這不是身子不適耽誤了嗎？表嫂沒有生氣吧？」

一副憂心忡忡又擔憂不已的模樣，把個識大體的表姑娘形象演得十分到位，但這兩位嬤嬤是何等的眼力，一眼就瞧出這表姑娘是個什麼貨色。

許氏身邊的那個嬤嬤眼皮子一翻。「這又是哪位呀？老奴記得永寧侯府沒有這麼位主子呀！」

趙菲菲的臉頓時通紅，大大的眼睛裡盛滿淚水，卻又倔強地咬著唇，好似受了多大的屈辱似的，把郁氏心疼的，怒聲喝道：「這是本夫人的外甥女，是妳等奴才能欺辱的嗎？」

那嬤嬤一點都不膽怯，還挺了挺腰板。「永寧侯夫人這話老奴可不敢當，老奴可有一句話欺辱了貴外甥女？這罪名可不能隨便亂扣啊！」

秦嬤嬤刻薄的目光在趙菲菲身上一睃，接過話頭就道：「這便是貴府那位表姑娘吧？真是久聞大名了，男女七歲不同席，表姑娘都十四、五了吧，就這般不避嫌地跟外男共處一室，成何體統？我們忠武侯府可沒這規矩，也不怨我們姑奶奶氣得回了娘家。」

鄙夷的目光、陰陽怪氣的話，趙菲菲雖有些小聰明，到底是姑娘家，只覺得難堪極了，捂著臉就哭著跑出去了。

郁氏這回是真的要氣炸肺了，指著兩個嬤嬤怒罵。「妳們這兩個該死的老貨，跑到我們永寧侯府來作威作福了?!來人，給我叉出去、叉出去！」真是氣死她了，永寧侯府是落魄了不假，可還輪不到兩個奴才來指手畫腳。

「慢著。」秦嬤嬤輕蔑地冷笑一聲。「用不著永寧侯夫人動手，這永寧侯府的地兒老奴還不屑踩呢。我們五姑奶奶這事，您給句準話，若是瞧不起我們忠武侯府就直說，咱們也不是那死乞白賴的人家，我們老侯爺說了，貴府要是實在嫌棄咱們五姑奶奶，那就和離吧，他老人家的孫女還不愁嫁。」

「和離？休想！」郁氏的聲音猛地揚高起來。「沈氏還想著和離，她這般不忠不孝不賢的還想要和離，想都不要想。休書，只有休書！」

秦嬤嬤臉色都沒變一下，端著那趾高氣揚的態度。「行呀，別管是和離書還是休書，只要永寧侯府敢給，咱們忠武侯府就敢接。麻煩衛夫人快點。」

兩個嬤嬤高昂著頭離開了，郁氏氣得一陣陣發暈。「欺人太甚，我這是哪輩子造的孽，娶進門這麼個攪家精！世子呢？世子回來了沒有，趕緊叫他寫了休書，咱們這廟小容不下沈氏那尊大佛！」

「夫人息怒，夫人消消氣。」郁氏身邊得力的丫鬟和嬤嬤趕忙勸說。她們哪敢去找世子爺，夫人分明是說氣話，世子夫人是那麼好休的嗎？世子夫人的娘家可是忠武侯府，跟他們這落魄的永寧侯府可是一個天一個地，所以世子夫人的腰桿子才挺得那麼直。雖然夫人是做婆婆的，休不休世子夫人不要說夫人作不了主，就是世子爺也作不了主，這事還得侯爺說了算。

郁氏在屋子裡咒罵了半天才慢慢消了火氣，正在此時，永寧侯背著手進來了。郁氏一驚。「侯爺怎麼回來啦？」這還不到放衙的時辰呀！

永寧侯沈著一張臉，先是瞅了瞅郁氏，然後一揮手，把屋裡的下人全都打發下去。郁氏就更奇怪了。「侯爺，出什麼事了？」

永寧侯這才看向郁氏道：「瑜兒媳婦回了娘家，妳為什麼不去接？」

郁氏心裡咯噔一聲。侯爺這是知道了？向來不關心後院的侯爺怎麼知道沈氏回了娘家？是哪個不要臉的小妖精多嘴？郁氏第一個念頭就是後院那幾個女人不安分了。

「侯爺這是聽哪個說的？瑜兒媳婦不過回娘家住兩天，怎麼就驚動侯爺啦？」郁氏揚著笑臉說道：「侯爺也真是的，就這麼點小事不能等晚間再問，還值得侯爺提早從衙門回府？」她嗔怪著。

永寧侯聞言，眉頭卻皺了起來，依然盯著郁氏的臉。「只是回娘家住兩天嗎？我怎麼聽說是妳這個做婆婆的打了瑜兒媳婦？她面淺掛不住才跑回娘家的。」

郁氏臉上的笑容一下子不見了。「哪有侯爺說得那般嚴重，不過是瑜兒媳婦不懂事，妾身小小懲罰了一下——」

「所以妳就當著滿屋子奴才的面掌摑了她？」永寧侯把話頭搶了過去。

面對著自家侯爺咄咄逼人的視線，郁氏頓時心虛起來，色厲內荏地嚷道：「妾身作為婆婆，教教兒媳規矩怎麼了？沈氏那般張狂，開口就想毀了菲菲的清譽，妾身管教她一二怎麼了？動不動就使性子跑回娘家，這是沒把妾身、更沒把咱們永寧侯府放在眼裡。」

永寧侯的眉頭皺得更緊了，不大高興地道：「怎麼這裡頭還有菲菲那丫頭的事？」

郁氏乘機便添油加醋地把事情說了一遍，氣哼哼地道：「那沈氏好歹毒的心思，菲菲才多大，不過是個孩子，把瑜兒當親生兄長一般親近，怎麼到沈氏嘴裡就成了有齷齪心思了？」

永寧侯卻不贊同地道：「瑜兒他媳婦說得對，菲菲都是大姑娘家了，就這麼常常往瑜兒屋裡跑像什麼樣子？妳也不說說她，反倒縱著，太不像話了。」

郁氏一噎，不服氣地道：「侯爺，瑜兒跟菲菲可是嫡親的表兄妹，菲菲去找瑜兒也不過是請教詩書學問。」

「就是親兄妹，七歲還不同席呢。」永寧侯沈聲道。他是個最端方不過的讀書人了。「她一個女孩子，讀些女誡、孝經之類的書就行了，請教什麼詩書學問？這不是耽誤瑜兒復習功課嗎？太胡鬧了！」

瞧著郁氏的臉色不大好，永寧侯想了想，又道：「妳那外甥女若實在想學詩文，妳給她請個女夫子便是，這點開銷永寧侯府還是能負擔得起的。」

「那妾身就先謝過侯爺了。」郁氏一聽，頓時動了心思。菲菲那麼伶俐，若是學上一年半載，到時混個什麼才女的名頭，攀親也更拿得出手。

永寧侯點點頭，然後道：「雖說沈氏脾氣衝了些，但歸根究柢這事是妳的不是，也不用等明天了，就今天吧，妳領著瑜兒去忠武侯府把沈氏接回來，讓瑜兒好生給他媳婦賠個不是。」

郁氏眼睛猛地一睜，如被踩了尾巴的貓。「妾身去接沈氏？她多大的臉！侯爺您是不知道，上半晌忠武侯府的嬤嬤已經來咱們府裡耀武揚威過了，有這麼欺負人的嗎？要妾身說，既然鬧成這個樣子，還不如休了那沈氏來得安生，咱們瑜兒學問好——」

話還沒說完，就被永寧侯摔茶杯的動靜打斷了。「休了沈氏？妳多大的臉？妳個蠢婦，妳也不瞧瞧忠武侯府現在是個什麼情況，老侯爺身為太傅，不僅是文官之首，還深得聖上信任，妳要休了他的孫女，妳這是給我永寧侯府招禍！」

永寧侯的臉色可難看了。「妳當忠武侯府還是二十年前？妳信不信妳這邊休了沈氏，人家那邊立刻就能嫁入高門。滿京城想跟忠武侯府聯姻的多了去，若不是本侯跟沈兄是知交，他能放心把閨女嫁入咱們府裡？妳這個做婆婆的還想著拿捏人家閨女，本侯見著沈兄都覺得氣短！」

今兒他本在衙門當差，親家沈兄尋了過來，他驚喜之下熱情招待，哪知沈兄支支吾吾跟他說了閨女在夫家受了婆母苛待，已經回家兩天了，還暗示老侯爺生氣，連和離的話都說出來了。

永寧侯大驚，這事他壓根兒一點消息都沒聽說，依忠武侯府現在的勢頭，沈兄能遵約把閨女嫁過來，他是十分感激的，不管是哪個閨女，反正都是沈兄的嫡女便成。

他這輩子雖不大得志，但還是盼著兒子好，給兒子尋了這麼個得力的岳家，他也是很得意的。兒子本身就有才學能力，岳家再拉拔一把，振興永寧侯府的日子指日可待，每每想到這裡，他就覺得日子有了盼頭。

沈氏這個兒媳他雖然見得不多，但印象不錯，恭順有規矩，聽說還通詩文，再對比自個兒老妻的德行，永寧侯是一點都不信郁氏所說的話。

「妳不去接？難道讓本侯去？」永寧侯責問道：「妳個蠢婦是想毀了瑜兒是吧？妳也不想想老侯爺是聖上的親近之臣，只要他在聖上跟前稍稍暗示一下瑜兒內薄不修，瑜兒還有什麼前程？」

郁氏頓時大驚。「有這般嚴重？」

永寧侯喘著粗氣。「比妳想像的嚴重多了，妳就鬧吧，把妳兒子的前程鬧沒了拉倒！」

永寧侯可糟心了，怎麼就娶了這麼個蠢貨？以前是拿捏妾室，現在又拿捏起兒媳婦來了，她還能做點正事嗎？

「侯爺，妾身去，妾身親自去給那沈氏賠不是！」郁氏慌忙喊道，此時再也顧不上什麼臉面了。兒子是她的逆鱗，也是她後半輩子的依靠，為了兒子，別說讓她去賠不是，就是下跪她也得捏著鼻子去呀！

永寧侯的臉色這才好了一些，吩咐道：「去瞧瞧世子爺在不在府裡，若是不在，去國子監找一找。」為免夜長夢多，還是趕緊把沈氏接回來吧。

永寧侯夫婦不知道他們的兒子比他們更糟心。

衛瑾瑜雖然仍是國子監的學生，但學到他這個火候，也不是日日都需要來國子監，今日他帶著自己最近作的幾篇文章來國子監請教夫子，順便跟同窗切磋一二，談興正濃，他那小舅子找了過來，張口就問他是不是要跟他五姊和離。

沈玨的原話是這樣說的。「姊夫，你們家到底是怎麼想的？若實在瞧不上我五姊，祖父說可以和離。再說親家母這般搓磨我五姊是為哪般？掌摑兒媳，這事別說世家大族裡頭沒有，就是莊戶人家也不常見啊，我們忠武侯府的爺們還沒死光呢。五姊都回家兩日了，貴府不聞不問，什麼意思你給句準話成不？」

衛瑾瑜只覺得同窗們看自己的目光頓時怪異起來，想找個僻靜的地方說話，小舅子偏是不肯。「我們忠武侯府的人都是直性子，事無不可對人言，有什麼咱就光明正大地擺出來說。五姊夫，親家母是為了何事打我五姊？」沈玨一臉誠懇地問道：「我家五姊雖然有些小性子，但規矩向來是極好的。」

衛瑾瑜覺得投在自己身上的目光更燙人了，只好耐著性子解釋。「玨弟，你誤會了，是姊夫我跟你五姊拌了幾句嘴，實不關母親的事。」眾目睽睽之下，他又不傻，怎會承認母親打了他媳婦？自然把錯處攬到自個兒身上，小夫妻拌嘴吵架這不是很正常嗎？

沈玨卻不打算讓他如願。「家裡長輩也問五姊了，五姊死活都不說一句話，還是祖母瞧見她臉上的巴掌印，審了她身邊的丫鬟。據說親家母對我家五姊的嫁妝不大滿意，五姊夫有沒有這回事？」

不等衛瑾瑜回答，他又接著說道：「我五姊的嫁妝也不少了吧？雖說比不上最好的，但比一般的還出眾一些，親家母這是想要多少？五姊夫您說個數，我回頭跟長輩們說去，再補五姊一些，總不能因為這些身外之物讓姊姊在夫家受搓磨吧？」

「沒、沒這回事——」平日口才極佳的衛瑾瑜乾巴巴地擠出這一句話。太難堪了，他甚至都能聽到同窗竊竊私語的聲音，想趕緊離去，可他那小舅子就堵在門邊，他根本走不了。「玨弟，這話從何說起？你姊姊嫁妝的多寡我們自然是不在意的，何況我衛瑾瑜堂堂男兒，怎會算計妻子的嫁妝？」

沈玨一撇嘴。「有沒有這回事也只有你們府裡知道，反正這話是祖母從五姊身邊丫鬟嘴裡逼出來的。喔，還聽說你們府裡有個不省心的表姑娘，都十四、五的大姑娘了，還成天往姊夫的書房跑。我五姊瞧不過眼就說了她幾句，然後親家母替外甥女撐腰就打了我五姊，是這回事吧？」

衛瑾瑜臉色憋得通紅。「還望玨弟口下留德，怎可在大庭廣眾之下損了女子的清譽？」

沈玨把眾人的表情盡收眼底，壓根兒不理衛瑾瑜。「難道我說的不是實話嗎？貴府的那位表姑娘不是十四、五歲，而是四、五歲？也不對呀，上回五姊回來還說親家母正給表姑娘相看人家呀！」沈玨擺出一副困惑不已的樣子，惹得有人嗤嗤發笑。

「這我就得說姊夫幾句了，女人麼，都愛耍個小性、吃個小醋的，表姑娘不懂事，姊夫你還不懂嗎？那般孤男寡女的同處一室，我五姊瞧了心裡能好受嗎？這不也說明我五姊心裡只有姊夫嗎？我五姊把你放在心上，你是怎麼待她的？她都氣得回娘家兩天了，你都沒去看她一眼，也太無情了點吧？」

沈玨才不管衛瑾瑜難不難堪，反正他是有啥說啥，替府裡的姊妹撐腰嘛，可不就得把對方的錯處點出，再把自家姊妹的委屈點出來嗎？

衛瑾瑜真想奪門而出，長這麼大頭一回被人堵在屋裡指著鼻子罵，還是當著同窗的面，這讓他以後怎麼抬得起頭呀？

好在永寧侯派出來的小廝給他解了圍。「世子爺，侯爺找您呢，快些回府吧！」

衛瑾瑜眼睛猛地一亮，這是他長這麼大聽過最好聽的話了。

沈玨見該說的也都說完了，忙道：「五姊夫快些回去吧，跟侯爺和親家母好生商量商量，弟弟就先回府等你的消息了。」一拱手便轉身走了。

沈玨轉身瀟灑地走了，衛瑾瑜也沒有勇氣轉身面對自己的同窗，費了好大的勁才控制好自己的情緒。「讓諸位見笑了。」甚至不敢去看他們臉上的表情，大步走了出去。

五月的天氣，衛瑾瑜卻覺得渾身發冷。玉樹公子，有了今兒這一齣，他恐怕會淪為京中的笑柄吧？可是這一切都是怎麼造成的？母親？沈氏？他該怨誰？

——未完，待續，請看文創風573《以妻為貴》5（完結篇）

2017年10月出版

醫門獨秀

文創風 566～568

前世手執手術刀，救下無數性命，
如今卻是一手握刀鋤，一手掌鍋杓，
誰教在這古代，十八般武藝樣樣都要行！

笑看妙手回春，細談兒女情長／煙雨

前世身為醫生，再重生一次的安玉善小小年紀就身懷高超醫術，
家人皆以為是佛堂寄命才讓她過了神氣，她也樂於借神佛之名行醫。
古代醫學如未開墾的荒地，生個小病就像要人命，
更讓她驚奇的是，這裡的村民有眼不識「藥山」，
許多山中藥草都是珍稀之物，他們竟然視如雜草 ?!
怎麼說她也不能看著村民糟蹋了！
她忙著開班授課、醫病救人，還要製藥丸、釀藥酒，
神醫之名逐漸在村內傳揚，本還擔心身處亂世，一身才學會遭來橫禍，
好在村民皆守口如瓶，日子倒也過得順心愜意。
豈料一瓶「神奇藥酒」救了遠在帝京的貴人，一石激起千層浪，
某天一位神秘俊公子造訪小小山村，竟是跋山涉水來求醫？

2017年9月出版

犀利傲妻

文創風 561～565

這年頭溫柔婉約不能活人，
唯有犀利剽悍才能保她身家平安……

靠山山倒，靠人人會跑，靠自己最好……
收拾起小女人的溫柔，驕傲奮起吧！／青黛

她是尚書府嫡女，卻在母親失寵、離世之後，被接回外祖家住。
前世娘家遭滅門之禍，丈夫冷酷無情，她連孩子都保不住、哀痛而死……
悲慘的遭遇，讓她心中恨意翻湧！
前世她識人不清，單純軟弱，遇事無能為力，
這世重活，豈能不長點智慧跟勇氣？
既然娘家一直都不可靠，讓她嬌生慣養長大的是外祖家，
她就要緊緊地扎根在這兒，作為最大的依靠，絕不能輕易離了心。
可以的話她也想當個溫婉的妹子，
但經歷滅門大禍重生回來，犀利剽悍成了她的最佳保護色
保護她免於一切惡意傷害，尤其是那個冷面獸心的男人……

文創風
572

以妻為貴 4

國家圖書館出版品預行編目資料

以妻為貴 / 淺淺藍著. --
初版. -- 臺北市 : 狗屋, 2017.10
冊 ; 公分. --(文創風)
ISBN 978-986-328-785-8(第4冊 : 平裝). --

857.7 106014531

著作者 淺淺藍
編輯 張蕙芸
校對 黃薇霓 周貝桂
發行所 狗屋出版社有限公司
地址 台北市104中山區龍江路71巷15號1樓
電話 02-2776-5889～0
發行字號 局版台業字845號
法律顧問 蕭雄淋律師
總經銷 知遠文化事業有限公司
電話 02-2664-8800
初版 2017年10月
國際書碼 ISBN-13 978-986-328-785-8

本著作物由瀟湘書院〈www.xxsy.net〉授權出版

定價250元
狗屋劃撥帳號：19001626
網址：love.doghouse.com.tw E-mail：love@doghouse.com.tw